徐光啓全集

朱維錚 李天綱 主編

毛詩六帖講意（下）

[明] 徐光啓 撰

鄧志峰 點校

上海古籍出版社

毛詩六帖講意

下

〔明〕徐光啓　撰
鄧志峰　點校

〔鴻鴈之什〕

鴻　鴈

《序》曰：《鴻鴈》，美宣王也。萬民離散，不安其居，而能勞來還定，安集之。至於矜寡，無不得其所焉。

此詩之作，所謂沐浴膏澤，而歌咏勤苦者也。

子先曰：勞者勞之，往者還之，擾者定之，來者來之，危者安之，散者集之。

此詩苦而得樂，樂而思苦，與《黄鳥》並觀，可謂曲盡哀樂之變矣。

流離者皆謂之鰥寡，不是從流離中獨指二人爲可哀。

唐應德曰：「爰及矜人，哀此鰥寡」，彼一時也，敢望今日之及此乎？「雖則劬勞，其究安宅」，此一日也，寧復向日之可哀乎？

鴻鴈有肅肅之勤，故感哀而鳴，有嗷嗷之聲；流民有中野之勞，故感恩而思，有劬勞之歌。

黄白夫曰：「維此哲人」四句感慨極佳，此與《王風》「知我者」四句大異。彼是説有知有不知，人不盡諒，垂重不知一邊。此則全重哲人，説愚人。正見感哲人之意，言哲人洞悉民隱，謂我劬勞；彼愚人者，慮不周於民瘼，且謂我宣驕矣。欲如哲人之知我，得乎？

一章悲中寓喜，二章喜不忘悲。

鴻鴈哀鳴，所謂痛定思痛，是以知者以爲勞苦，而不知者以爲宣驕也。惠鮮鰥寡，文王之所以王也。哀此惸獨，幽王之所以亡也。哀此鰥寡，宣王之所以中興也。煢煢小民，國繫統，君繫命，可忽也哉？

子先曰：鴻鴈秋南春北，轉徙無定，故以興人民流離，未得所止。且鴻鴈聲哀，故三章以爲比。此見詩人取義之精。

「哀鳴嗸嗸」，《淮南子》：窮者欲達其言，勞人願歌其事。

《序》箋曰：宣王承厲王衰亂之敝而起，興復先王之道，以安集衆民爲始也。《書》曰：「天將有立父母，民之有政有居。」宣王之爲是務。

《傳》曰：興也。

《箋》曰：興者，鴻鴈知辟陰陽寒暑，喻民知去無道、就有道。

《傳》曰：之子，侯伯卿士也。

《箋》曰：侯伯卿士，謂諸侯之伯與天子卿士也。是知民既離散，邦國有壞滅者，侯伯久不述職，王使廢於存省，諸侯於是始復之，故美焉。

《傳》曰：偏喪曰寡。

《箋》曰：爰，曰也。王曰當及此可憐之人，謂貧窮者欲令賙餼之，鰥寡則哀之，其孤獨者收斂之，使有所依附。

「哀鳴」句，《箋》曰：此之子所未至者。

《箋》曰：哲人，謂知王之意及之子之事者。我，之子自我也。宣，示也。謂我役作，衆民爲驕奢。

《箋》曰：《春秋傳》曰「五版爲堵，五堵爲雉」，雉長三尺則版六尺。

按《箋》説是也。《冬官》「(約)大汲其版，謂之無任」，是版欲短欲狹則築土堅。高二尺，廣六尺，此其制矣。五升其版爲一堵，則是高一丈廣六尺矣。如是者五爲一雉，高一丈，廣三丈也。《考工記》雉廣三丈，高一丈。度高以高，度廣以廣。

一　●⊖●⊖●⊖　羽野寡

二　●⊖●⊖●⊖　澤作宅

三　●⊖●⊖●⊖　嗸勞驕

庭燎

《序》曰：《庭燎》，美宣王也，因以箴之。

三章一時之語，惟其心之不安者愈切，故其言愈深，非三告之例。各章惟首句是問，下句料想測度之詞，全要發得兢業不安之意。

左氏曰：天之愛民甚矣，豈其使一人淫縱於上，戕其民？必不然矣。周王之（之）所以歌《庭燎》也。

《史記》：宣王嘗晏起，姜后脱簪珥待罪於永巷。宣王感悟，勤於政事，早朝晏罷，卒成中興之名。

「夜未央，庭燎之光。」上句是詰問之詞，下句是料想之詞，其交接處委曲圓轉，妙不可言。正如明珠走盤，春鶯囀舌，可想其義，莫得其端。詩咏詩理，於此大宜理會。會得是旨，坐進是道，著一雖字，便非玄解也。

吕氏曰：宣王其志雖勤，然未能安定凝止，躍然有喜事之心焉。斯其所以不能常也。如武丁之武出於忝點，則反掌中興矣。

《序》箋曰：諸侯將朝，宣王以夜未央之時問夜早晚。美者，美其能自勤以政事。因（者）〔以〕箴者，王有鷄人之官，凡國事爲期則告之以時，王不正其官而問夜之早晚。

《傳》曰：央，旦也。

《箋》曰：「夜未央」，猶言夜未渠央也。

《疏》正義曰：庭燎者，樹之於庭，燎之爲明。《司烜》云：「邦之大事，供蕡燭、庭燎。」樹於大門外曰大燭，門内曰庭燎。《釋文》云：「在地爲燎，執之曰燭。」

《箋》曰：芟（未）〔末〕曰艾，以言夜先鷄鳴時。

一 ●○○●○ 央光將

二 ●○○●○ 艾晰噦

三 ●○○●○ 晨煇旂

沔水

《序》曰：《沔（彼流）水》，規宣王也。

民之訛言，如飄風之倏起。其興也，不知其何自而來；其止也，不知其何自而止，蓋亂之徵也。於是小人在位，君子受侮，而讒言交作於其中矣。故曰：「念彼不蹟，不可弭忘。」

以之惑世，謂之訛言。以之誣民，謂之讒言。

「寧莫之懲」者，兄弟邦人諸友莫肯念亂，誰其止之也。

《會紀》云：夫人不能止亂者，蓋由於不敬也。「我友敬矣」，正言莫能止説之故。蓋窮其亂本，卒歸於已身上去。

張叔(毛)〔翘〕曰：首章只説箇念亂，次章言憂，末章言敬，則念與憂之實事也。詩人立言有序如此。

「誰無父母」句意有含蓄，能動人，所謂以情喻之者。句法妙品。

《序》箋曰：規者，正圓之器也。規王仁恩也，以恩親正君曰規。《春秋傳》曰：「近臣盡規。」

《傳》曰：興也。

《箋》曰：興者，水流而入海，小就大也。喻諸侯朝天子亦猶是也。「載」之言「則」也，言隼欲飛則飛，欲止則止。喻諸侯之自驕恣，欲朝(則)〔不〕朝，自由無所懼心也。

《傳》曰：「邦人諸友」，謂諸侯也，兄弟同姓臣也。

《箋》曰：我，我王也。誰無父母乎？言皆生於父母也。臣之道資於事父以事君。

「其流湯湯」,《傳》曰:「言放縱無所入也。」《箋》曰:「言諸侯奢僭,既不朝天子,復不事侯伯。」

「載飛載揚」,《傳》曰:「言無所定止也。」《箋》曰:「喻諸侯出兵妄相侵伐。」

《箋》曰:「隼之性待鳥雀而食,飛循陵阜者是其常也。喻諸侯之守職順法度者,亦是其常也。」

「我友」二句,《傳》曰:「疾王不能察讒也。」《箋》曰:我,我天子也。友謂諸侯也。言諸侯有敬其職、順法度者,讒人猶興其言以毀惡之,王與侯伯不當察之。

一 ●㊀●㊀●㊀ 海止友母

二 ●㊀●㊀●㊀ 湯揚行忘

三 ●㊀●㊀●㊀●㊀① 陵懲興

鶴鳴

《序》曰:《鶴鳴》,誨宣王也。

① 此章韻譜當作「●㊀●㊀●㊀」。

徐士彰曰：《詩》皆稽實待虛之辭。《鶴鳴》一詩，可以類萬物之情，可以悉天下之理。愛當知惡，惡當知愛。大抵人君所憎者多君子，所愛者多小人，故教之如此。玩「園」字有近習意，「他山」字有疏遠意。曰樹檀，見容悦可近；曰山石，見粗直可憎。

按：鶴軒前垂後，脚青黑，朱頂白身，長頸凋尾，頸翼有黑，尾則未嘗黑也。録此以證疏傳之誤。

《序》箋曰：誨，教也。誨宣王求賢人之未仕者。

《傳》曰：興也。皐，澤也。言身隱而名著也。

《疏》：陸機曰：「鶴形大如鵝，長脚，青翼，高三尺，喙長四寸餘，多純白，或有蒼色者。今人謂之赤頰，常夜半鳴。《淮南子》亦云：『雞知將旦，鶴知夜半』，其鳴高亮，聞八九里，雌者聲差下。」

《傳》曰：「良魚在淵，小魚在渚。」《箋》曰：「此言魚之性寒則逃於淵，温則見於渚。喻賢者世亂則隱，治平則出，在時君也。」

《箋》曰：之，往。爰，曰也。言所以之彼(國)〔園〕而觀者，人曰有樹檀，檀下有蘀，此言朝廷之尚賢者而下小人，是以往也。

《傳》曰：錯，石也，可以琢玉。舉賢用(治)〔滯〕，則可以治國。

《箋》曰：他山，喻異國。
《疏》陸機云：「荆揚人謂之穀，中州人謂之楮。今江南人績其皮以爲布，又擣以爲紙。」
一　●㊀●㊀㊁㊁㊂●㊂　野渚　園檀　蘀錯
二　●㊀●㊀㊁㊁㊂●㊂　天淵　園檀　穀玉

祈父

《序》曰：《祈父》，刺宣王也。
《酒誥》「圻父薄違」。《注》：「薄違，迫逐違命者也。」
首二章以王之近衛而從役，見役之非職，是戕上之衛，爲不忠。三章以國之孤子而從役，見役之非法，是不體下之情，爲不仁。
曰「予王之爪牙」，不惟見其爲近衛，亦見其有定職。曰「有母之户饔」，不惟見其爲孤子，亦見其無妻室。此詩人之善於立言也。嚴氏曰：「宣王料民太原，人不足用，乃出禁衛以從軍，責宣王也。」
《箋》曰：刺其用祈父不得其人也。官非其人則職廢，祈父之職掌六軍之事，有九伐之法。祈、圻、畿同。

《傳》曰：宣王之時司馬職廢，羌戎爲敗。

《箋》曰：司馬掌禄士，故司士屬焉。又有司右，主勇力之士。轉，移也。此勇力之士責司馬之辭也。「靡所止居」，謂見使從軍，與羌戎戰於千畝而敗之時也。六軍之士出自六鄉，法不取于王之爪牙之士。

《箋》曰：己從軍，而母爲父陳饌飲食之具，自傷不得供養也。

一 ●㊀●㊀ 牙居

二 ●㊀●㊀ 士止

三 ●㊀●㊀ 聰饔

白駒

《序》曰：《白駒》，大夫刺宣王也。

《箋》曰：刺其不能留賢也。

永字佳。朝夕非永也，臨行而朝夕，不啻永矣。字法妙品。通篇俱是托言，與《卷耳》、《載馳》一例。

曰：公侯内要見道德事業意，「無期」不作長久，只是樂無限量。曰慎曰勉，非其志也。只此二字，想見挽留之苦，幾欲墮淚。俱字法妙品。

末章悽涼悲婉，大有含蓄。末二句旨深調遠，所謂如怨如慕，如泣如訴，餘音嫋嫋，不絶如縷。故曰長歌之哀過於慟哭，其此之謂。緣情之妙，一至於斯。章法神品。

「生芻一束，其人如玉」，此是何等意味，何等想頭。目極行暉，心傷魂斷，徘徊徙倚，不覺淚下。音不必作經國之言，賢者既去，何肯復論時事乎？但期聲問相通，慰我離索，猶勝波沉雨落耳。此等是無可奈何之辭，而真情繾綣，聞者悽絶。何况身當此日，口道斯言，骨節都酸，肝腸欲碎，進退得關其忠，奉職得行其術，所貴於公侯逸豫者，凡以此也。若縻之以好爵，歆之以逸樂，正賢者之所以去也。

「毋金玉爾音」，陸士衡樂府曰：「景絶繼以音。」

朱子曰：宣王初政，任賢使能。晚年怠心一生，小心乘間用事，故觀《祈父》之詩，則司馬非其人矣。小人在位則賢者必不得志，故《白駒》之詩，留賢而不可留也。嚴（民）〔氏〕《詩（輯）〔緝〕》曰：「當時賢能布列，《白駒》一賢之去若未關大體，詩人已爲宣王惜之。蓋見幾也。」

《傳》曰：宣王之末，不能用賢，賢者有乘白駒而去者。

《箋》曰：所謂乘駒而去之人，今於何遊息乎？思之甚也。

《箋》曰：願其來而得見之。《易卦》曰：「山下有火，賁。」賁，黄白色也。

《傳》曰：爾公爾侯耶，何爲逸樂無期以反也。慎，誠也。

《箋》曰：誠女優游，使待時也。勉女遁思，庶己終不得見。自決之辭。

「生芻」四句，《箋》曰：此戒之也。女行所舍，主人之餼雖薄，要就賢人，其德如玉然。毋愛女聲音，而有遠我之心。以恩責之也。

一　●㊀●㊀●㊀　苗朝遥

二　●㊀●㊀●㊀　藿夕客

三　●㊀●㊀●㊀　思(其)(期)思

四　●㊀㊀㊀㊁㊁　谷束玉　音心

黄鳥

《序》曰：《黄鳥》，刺宣王也。

《疏義》曰： 此詩以黃鳥之啄粟，吒人之害己不得其所，即害己之意。 近説黃鳥比故國之人，太拘。

此詩比意與《碩鼠》、《綿蠻》一例。

善道即患難相收恤之道。 明者察人之疾苦。「不可與處」，强凌弱，衆暴寡之意。

始言邦族，次言諸兄，次言諸父。 困苦愈甚，而思則愈親也。

《序》箋曰： 刺其以陰禮教親而不至，聯兄弟之不固。

《傳》曰： 興也。 黃鳥宜集木啄粟者，喻天下室家不以其道而相去，是失其性。

《箋》曰： 明當爲盟，信也。

「復我諸兄」，《(箋)〔傳〕》曰： 婦人有歸宗之義。

一 ●㊀㊀●㊀●㊀ 穀(栗)〔粟〕穀族

二 ●㊀㊀●㊀●㊀ 桑(梁)〔粱〕明兄

三 ●㊀㊀●㊀●㊀ 栩黍處父

我行其野

《序》曰：《我行其野》，刺宣王也。

徐士彰曰：玩末章之言，足以見温柔敦厚之旨。夫當流離困苦之餘，而不見周恤憫救之意。自常人處此，不卑屈謟佞則將苛責痛詆，無所不至矣。今觀此詩，其始因其不畜也，但曰「復我邦家」而已，固未嘗卑其身以必求。其終原其「不我畜」也，但曰「亦祇以異」而已，亦未嘗甚憾其人而畜怨。古人性情之正有如是夫。

《序》箋曰：刺其不正嫁取之數，而有荒政，多淫昏之俗。

《箋》曰：樗之蔽芾始生，謂仲春之時、嫁取之月。言，我也。我乃以此二父之命，故我就爾居，我豈其無禮來乎？責之也。宣王之末，男女失道，以求外昏，棄其舊姻而相怨。蓫、葍，亦仲春時可采也。

《箋》曰：壻之父曰姻。我采葍之時以禮來嫁女，女不思女老父之命，而棄我以求女新外昏特來之女，責之也。不以禮嫁，必無肯媵之。祇，適也。女不以禮爲室家，成事不足以得富，亦適以此自異於人道，言可惡也。

一 ㊀㊀●㊀●㊀ 野樗居家①
二 ●㊀●㊀●㊀ 蓫宿復
三 ●㊀●㊀●㊀② 葍特富異

斯干

《序》曰：《斯干》，宣王考室也。

《雜記》庾蔚云：「落，謂與賓客燕會，以酒食澆落之，即歡樂之義也。」此詩稱述宮室，實惟《景福》、《靈光》諸篇之祖。

人君繼世而立，多疑忌其兄弟。祖宗創造之艱，多覆墜於子孫。則此二者實人君莫大之福。

《序》箋曰：考，成也。德行國富，人民殷衆，而皆佼好，骨肉和親。宣王於是築宮廟羣

① 此章韻譜當作「●㊀●㊀●㊀ 樗居家」。
② 此章韻譜當作「●㊀●㊀㊀㊀」。

寢，既成而釁之，歌《斯干》之詩以落之，此之謂成室。宗廟成則又祭祀先祖。

一 ㊀㊀㊁㊁●㊁㊁ 干山 苞茂好猶

二 ㊀㊀㊀㊀㊀ 祖堵户處(女)〔語〕

三 ㊀㊀㊀㊀㊀ 閣橐除去(躋)〔芋〕

四 ㊀㊀㊀㊀㊀ 翼棘革飛躋

五 ㊀㊀㊀㊀㊀ 庭楹正冥寧

六 ㊀㊀㊁㊁㊂㊂㊂ 簟寢 興夢 何羆蛇

七 ●●㊀●㊀ 祥祥①

八 ●㊀㊀㊀㊀㊀㊀ 牀裳璋喤皇王

九 ●㊀㊀㊀㊀㊀㊀ 地裼瓦儀議罹②

---

① 此章韻譜當作「㊀㊀㊁㊀㊁ 之羆蛇隔 祥祥隔」。

② 此章韻譜當作「●㊀㊀㊀㊁㊁㊁ 地裼瓦 儀儀罹」。

首章

曰：斯干、南山皆在前者。斯干在内而近居，故曰臨；南山在遠而可見，故曰面。「秩秩」是狀近景，「幽幽」是狀遠景。「兄弟」三句當就居室上發。

《檀弓》：晉獻文子成室，晉大夫發焉。張老曰：「美哉輪焉，美哉渙焉，歌於斯，哭於斯，聚國族於斯。」文子曰：「武也得歌于斯、哭于斯、聚國族于斯，是全要領以先大夫於九原也。」北面再拜稽首。君子謂之善頌善禱。

「式相好」三句，勿涉戒意。

《傳》曰：興也。秩秩，流行也。

《箋》曰：興者，喻宣王之德如澗水之源。秩秩，流出無極已也。國以饒富，民取足焉，如於深山。

「如竹」三句，《箋》曰：言時民殷衆如竹之本生矣，其佼好又如松柏之暢美矣。

《箋》曰：猶當作瘉，瘉，病也。言時人骨肉用是相愛好，無相詬病也。

二、三、四、五章

曰：　興作者國之大事，人君不可不慎。　然惟曰「似續妣祖」，則既盡吾堂搆之責，而又非狹小先人之制度以自逞其雄心，實有出於不得已者，非若後世勞民動衆者比也。

曰：　尊大就垣墻言，天子無二上，故曰尊；　天子大一統，故曰大。

曰正，曰冥，一室而有陰陽。　西南隅曰奥，東南曰窔。

「秩秩」四句，總形容其外景，「約之」以下三章，細形容其内美。

此三章狀墻垣、狀堂、狀室，各極其形容，無不中人意，可謂文中有畫。　俱就廣大華麗上説，正見王者之居。

古人築垣爲壁，堂上東西墻謂之序，室房及夾室謂之墉，堂下謂之壁，亦謂之墻。

居、處、笑、語，要就君身看。　居者恭己南面，處者利用安身，笑者協羣情以胥愛，語者集衆思以爲明，俱入「似續」意。

以爲尊且大，要玩「以爲」二字，不就室上説尊大也。

嚴氏曰：　厲王之亂，百度廢墜，宫室亦壞。　宣王既已中興王業，乃築宫室以復舊觀，足以見中興之盛，故曰「似續妣祖」。　若境土未復，雖作宫室，不足以言似續矣。

《箋》曰：「似，讀如『巳午』之巳。『巳續妣祖』者，謂已成其宮廟也。」按古巳、嗣同。

「築室」二句，《箋》曰：此築室者謂築燕寢也。百堵，言一時起也。天子之寢有左右房，西其户者，異於一房者之室户也。又云南其户者，宗廟及路寢制如明堂，每室四户，是室一南户爾。

《傳》曰：閣閣，猶歷歷也。

《箋》曰：椓謂㨨土也。六牛、勅周二反。

《疏》正義曰：㨨土者，取壤土投之版中，㨨使平均，然後築之也。㨨者，以手平物之名。

《箋》曰：芋當作「幠」，覆也。寢廟既成，其牆屋弘殺，則風雨之所除也；其堅致，則鳥鼠之所去也。其堂室相稱，則君子之所覆蓋。

《傳》曰：棘，稜廉也。

《箋》曰：棘，戟也。如人挾弓矢戟其肘，如鳥夏暑希革張其翼時。伊洛而南，素質五色皆備，成章曰翬。此章四「如」者，皆謂廉隅之正、形貌之顯也。翬者，鳥之奇異者也，故以成之焉。此章主於宗廟，君子所升祭祀之時。

《傳》曰：正，長也。冥，幼也。

《箋》曰：噲噲，猶快快也。正，晝也。噦噦，猶煟煟也。煟音謂。冥，夜也。言居之晝日則噲噲然，夜則煟煟然，皆寬明之貌。此章主於寢。

六、七章

《周禮》：大卜爲卜筮官之長，凡卜師、卜人、龜人、華氏、占人、占夢皆一屬焉。占夢一曰正夢，二曰噩夢，三曰思夢，四曰寤夢，五曰喜夢，六曰懼夢。占夢季冬獻羣臣之吉夢於王，乃舍萌於四方，以贈惡夢。舍萌，釋始生菜也。贈，送也。祭於四方而遣之，以明逆新善而去故惡也。

觀七章，見古人占夢之法。嚴氏曰：「昔人謂占夢無書，以意言之，殆近是矣。」

《箋》曰：莞，小蒲之席也。寢既成，乃鋪席，與羣臣安燕爲歡以落之。

《疏》正義曰：《釋草》云：「莞，苻(離)〔蘺〕。」《本草》云：「白蒲，一名苻(離)〔蘺〕。楚謂之莞蒲。」

「乃寢」二句，《傳》曰：言善之應人也。

《疏》曰：《釋獸》云：「羆如熊，黄白文。」郭璞曰：「似熊而長頸高脚，猛憨多力，能拔樹木，關西呼曰貑羆。」《釋魚》云：「蝮虺博三寸，首大如擘。」孫炎曰：「江淮以南謂虺(謂)〔爲〕蝮，廣三寸，頭如拇指，有牙，最毒。」郭璞曰：「此自一種蛇，今人自名爲蝮虺。今蛇小頸大頭，色如文綬文，文間有毛，似猪鬣。鼻上有針，大者長七八尺，一名反鼻，如虺類。」

八、九章

有非，家之索也。有儀，國之傾也。

「寢之」等句，俱見古人蚤豫教之法。

衣裼者，不欲有所加也。

寢之地，卑之也。乃天尊地卑之意，非謂卑賤。

后稷之呱，實覃實訏。羊食我之生也，聞其聲知其必滅。羊舌氏則其泣喤喤，其爲吉祥可知。

《傳》曰：裳，下之飾也。璋，臣之職也。

《箋》曰：裳，晝日衣也。衣以裳者，明當主於外事也。玩以璋者，欲其比德焉。玉以璋者，明成之有漸。

《箋》曰：裼，夜衣也。明當主於内事。

《傳》曰：婦人質無威儀也。

無　羊

《序》曰：《無羊》，宣王考牧也。

言牧事與「彼茁者葭」同意。

徐士彰曰：此詩首章言羊之三百、牛之九十，是寫牛羊之羣數。角之濈濈、耳之濕濕，是寫其衆多之形象。二章又言其或降或飲，或寢或訛，則并牛羊之動止閑適，悉從筆端畫出。而「九十其犉」、「三十維物」，又模寫牛羊之色，宛然雲錦之在望。至於牧人之荷蓑笠、負餱糧、取薪蒸、搏禽獸，無不爲之殫述，則又可見牧人之從容自得，而其追隨於淡烟微雨之中，出入於峻阪叢林之内，其景象風物槩可想見於言外。三章乃言「麾之以肱，畢來既升」，則所謂「日之夕矣，牛羊下來」者，又宛然其在目，若搜一牧人圖而閱歷之也。所謂詩中有畫，詩之所以爲善狀物與。

子先曰：《記》曰：「問庶人之富，數畜以對。」此詩若止三章，則一庶人之富已耳。有後一章，便關天下國家之大。

一　●㊀●㊀●㊁●㊁　羣犉　濈濕

二　㊀㊀㊀●●㊁●㊁　阿池訛　餱具①

三　●㊀㊀●㊀㊀㊀㊀　蒸雄(奔)〔兢〕崩肱升

四　●㊀㊀●●㊁●㊁　魚旟　年溱②

首二章

徐士彰曰：「爾羊來思」四句，正言牛羊之多，亦不必他求，只把角之濈濈、耳之濕濕，一想像其形容，則牛羊衆多之景象瞭然在目矣。

《左氏》：奉牲以告曰：「博碩肥腯，謂民力之普存也，謂其畜之碩大蕃滋也，謂其不疾瘯蠡也，謂其備腯咸有也，於是民和而神降之福。」

曰：說者多以「(荷)〔何〕蓑」二句爲牧人之善牧，所以致牛羊之盛。不知牧人善牧處不專在此，此三章只舉牛羊衆多見成之事言之耳。細玩章旨自見。

《箋》曰：爾，女也。女，宣王也。宣王復古之牧法，汲汲於其數，故歌此詩以解之。

---

① 此章韻譜當作「㊀㊀㊀●㊁㊂㊁㊂　阿池訛　笠物隔　餱具隔」。

② 此章韻譜當作「●㊀㊀●㊀㊁㊀㊁　魚旟魚旟隔　年溱隔」。

曰：羊性至躁易耗，故三章獨以羊言之。

三、四章

徐士彰曰：「衆維魚」、「旐維旟」，只是恍惚所見如是，非似人實魚、似旐實旟之謂也。亦非人變爲魚、旐變爲旟之謂也。兩言可謂曲盡夢中情狀。

又曰：陰陽不和，魚何以育，故夢衆而魚則爲豐年。生聚不繁，旟何所統，故夢旟則爲人衆。

曰：少損曰騫，全壞曰崩。羊有疾輒相汙，故曰羣疾。

豐年、室家要説到宣王身上，似中興氣象。非復向之「民靡有黎」、「稼穡卒痒」也。

許天贈曰：中興之詩，牛羊且盛，則年之豐、人之衆自是實事，故托夢以言之耳。

詠物之詩題面本狹，只就本事發揮則淡無義味。故於結尾處必推廣言之，然亦要與本題不遠。如《葛覃》咏治葛也，末章則言治服以歸寧；《七月》次章咏治蚕也，末二句則言女心之傷悲；此詩咏考牧也，末章則言豐年之祥、室家之盛，皆隨題外生意，而與本題不遠。此見古人作文之法，後世文人多有此樣，然與本事十分無涉，亦不足尚也。

「鷄蟲得失無了時，注目寒江倚山閣」，規摹情景，宛至如畫。「坐對真成被花惱，出門一笑大江横」，全没來由，任意扭捏。

《箋》曰：牧人乃夢見人衆相與捕魚，又夢見旐與旟。占夢之官得而獻之於宣王，將以占國事也。

《傳》曰：陰陽和則人衆多矣。

《箋》曰：魚者，庶人之所以養也。今人衆相與捕魚，則是歲熟相供養之祥也。《易·中孚》卦曰：「豚魚吉。」

《傳》曰：旐旟所以聚衆也。

《箋》曰：溱溱，子孫衆多也。

〔節南山之什〕

節南山

《序》曰：《節南山》，（大夫）〔家父〕刺幽王也。

「不平謂何」，一篇綱領。《子華子》曰：天下之所以平者，政平也。政之所以平者，心平也。

言臣則曰不平其心，言君則曰「式訛爾心」，探本窮源之論也。

篇中言天者六，言民者六。蓋君之所畏者天，國之所恃者民。小人雖不平其心，而未始不知天之可畏、民之當恤也。故詩人惓惓於此，而庶幾君相之迴心易慮也。

一	●㊀●㊀㊀㊀㊀㊀	巖瞻惔談斬監
二	●㊀●㊀㊀㊀㊀㊀	猗何瘥多嘉嗟
三	㊀㊀●㊀㊀㊀●㊀	師氏維毗迷師
四	㊀㊀㊁㊁㊁㊁㊁㊁	親信　仕子已殆亞仕
五	㊀㊀㊁㊁㊁㊁㊁㊁	傭訩　惠戾屆闋夷違①
六	㊀㊀㊀㊀㊀㊀㊀㊀	天定生寧醒成政姓
七	●㊀●㊀	領騁
八	●㊀●㊀	矛讎
九	㊀㊀㊀㊀	平寧心正
十	㊀㊀●㊀	誦訩邦

① 此章韻譜當作「㊀㊀㊁㊁㊁㊁㊂㊂　傭訩　惠戾屆闋　夷違」。

首二章

防民之口甚於防川，川壅而潰，傷人必多。「國既卒斬，孰曰不然。」既字、斬字字法①。曰「有實其猗」，言草木長大，滿於山谷。見山之生物均平如一，以興人之不平也。張叔翹曰：首章言「民具爾瞻」，以下五章章有民字，正與此相應，皆言其失具瞻之望也。《傳》曰：興也。

三、四章

政主乎平，故曰均。不曰國政而曰國均，則非平其心不能秉，猶稱百揆宰衡之意。「俾民不迷」者，曉然知所懲勸而無所惑也。是舉直措枉，賞善罰惡，使人不迷於趨向之路。一說要連上二句說，言維持四方則人心有屬，而天下之志意以一；毗輔天子則治化益光，而天下之歸往以專。使人不□惑而迷亂也。二說俱可，前說稍勝。

說到「俾民不迷」，是職盡而人望亦副，應「民具爾瞻」之意。

① 原文止此，依前例，此下當有「×品」二字。

「庶民弗信」者，以其不自爲政，無以慰具瞻之心，而疑之也。與上章不迷相反。

四章玩朱《傳》實重用人一邊，但「弗躬弗親」，有行政之苟而不用其至意；姻婭、膴仕，有用人之偏而不平其心意。故下意《集傳》又開言之。其實弗躬弗親便是委政小人，而委政小人便是用人不公也。

《禮》言冢宰均邦國，《書》言冢宰均四海，此言「秉國之均」，一也。

東萊曰：「空我師」如空其國、空其地之謂，蓋曰人之類將滅矣，甚言之也。

《疏》正義曰：不平之禍及於國者，必如是。

《箋》曰：氐，當作「桎鎋」胡膳反。之桎。

《傳》曰：弔，至也。

《箋》曰：至猶善也。不善乎昊天，愬之也。不宜使此人居尊官，困窮我之衆民也。

《傳》曰：庶民之言不可信，勿罔上而行也。

《箋》曰：仕，察也。「勿」當作「未」。此言王之政不躬而親之則恩澤不信於衆民矣，不問而察之則下民未罔其上矣。殆，近也。爲政當用平正之人，用能紀理其事也，無小人近。

五、六章

「昊天不傭」，總是第二章天變神怒。要於窮極字認出不均意，乖戾字認出不順意。屆，極也，至也。盡心竭力之意。

觀五章所云，正所謂天人一理，民心悦則天意得矣。

「君子如屆」四句，言持危定傾，易於反手。正所謂爲政不難，人自不爲耳。首章「憂心如惔」，如炎歘之乍熾，指亂之始生言之。六章「憂心如酲」，如宿酒之未醒，指亂之又生言之。惔、醒二字，字法妙品。

曰：「誰秉國成」應「秉國之均」，「不自爲政」應「弗躬弗親」，「卒勞百姓」應「(保)〔俾〕民不寧」。「卒勞」卒字有終不能改之意，應上「君子如屆」四句。以上數章章章有民字，可見民爲重也。

《傳》曰：訩，訟也。

《箋》曰：昊天乎，師氏爲政不均，乃下此多訟之俗。又爲不和順之行，乃下此乖争之化。(疾)〔病〕時民傚爲之，愬之於天。

七、八章

「靡騁」者，所謂「出門便有礙，誰云天地寬」也。

詩人亦非果欲去國也，但言天下皆亂，以見致之者之罪耳。

「相爾矛矣」，相字，字法妙品。

徐士彰曰：當時尹氏在位，而又輔以姻亞之小人，其一時所爲皆排擊報復之事。君子雖欲引身而退，而譴責隨之，戮辱及之，其將何逃哉！

曰：八章言小人之暴戾反覆，大率指尹氏與其徒也。蓋人之相與，亦有情好甚洽，而一旦詿誤，遂至視爲仇讐，終身不合者。此理之常，不足爲怪。乃若茂惡相加則矛戟輒起，及既夷懌則如相醻。既離而復合，方怒而即喜，小人之態其不可窺測也。而當與之共事，真成畏塗矣。

九、十章

「昊天不平」，即天降慆德之意。

尹氏不平而曰昊天不平者，豈尹氏之所爲若此？彼豈能以八尺之軀開此莫大之釁哉？天實爲之耳。只此一語，無限畏天憫人、悲號呼籲之意溢於言表。句法神品。

懲者創其前日之非，訛者化其前日之惡。

徐士彰曰：上言不平，則亂生於既往者，已貽患於王；下言不懲，則亂長於將來，又無時而已。

喬君求曰：「式訛爾心」，有日改月化、優游浸漬不知其所以安之意。

正　月

《序》曰：《正月》，大夫刺幽王也。

凡讀《詩》宜作三等：國風里巷歌謡之什，寂寥短章，含情無限。正雅、三頌並一時載筆之臣所作，高文大牘，條理燦然。二變雅者，一時賢人君子憫時悼俗之所爲，纏綿悽愴，層見疊出，刺譏懲創，錯綜反覆。文必盡言，言必盡意，讀者宜領其大旨，會其語脉，不必分章析句，以文辭牽合也。如此詩只以女寵爲主，惟君心蠱惑，故用小人而致訛言，君子失志，詩人所以憂也。語意不過如此，然合下作如此説便索然易盡。他却説得何等變幻，何等綢繆，使人讀之悽入肝脾，非有許大筆力不能爲此也。

章内言天者四，言民者五，亦猶前篇之意。

一　㊀㊀●㊀●㊀●㊀　霜傷將京痒

二　●㊀●㊀㊀㊀㊀㊀　瘉後口口愈侮

三　●㊀●㊀●㊀●㊀　禄僕禄屋

四　㊀㊀●㊀●㊀●㊀　林蒸夢勝憎

五　●㊀●㊀●㊀●㊀　陵懲夢雄

六　●㊀●㊀●㊀●㊀　跼蹐脊蜴

七　●㊀●㊀㊀㊀●㊀　特克則得力

八　●㊀●㊀●㊀●㊀　結厲滅（威）〔烕〕

九　●㊀●㊀●㊀　雨輔予

十　㊀㊀㊀㊀●㊀　輔輻僕載意①

十一　㊀㊀●㊀㊀㊀　沼樂炤慘虐

十二　㊀㊀㊁㊁●㊁　酒殽　鄰云慇

---

① 此章韻譜當作「㊀㊀㊀㊁●㊁　輔輻僕　載意」。

十三　㊀㊀㊀㊀●㊀　屋穀祿椓獨

十二章「酒」、「殽」叶。一本「嘉殽」作「殽烝」，以叶「鄰」、「云」，非也。是後人妄改。

首二章

曰：「念我獨兮，憂心京京」，我之憂所以如此其大者，正緣小心畏慎，是以幽憂而至於病也。衆人肆志便以憂爲樂矣。

所憂者大，不止一身，故曰京京。京字從將字生，禍大憂亦大也。

曰：莠，害苗之草。莠言，害正之言。好醜之言皆出於口，則其好也不過爲不根之善，而其醜也未免爲游言之倡。此所以爲訛言，而足亂人聽也。

君子之處亂世，彼以爲是而我以爲非，彼以爲樂而吾以爲憂。動與衆違，所以憂患愈深，侵侮愈甚，侵侮愈甚，憂患愈深。所謂一國之人皆狂，而反以不狂者爲狂也。

一說：好言，夸詇之言。莠言，譖毀之言。

癙憂，言所憂者深，人之所不見也。

《箋》曰：純陽用事而霜多，急恒寒若之異。人以僞言相陷入，使王行酷暴之政，致此災異，故言亦甚大也。

《傳》曰：京京，憂不去也。癙、痒皆病也。

《傳》曰：父母，文、武也。我，我天下。

《箋》曰：此何不出我之前，居我之後？窮苦之情，苟欲免身。

「好言」二句，《箋》曰：此疾訛言之人，女口一爾，善言惡言同出其中，謂其可賤。

三、四章

三章之詞悲憤激烈，爲危言以動之也。

郝孔昭曰：受禄不謂食禄，謂脱災禍之困，享生人之樂耳。知後日之禍非憎惡，則知今日之未禍非曲庇也。後定而今不定耳。第不知天果何時定乎？

「於何從禄」，言忠臣義士已不敢以不勉，但不知人之所從耳。舊説如此，愚意却不必如此周旋，詩人本意不過爲危言以動之耳。

「瞻烏」二句，一説云，周之興也，有烏流王屋之瑞。今周將亡，不知其瑞將復見於誰之屋也。

張叔翹曰：自古未有訛言繁興而國家不至於敗亡者。蓋其虚僞反覆之説，使人淆於是非而眩於名實，瞢惑其耳目，感移其心意。奸黨並進，而不覺善類云亡，而不知邦家殄瘁，職由斯故，所以識微君子豫爲之憂也。

徐士彰曰：「靡人弗勝」，言不善之人不能勝天也，故終之曰「伊誰云憎」。

《箋》曰：人之尊卑有十等，僕第九，臺第十。言王既刑殺無罪，并及其家之賤者，不止於所罪而已。《書》曰「越兹麗刑并制」。斯，此也。哀乎，今我民人見遇如此，當何從得天禄，免於是難。

《傳》曰：古者有罪不入於刑，則役之圜土，以爲臣僕。

《箋》曰：視烏集於富人之室，以言今民亦當求明君而歸之。

《傳》曰：薪、蒸，言似而非。

《箋》曰：林中大木之處而惟有薪、蒸，而喻朝廷宜有賢者而但聚小人。

《箋》曰：王者所爲，夢夢而亂，無統理安人之意。

《箋》曰：伊，讀當爲「緊」，緊猶是也。皇，君也。有君上帝者，以情告天也。使王暴虐如是，是憎惡誰乎？欲天指害其所憎而已。

五、六章

「謂山」二句，既非比體，亦非譬喻，蓋借影說。

「具曰予聖」二句，衆說牽纏未是。只言雖自以爲聖，而於訛言實不知也。凡求詩人之語寧淺無深，此是第一義。

「謂天」四句，形容賢者處亂世畏首畏尾，不得自如之意，可謂曲盡。

曰：至實而可據者莫如山。今謂山蓋卑而其實則岡陵之崇，則其他無實而可據者又可知已。蓋其平日駕爲張詡之言，以顛倒是非，類如此也，亦見其易辨。

跼高天，天將墜也。蹐厚地，地將陷也。無是事而有是理，故曰「有倫有脊」。倫，序也。事未至此而妄言之，則無倫。

「謂山」二句，《傳》曰：在位非君子，乃小人也。

《箋》曰：此喻爲君子賢者之道，人尚謂之卑，況爲凡庸小人之行。

「召彼」二句，《箋》曰：君臣在朝，慢侮元老，召之不問政事，但問占夢。不尚道德，而信徵祥之甚。

「具曰」二句，《傳》曰：君臣俱自謂聖也。

《箋》曰：時君臣〔賢愚〕適同，如烏雌雄相似，誰能别異之乎？

《箋》曰：局、蹐者，天高而有雷霆，地厚而有陷淪也。此民疾苦，王政上下，皆可怖畏之言也。

《箋》曰：虺蜴之性見人則走，哀哉，今之人何爲如是。傷時政也。

《疏》正義曰：（蜴）〔蠑〕螈，蜥蜴、蝘蜓。蝘蜓，守宫也。李巡曰：「（蜴）〔蠑〕螈一名蜥蜴，蜥蜴名蝘蜓，蝘蜓名守宫。」孫炎曰：「别四名也。」陸機曰：「虺蜴一名（蜴）〔蠑〕螈，蜴也。或謂之蛇醫，如蜥蜴，青緑色，大如指，形狀可惡。」

七、八章

「執我仇仇」還連下句，只是壅遏不行之意。

「執我仇仇，亦不我力」，彼此牽制使不得展其手足，正與《大雅》「率由群匹」相反。

（扼）〔扤〕者，齟齬頓挫之意。

曰：「彼求我則」，非真欲取以爲法，不過借其聲望以爲己之重也。觀「亦不我力」，豈真有用之之意哉？大抵亂世之於賢人多如此。

「瞻彼」二句，《傳》曰：言朝廷曾無傑臣。

《箋》曰：阪田，崎嶇墝埆之處，而有菀然茂特之苗。喻賢者在閒辟隱居之時。

《傳》曰：扤，動也。

《箋》曰：我，我特苗也。天以風雨動摇我，如將不勝，我謂其迅疾也。

《傳》曰：仇仇，猶謷謷也。

《箋》曰：彼，彼王也。王之始徵求我，如恐不得我，言其禮命之繁多。王既得我，執留我，其禮待我謷謷然，亦不問我在位之功力。言其有貪賢之名，無用賢之實。

《箋》曰：茲，此；正，長也。心憂如有結之者，憂今此之君臣何一然爲惡如是。火田爲燎，燎之方盛之時，炎熾熛怒，寧有能滅息之者？言無有也，以無有喻有之者爲甚也。

九、十章

《箋》曰：窘，仍也。終王之所行，其長可憂歎矣。又將仍憂於陰雨，陰雨喻君有泥陷之難。

十一、十二、十三章

天地生財，止有此數。小人富則民必貧，自然之理。

勞役之甚者，自較其輕重，故曰「土國城漕，我獨南行」。困苦之甚者，自較其淺深，故曰「(可)〔哿〕矣富人，哀此惸獨」。民生至此，亦可憐矣。

許天贈曰：念國之爲虐，念國家之爲虐政者，階天下之禍以至此也。正是「胡爲厲矣」之意。

張叔翹曰：《後漢書·蔡邕傳》：「速速方轂，夭夭亦加。」「速速」與「夭夭」爲偶，或古本如此。據此則天夭當爲微小之義，言民之無禄者乃夭夭小人，椓喪之耳。今本作「天夭」，安知非字之誤耶？

《傳》曰：鄰，近也。是言王者親親以及遠。

《箋》曰：云猶友也。

《箋》曰：民於今而無禄者，天以薦瘥夭殺之。是王者之政，又復椓破之。言遇害甚也。

十月之交

《序》曰：《十月之交》，大夫刺幽王也。

按唐天文之《志》，周幽王六年，十月辛卯，即此十月之交，朔日辛卯也。又《國語》幽王二年三川震、岐山崩，即此百川沸騰、山冢崒崩也。但此詩作于六年日蝕以後，而詩人追言其事如此耳。

《序》箋曰：當爲刺厲王。作《(訓)詁〔訓〕傳》時，移其篇第，因改之耳。《節彼》刺師尹不平，亂靡有定，此篇譏皇父擅恣，日月告凶。《正月》惡褒姒滅周，此篇疾艷妻煽方處。又幽王時司徒乃鄭桓公友，非此篇之所云番也，是以知然。

一　㊀㊀●㊀㊁㊁●㊁　交卯醜　微微〔哀〕
二　●㊀●㊀●㊀●㊀　行良常藏
三　●㊀㊀㊀●㊀㊀㊀　令騰崩陵人懲
四　㊀㊀㊀㊀㊀㊀㊀㊀①　士宰史馬氏處隔　徒夫隔
五　●㊀●㊀●㊀●㊀　時謀萊矣
六　●㊀●㊀●㊀●㊀　向藏王向
七　●㊀●㊀●㊁㊁㊁　勞囂　天憎人
八　㊀㊀●㊁●㊁㊂㊂　里痗　憂休　徹逸

① 此章韻譜當作「㊀㊂㊀㊂㊀㊀㊀㊀」。

首四章

天象民情若不相干，天象變於上而遂思下民之可哀，此詩人之隱憂。

天干庚辛屬金，而重光之辛，則爲陰金。地支寅卯屬木，而單閼之木，則爲陰木。《左氏》：昭七年，晉侯問於士文伯曰：「《詩》所謂『彼日而食，于何不臧』，何也？」對曰：「不善政之謂也。國無政，不用善，則自取（摘）〔謫〕於日月之災，故政不可不慎也。務三而已：一曰擇人，二曰（擇）〔因〕民，三曰從（善）〔時〕。」

曰：震動暴厲，故曰不寧。非時失序，故曰不令。

謝氏曰：明指幽王，而曰「哀今之人」，微而婉也。

徐士彰曰：天地猶人身也。天地之氣舛錯，猶人身之氣壅遏也。人身之氣壅遏，於是發而爲疹疾，結而爲贅龐，鬱而爲臃腫。天地之氣舛錯，於是有日月薄蝕之變，亦猶人身之疹疾也；有陵谷變遷之異，亦猶人身之贅龐也；有山崩川溢之患，亦猶人身之臃腫也。人身之氣非無自而臃閼，則天地之氣之舛錯，亦必有使之者矣。

「亦孔之醜」，醜之一字，詩人之意微矣。微字與《國風》「胡迭而微」之微同，不可就當食字看。

嚴氏曰：因天變而修人事，則可以轉災爲祥。日月告凶而四國無政，郭林宗所謂「夜觀乾象，晝察人事」，天之所壞不可支也。

曰：禮曰：「男教不修，陽事不得。讁見於天，日爲之食。」《漢書》孔光曰：「日者人君之表，君德衰微，陰道盛强，侵蔽陽明，則日食應之。」夫幽王不能修德行政，陽事失矣。而臣也，小人也，女謁也，皆陰類也，相與蠱惑王心而敗壞，安得不取讁於日月之災乎？故言「不用其良」爲召災之本。

曰：夫野雉著怪，高宗深動；大風暴過，成王怛然。二君以知所懲也，而卒然中興之業。則幽王之亡，不亦宜乎？

四章即「不用其良」一句，而詳言之。

奸臣女寵，勢常相倚，後世宰臣亦有藉公掖之助以柄用者。故此章以小人、女后並言之。《周禮》：「師氏掌以媺詔王。」

張叔翹曰：詩人稱太姒則曰「淑女」，稱褒姒則曰「艷妻」。淑之一字，可蓋其賢。艷之一字，已見其無德。

《箋》曰：日辰之義，日爲君，辰爲臣。辛，金也，卯，木也。又以卯侵辛，故甚惡也。

按十干寄宫，辛寄在戌，戌土，卯木賊之，故鄭云卯侵辛。

《箋》曰：微謂不明也。

《箋》曰：告凶，告天下以凶亡之徵也。

《箋》曰：雷電過常，天下不安，政教不善之徵。騰，乘也。百川沸出相乘陵者，由貴小人也。山頂崔嵬者崩，由君道壞也。

「高岸」二句，《傳》曰：言易位也。

《箋》曰：易位者，君子居下，小人處上之謂也。

《箋》曰：厲王淫於色，七子皆用。后嬖寵方熾之時並處位，言妻黨盛、女禍行之甚也。六人之中雖官有尊卑，權寵相連，明黨於朝，是以疾焉。皇父則爲之端首，兼擅群職，故但目以卿士云。

五、六章

「徹我墻屋」，正是動民以徙。「田卒汙萊」，根上「不時」來，正徙民之害也。

胡氏曰：三代之君不敢鄙夷其民，以從己之欲。每有興作，謀及庶民。如盤庚遷殷，登進厥民而告之，三代世守此道，故曰「胡爲我作，不即我謀」。

人臣之患莫大於自聖，苟有自信之心，則謂天變不足畏，謂人言不足恤，謂君子未必勝己，謂小人未必害事，於是援富人以爲黨，殖厚利以自私，上則不忠於君，下則不惠於友，而其禍有不可勝言者矣。

專與富人往來，則其人可知。

尹氏之所引用者，「弗問弗仕」。皇父之事上也，「不憖遺一老」。則朝廷之上布列在位者，皆少不更事之臣，國是之所以日非也。老成人不可不惜，斯言信矣。

《箋》曰：抑之言噫。噫是皇父，疾而呼之。

《箋》曰：禮，畿内諸侯二卿。

七、八章

天下亂矣而獨憂我里之甚痗，不獨以皇父病之故也。凡人之情，己處其樂不知人之憂，己處其憂但見人之樂。自傷之至，則視天下之苦無甚於我者。如《四月》篇，「民莫不穀，我獨何害」，亦是此意。此皆善言哀告之情者也。

「黽勉」一句，《箋》曰：詩人賢者見時如是，自勉以從王事。

「無罪」二句，《箋》曰：時〔人〕非有辜罪，其被讒口、見詠譖囂囂然。

《箋》曰：孽，妖孽。謂相爲災害也。

「職競由人」，《箋》曰：爲此者，由主人也。

《箋》曰：里，居也。悠悠乎，我居今之世，亦甚困病。

《傳》曰：徹，道也。

《箋》曰：不道者，言王不循天之政教。

雨無正

《序》曰：《雨無正》，大夫刺幽王也。雨自上下者也，衆多如雨，而非所以爲政也。

極其激切，極其悲婉，責人忠厚，無踰此詩。

《序》箋曰：亦當爲刺厲王，王之所下教令甚多而無正也。

一　●㊀●㊀●㊁●㊁●㊁　德國　圖辜鋪①

二　●㊀●㊀●㊀●㊀●㊀　戾勩夜夕惡

三　㊀㊀●㊀●㊀●㊀　天信臻身天

① 此章韻譜當作「●㊀●㊀●㊁●㊁●㊁　德國　圖辜鋪」。

四 ㊀㊀㊀㊀●㊀●㊀ 退遂御（痒）〔瘁〕訊退

五 ●㊀㊁◉㊁㊁① 出瘁 流（體）〔休〕

六 ㊀㊀㊀㊀㊀㊀ 仕殆使子使友

七 ㊀㊀㊁㊁●㊁ 都家 血疾室

首二章

天道運行，未知將何所止。人心鮠毢，未知將何所定。

徐士彰曰：上有側身修行之君，而《雲漢》之詩尚有「散無友紀」之言；上有復出爲惡之主，而凡百君子能無蕩析離居之念？詩人之言雖以責其臣，實以告其君也。

「既（威）〔滅〕」既字，字法與「赫赫宗周」二句同意。

元氣廣大爲昊天，仁覆閔下爲旻天，故於（旻）〔昊〕天言其不駿，旻天言其疾威，各以義類，而致歸怨之意也。

張叔翹曰：舍，置也。猶云且置之勿論也。「伏其辜」與《史記》「伏誅」伏字義同。

---

① 此章韻譜當作「●㊀㊀●㊁㊁」。

《疏》：《釋天》文。李巡曰：「五穀不熟曰饑，可食之菜皆不熟爲饉。」《穀梁傳》曰：一穀不升謂之嗛，二穀不升謂之饑，三穀不升謂之饉，四穀不升謂之康，五穀不升謂之大饑，又謂之大侵。

《箋》曰：周宗，鎬京也。是時諸侯不朝王，民不堪命，王流於彘，無所安定也。

「三事」四句，《箋》曰：王流在外，三公及諸侯隨王而行者皆無君臣之禮。

「覆出」句，《箋》曰：反出教令，復爲惡也。

《傳》曰：淪，率也。〔《箋》曰：〕言王使此無罪者見牽率相引，而徧得罪也。

三、四章

敬身者，竭夙夜匪懈之誠，盡朝夕惟寅之節。不曰敬君而曰敬身，何也？《書》曰：「自靖人自獻於先王。」《傳》曰：「君子之仕也，行其義也。」《莊子》曰：「君臣之義，無所逃於天地之間。」故「王臣蹇蹇」，以自盡其義之所當爲而已，非爲人也。夫事出爲人，尚可諉之於己，苟其出於自爲，將安諉乎？詩人之責善深矣。敬者恪居營職，勉濟時艱，若引身而退，從容棲遲，便涉縱肆，非敬身矣。句法妙品。

「胡不相畏」，語氣抑揚，不宜平説。各敬其身便是相畏，相畏便是畏天。言胡不相畏乎，豈其不畏天乎？臣之事君，天之制也，故以天爲言。「聽言則答」，亦是據理而言，但不肯盡言極諫，不是面從也。二語善形容中臣遇亂容身畏罪之意，此所謂不敬其身者也。上言莫知勩，此云「憯憯日瘁」，此所謂能敬其身者也。

張叔翹曰：不退者，兵勢已成，不復可退也。不遂者，饑歲已成，民生不遂也。如此豈不明白，舊説殊纏繞。

《傳》曰：遂，安也。

《箋》曰：兵成而不退，謂王見流於彘，無御止之者。飢成而不安，謂王在彘，乏於飲食之蓄，無輸粟歸餼者。此二者，曾但侍御左右小臣憯憯憂之，大臣無念之者。

《箋》曰：訊，告也。衆在位者無肯用此相告語，言不憂王之事也。答猶距也。有可聽用之言，則共以辭距而違之。有譖毁之言，則共爲排退之。群臣並爲不忠，惡直醜正。

五、六、七章

薛仲常曰：吾讀「哀哉」以下三章，而知詩人之責去者，尤甚於上章也。蓋徒責之而不知時勢之難處，不體其情之痛切，則似乎不近人情者，而彼得以有辭矣。惟責之至此，則以爲吾非不知時勢之艱也，亦非不知汝情之痛切也，然以是而遂去之，則君臣之義豈可若是恝乎？彼亦將無辭以解矣。

但爲憂時感事之言，而責去者之意在於言外。愈遠愈近，愈婉愈切。章法神品。

「匪舌是出」，與《書》「不啻若是其口出」句法相似。好言自口爲莠言自口，此傷易者也。由衷之言訥訥焉如不出於口，恰似用力以出，其勢甚艱，此正與「巧言如流」反對。

一說，「匪舌是出」，匪但出之於口，無益於事而已。「巧言如流」，行無違碍之意。

「巧言如流」，惟曰「俾躬處休」，不責其失口於人也。「亦云可使」，惟曰「怨及朋友」，不責其失足於人也。詩人之忠厚如此。

徐士彰曰：言之難能，仕之多患，則群臣之去匪徒飢饉之故也。七章不曰言之難能，不曰仕之多患，而曰「未有室家」，見非其情。未有室家而至於「鼠思泣血」，何情之痛切若此也，其中有大不得已者在焉。若惟爲無家之故，則亦不若是之可哀矣。

孔氏曰：人淚必因悲聲而出，若血出則不由聲也。今無聲而涕出，如血之出，故曰泣血。

張叔翹曰：管幼安云：「潛龍以不見爲德，言非其時，招禍之道。此《詩》所謂『匪舌是出，惟躬是瘁』者也。」然有國家者使人監忠言之禍，而規巧言之利，亦曰殆哉。

《箋》曰：不能言，言之拙也。言非可出於舌，其身旋見苦病。

《傳》曰：巧言從俗，如水轉流。

《箋》曰：巧猶善也。謂以事類風切剴微剴，古愛反。之言，如水之流，忽然而過，故不悖逆使身舌安休休然①。亂世之言，順説爲上。

《箋》曰：不可使者，不正不從也。可使者，雖不正，從也。居今衰亂之世，云往仕乎，甚急迮且危。危迮且危，以此二者也。

《箋》曰：王流於彘，正大夫離居，同姓之臣從王，思其友而呼之，謂曰：「女今可遷王都。」謂彘也。

《傳》曰：無聲曰泣血。

《箋》曰：既辭之以無室家，爲其意恨，又患不能距止之，故云我憂思泣血，欲遷王都見女。今我無一言而不道疾者，言己方困於病，故未能也。出居，往始離居之時。

小旻

《序》曰：《小旻》，大（王）〔夫〕刺幽王也。

---

① 依阮元，「舌」當作「居」，閩刻本作「舌」，誤。

《洪範》曰：「汝則有大疑，謀及乃心，謀及卿士，謀及庶人，謀及卜筮。」蓋彼之所謀，不過盡衆人之情，而主之者一人而已。如舜之好問好察，有舜之執兩端在也，安有盈庭聚訟，可以集事者乎？

二章「具」字，有群然相和之意。三章「厭」字、「多」字，四章「聽」字、「争」字，皆不斷之意。

一	●㊀●㊀㊁㊁●㊁	土沮　從用邛
二	㊀㊀●㊀●㊀●㊀	訿哀違依底
三	●㊀●㊀●㊀●㊀	猶集咎道
四	●㊀㊀㊀㊀●㊀	程經聽争成
五	㊀㊀㊀㊀㊁●㊁	止否膴謀　艾敗
六	㊀㊀●㊀㊁㊁㊁	虎河他　兢淵冰

首二章

「潝潝訿訿」，陽與而陰排之，深爲自全之計，故曰其慮深矣。此語曲盡小人情狀。謀臧則具違，不臧則具依，若相和然。而又曰「邇言是争」，此潝潝訿訿之實也。

《傳》曰：潝潝然患其上，訿訿然思不稱其上。

《箋》曰：臣不事君，亂之階也，甚可哀也。

三、四章

凡事有利必有害，有成必有敗。一人獨斷，成則任其功，敗則任其罪，所謂執其咎也。若口倡游言，心營脱禍，人人如此，議何由定乎？

「如彼築室于道謀」，韓文「衣食於奔走」祖此句法。《盤庚》「殺越人於貨」亦同。

《左氏》鄭子駟曰：「請從楚，騑也(任)〔受〕其咎。」又如衛殺孔達以説于晉，此亦可謂執其咎者。

子先曰：凡謀出於正，則同心以濟國事，必有畫一之説。惟曰邪謀，則衆言淆亂，是非蠭起，人人各逞其胸臆，而不顧國家之利害，故迄無成功，此必然之理也。

「發言」二句，《傳》曰：「謀人之國，國危則死之，古之道也。」《箋》曰：「言小人争知而讓過。」

《箋》曰：不行而坐圖遠近，是於道路無進於跬步。

五、六、七章

《洪範》：「次二曰敬用五事：一曰貌，二曰言，三曰視，四曰聽，五曰思。貌曰恭，言曰從，視曰明，聽曰聰，思曰睿。恭作肅，從作乂，明作哲，聰作謀，睿作聖。」解之者曰：「貌恭則氣象嚴整，讋頑起懦，故肅；言從則令行人順，故乂；視明則知見徹，故哲；聽聰則多聞善斷，故謀；睿，通微也。通微則無不通，故聖。」

曰：五事之德，王如用之，則聖者可以資啓沃，哲者可以職論思，謀者可以集計議，而肅者、乂者可以範威儀而備顧問矣。

「如彼」句就賢人言，王不用則善不能自存，而消沮于屏棄，斲喪於流落，如泉流之往而不返矣。人之云亡，邦國殄瘁，無乃「淪胥以敗」乎？敗謂國事也。

徐士彰曰：朝廷之謀議關社稷之安危。漢時之制，國有大疑則使公卿以下雜議，故治河之議不決，遂致滔天之患；鹽鐵之議不決，遂有瘡民之憂。以至唐之維州、宋之靈州，其議之者非一人，議之者非一日，而卒至啓吐蕃之叛，開西夏之釁，皆謀之不決致之也。然則喪國亡家之禍，孰有不始於國是之不定者乎？

張叔翹曰：「莫知其他」，固是指喪亡之禍，但詩人語氣含蓄，説者只以隱憂伏禍言之便是。

《(字)〔箋〕》曰：靡，無；止，禮；膴，法也。詩人之意欲王敬用五事，以明天道。

《箋》曰：淪，率也。王之爲政者，如原泉之流行則清，無相牽率爲惡以自濁敗。

《傳》曰：馮，淩也。

《箋》曰：人皆知暴虎馮河立至之害，而無知當畏慎，小人能危亡也。

小宛

《序》曰：《小宛》，大夫刺幽王也。

相戒之意，只求無辱於親。相戒之事，惟謹儀教子。《禮》曰：「身也者，親之枝也，敢不敬歟？子也者，親之後也，敢不教歟？」此篇五興各有深致，排喻婉篤，寄意高遠，比物連類，莫妙於此。屈原雖長於譬況，自當北面，那得鴈行。

《箋》曰：亦當爲刺厲王。

一 ●㊀●㊀●㊀ 天人人

二 ●㊀●㊀●㊀ 克富又

三 ●㊀●㊀●㊀ 采負似

四 ㊀㊀●㊀●㊀ 令鳴征生

五 ●㊀●㊀㊀㊀ 粟獄卜穀

六 ●㊀●㊀㊁㊁ 木谷 兢冰

首二章

明發，夜氣清明之際。

貌之德恭而齊肅，思之德睿而通明。

「壹醉日富」，形容沉湎之人漸漸沉溺之意。其初僅一濡足耳，日甚一日，遂不可回，可畏哉！

「敬儀」廣説，飲酒亦在其中。

「温克」者，内有所持，足以勝乎酒，而不喪其儀也。

張叔翹曰：壹，專也。謂專務酣飲也。

《傳》曰：興也。宛，小貌。翰，高也。行小人之道，責高明之功，終不可得。先人，文、武也。

《疏》正義曰： 鶻鵃，小種鳩也。《草木疏》云：「鳴鳩，班鳩也。」

三、四章

首章説懷及父母，下説謹儀教子，正所以求無辱於父母。四章承上二章而言，以終首章之意。相戒之意(以)〔已〕畢，然如此便了，却是硬局，無餘味矣。又説時危地險，要稽謀於神，以修身之事，有出於謹儀教子之外者，不敢謂是二者遂足免禍也。至取法於恭人，小心則無所不敬，夙夜惟寅，此却説到心上，不比外面作用，已得保身之大本，庶乎可免矣。如此二章發他有餘不盡之意，思致完足，聲調高遠，氣象紆徐，情辭委曲，如河流百折，終歸大壑，文之有機有勢者也。《詩》中此樣極多，如不佞所説《抑戒》、《(蒸)〔烝〕民》二篇，正是此意。其餘明白易見者不一而足，俱可想見古人作文之體，後來詞賦家亦强半作此規格。

徐士彰曰： 邁訓勇往方行之意，出《書·大禹謨》篇「皋陶邁種德，德乃降，黎民懷之」。征訓行之吉也，亦進進不已之意，出《易·泰》卦「初九，拔茅茹，以其彙征」。注云：「占者陽剛則其征吉矣。」此二句亦互文也。

飛而且鳴，有旨力之意。

「我日斯邁，而月斯征」，《易》曰：「終日乾乾，與時偕行。」

鄭云：邁、征二字，當用功字不得。只言日月逝矣，而勉强爲善之意自昭然於言外。朱《註》既、亦二字亦只是言歲月易邁，當及時努力。小注所謂解不得的意思，却在說不得的意思裡面。旨哉斯言，從何處覓得，遂抉千古之秘，鑿混沌之竅也。

《傳》曰：菽，藿也。力采者則得之。

《箋》曰：藿生原中，非有主也。以喻王位無常家也，勤於德者則得之。

《傳》曰：螟(贏)〔蠃〕，蒲盧也。負，持也。

《箋》曰：蒲盧取桑蟲之子，負持而去，煦嫗養之，以成其子。喻有萬民不能治，則能治者將得之。

《疏》：《釋蟲》文。郭璞曰：「蒲盧即細腰蜂也，俗呼爲蠮螉。桑蟲俗謂之桑蟃，亦呼爲戎女。鄭《中庸注》以蒲盧爲(玉)〔土〕蜂。」

陸機《疏》云：「螟蛉者，桑上小青蟲也，似步屈。其色青而細小，或在草菜上。」《樂記注》云：「以體曰嫗，以氣曰煦。」謂負而以體暖之，以氣煦之，而令變爲己子也。

「式穀」二句，《箋》曰：今有教誨女之萬民用善道者，亦似蒲盧，言將得而子也。

《傳》曰：卷令不能自舍，君子有取節爾。

《箋》曰：則飛則鳴，翼也口也，不有止息。我，我王也。王日此行，謂日視朝也。而月斯行，謂月視朝也。先王制此禮，使君與臣議政事，日有所決，月有所行，亦無時止息。

五、六章

謹儀教子以求免於禍，求榮於親，此人事之常也。病寡而宜岸獄，則是非意之辱、無妄之災。召之無因，來之不測，舉手挂網羅，動足觸機陷，有非人力之所及矣，能無望于神乎？此見古人身遭亂世，迹涉畏途，兢兢夕惕，中夜九迴，跼蹐不遑之意。然卒取法於恭人小心而已，其他巧爲趨避之術，亦非其志慮之所及也。

末章正是自善之道，應「自何能穀」句，比二、三、四章更進一步。恭人、小心，指當世賢者。集木、臨谷，曲盡敬慎之意。句法妙品。夫以恭人小心猶然，吾儕小人敢不敬歟？一說，集木、臨谷，各形容上句，作一意。「戰戰」三句，正是效法他。此尤直捷可用。

末章敬慎，是立身基本。日用應酬，萬方千變，從此一念做出，無所不善。正所謂不涸之倉，不匱之府。若謹儀教子，只是外頭一枝一節工夫，那比得此間元元本本，苞孕無窮也。

曰：《易・復》之六四「獨復」，《剥》之六三「剥之無咎」，蓋處群陰之中而獨能從善，混剥陽之黨而獨能應善，《小宛》大夫，可謂兼之矣。

「宜岸宜獄」，二宜字，字法妙品。一言之間，悲慘之意可掬。宜字字意與「糾糾葛屨，可以履霜」「可以」字同。

《傳》曰：交交，小貌。言上爲亂政而求下之治，終不可得也。

《箋》曰：竊脂肉食，今無肉而循場啄粟，失其天性，不能以自活。

《疏》正義曰：「桑扈，竊脂」，《釋鳥》文。郭璞曰：「俗呼青雀，觜曲，食肉，喜盜脂膏食之，因以名云。」

《傳》曰：填，盡；岸，訟也。

《箋》曰：仍得曰宜。穀，生也。可哀哉，我窮盡寡財之人，仍有獄訟之事，無可以自救，但持粟行卜，求其勝負，從何能得生。

小弁

《序》曰：《小弁》，刺幽王也，太子之傅作焉。

此詩發明悲怨之意，至深至切，畢志極情，萬轉千迴，鑱心刻骨。蓋處家人父子之變，更無別路，但有哀傷痛割而已。然曲喻罕譬，婉諷微規，動之以至情，觴之以天性，雖復金玦長辭，銅龍永絶，猶惓惓望君之一悟也。蓋不獨情致曲盡，其文亦不在《東山》、《棠棣》之下矣。

徐士彰曰：《白華》之辭簡而莊，有責之之意，處夫婦之間則然也。《小弁》之辭緩而切，有望之之意，處父子之間則然也。

徐士彰曰：嗟夫，子之事父，臣之事君，一也。宜臼不得於父，而有《小弁》之詠；屈原不得於君，而有《離騷》之作。一篇之中，三覆致意，此固忠臣孝子之所以爲心也。乃《小弁》之終，則曰「我躬不閱，遑恤我後」；《離騷》之亂，則曰「國無人兮莫我知，又何懷乎故都」。何也？蓋人之情，奮於自決者，其中有不決者在也。《小弁》、《離騷》，惟其不忘情於君父，此所以爲是決絶之詞耳。不然，視其君父猶之途人也，又何必爲此言哉？

徐子先曰：篇内五「心之憂矣」。一曰「云如之何」，其詞尚緩；二曰「疢如疾首」，則切於身矣；三曰「不遑假寐」，則晝夜無有休止；四曰「寧莫之知」，則無所控訴；而倉卒急迫，故終之以涕隕焉。

一	㊀㊀●㊀●㊀●㊀	斯提罹何何
二	㊀㊀●㊀●㊀●㊀	道草擣老首
三	㊀㊀●㊀●㊀㊀㊀	梓止母裏我在
四	●㊀●㊀●㊀●㊀	嘒淠屆寐
五	●㊀●㊀●㊀●㊀	伎雌枝知

六　●㊀●㊀●㊀●㊀　先〔瑾〕〔墐〕忍隕

七　●㊀●㊀㊁㊁●㊁　醻究　掎扡佗

八　●㊀㊀㊀㊀●㊁㊁①　山泉言垣　笱後

首二章

鳥，孝鳥也。能反哺，「歸飛提提」，猶得自遂其志。我獨見遠于親，曾鳥之不如也。

子先曰：此詩本叙其哀痛迫切之情，故以憂之一字爲一篇綱領，篇内凡七言之。

兩「何」字重致其審，以探見廢之由。正是舜往于田，號泣於旻天之意，非訴己之無罪也。

「云如之何」者，無可奈何之辭。

子先曰：「我心憂傷」六句，形容痛苦之意，婉轉曲盡。

可悲可涕，「惄焉如擣」，深悲至痛，如有物之擣其心也。事關心者，夢中亦長吁，故曰「永嘆」。憂多者，年少而髮白，故曰「用老」。「疢如疾首」，不病而似病也。

《傳》曰：興也。弁，樂也。提提，羣貌。

---

① 此章韻譜當作「㊀㊀㊀㊀●㊁●㊁」。

《箋》曰：樂乎彼鵶鳥，出食在野，甚飽，羣飛而歸，提提然。興者，喻凡人之父子兄弟，出入宮庭，相與飲食，亦提提然樂。傷今太子〔不獨〕〔獨不〕。

《疏》正義曰：「鸒，卑居。」《釋鳥》文也。卑居又名雅〔鳥〕〔烏〕。郭璞曰：「雅〔鳥〕〔烏〕小而多群，腹下白，江〔南〕〔東〕呼爲〔鴨〕〔鵯〕鳥是也。」此鳥名鸒，而云斯者，語辭。猶「蓼彼蕭斯」、「菀彼柳斯」，《傳》或有斯者，衍字。以劉孝標之博學，而《類苑・鳥部》立「鸒斯」之目，是不精也。此鳥好群聚，故云「提提，羣貌」。

《箋》曰：穀，養也。天下之人無不父子相養者。

「踧踧」二句，《箋》曰：此喻幽王信褒姒之讒，亂其德政，使不通於四方。

《傳》曰：擣，心疾也。

三　章

瞻者，仰望敬事之意。依者，顧戀追隨之意。

「靡瞻」二句，語勢猶云更無依賴，惟有父母耳。

「不屬於毛，不離於裏」，是驚怪不自信之辭。

「不屬」〔曰〕〔二〕句，宛然世俗語言，亦自可味。

《疏義》曰：首章與此章皆怨而慕也。但首章有控告之意，此章有痛切之懷。

《傳》曰：毛在外，陽，以言父；裏在内，陰，以言母。

《箋》曰：言我生所值之辰安所在乎，謂六物之吉凶。

四、五、六章

四、五章興意之下，又以譬喻爲正意，此另是一體。

「譬彼舟流，不知所届」，所謂如窮人無所歸也。以靡瞻依，故人莫之知。汎言之，物之與我，同生而異類者也；人之于我，同類而相疏者也，尚有不忘之心，況骨肉之親異體一身，何獨忍於我乎？兩「尚或」字，正是此意。舟流不知其所届，壞木莫閔其無枝，所謂秉心之忍也。忍字是不憐恤之意，對不忍字看，非殘忍之忍。説到秉心惟忍，至是感之以一體之至情，動之以不容已之良心，苟有一念怵惕惻隱之真，當收卹不遑矣。幽王之蔽錮沉淪，始終不悟，謂之何哉。此詩到此，求哀乞憐之意不復可加，圖廻感悟之方更無餘術，已是盡情語盡頭路也。下二章「君子信讒」，却是推原見廢之本。「無易由言」，又是推原信讒之本。意外生意，情外生情，説到末段，知其不可奈何而安之若命。其冀望感悟愈深愈微，綢繆繾綣甚於痛哭。正如畫家以從官爲伍伯，車中人爲從官，其車中乃是天人，非復意想所及。文章之妙，一至於是，可謂筆下有神。章法神品。

說到秉心之忍，語意已盡。後二章亦是餘文，如詞賦家訖亂之體。然却節外生枝，不似後人關門閉户也。

殣，路塚也。《左氏》：「道殣相望。」

壞木無知，即殷仲文所謂生意盡矣。蓋見棄於親，無復生人之樂也。

「鹿斯」四句，《箋》曰：太子之放棄，其妃(正)〔匹〕不得與之去，又烏獸之不如。

《傳》曰：壞，瘣也。

《箋》曰：太子放逐而不得生子，猶内傷病之，木内有疾，故無枝也。

《傳》曰：殣，塚也。

七、八章

凡飲酒，一獻一酢，往而必返。至醻爵則來而必受，往而不返。君子于讒言，若能舒緩究察，還以相質，則其奸立見。故曰人之爲言，苟亦無信，舍旃舍旃，苟亦無然。今巧受而不舍，如石投水，泛焉不疑，如土委地，莫然無間，全無阻却推委、核實考驗之意，故曰「如或醻之」。四句一順說，「不舒究」正足上二句意。

伐木以物倚其顛，恐傷其本根也。析薪隨其理，欲其迎刃而解也。

此詩作於信讒之後，而「無易由言」尚作戒勉之說，正見他委婉處。「周宗既滅」，未然作已然語，臣之于君，爲危言以激之也。「君子無易由言，耳屬於垣」，已然作未然語，子之於親，爲微言以諷之也。文之變幻如此，可謂極才人之致矣。

由言，未便是廢后廢子之言，只意有所左右便是。

《箋》曰：譸，旅譸也。如譸之者，謂受而行之。

「莫高」二句，《箋》曰：言人無所不至，雖逃避之，猶有默存者焉。

《箋》曰：之人梁、發人笱，此必有盜魚之罪。以言褒姒淫色來嬖於王，盜我太子母子之寵。

「我躬」二句，《箋》曰：念父孝也。太子念王將受讒言不止，我死之後，懼復有被讒者。無如之何，故自決云：「我身尚不能自容，何暇乃憂我死之後也。」

巧言

《序》曰：《巧言》，刺幽王也。大夫傷於讒，故作是詩也。

一　●㊀●㊁㊁㊀㊀　且憮憮辜　威罪①

二　●㊀●㊁㊁㊀㊀　涵讒　怒沮　祉已②

三　㊀㊀㊁㊁㊂㊂㊃㊃　盟長　盗暴　甘餤　共邛

四　●㊀●㊀●㊀●㊀　作莫度獲

五　●㊀●㊀●㊁●㊁　樹數　口厚

六　㊀㊀●㊀●㊁㊂㊂③　斯麋階　何多何

首三章

首章下四句，即上二句而重言之。申吟反覆，哀痛之甚也。子先曰：亂生於讒，讒生於優柔不斷。所謂執狐疑之心者，來讒邪之口；持不斷之意者，開群枉之門也。忠讒不分，是以邪正混淆，是非易位，而亂天下也。

「屢盟」，與君子盟也。正與上「如祉」相反。能祉，則君臣之間剖心析肝相信，寧假盟誓

① 此章韻譜當作「●㊀㊀㊁㊁㊀㊀　且辜憮憮辜　威罪」。

② 此章韻譜當作「●㊀●㊀㊁㊁㊂㊂　涵讒　怒沮　祉已」。

③ 此章韻譜當作「㊀㊀●㊀●㊁㊁㊁」。

哉。作會而畔，作誓而疑，寧有君與臣以要盟相固，而保無猜疑者乎？而况屢盟者乎？愈盟愈疑，於是乎并其盟誓之言亦瀆而不足信，所謂盟可尋也，亦可寒也。以此待君子，雖有忠言至計，豈能入懷疑之耳哉。至於小人，則信之而已，甘之而已。如石投水，莫之或拒矣；如水潤高壤，飲之不疑矣。以此已亂，庸可得乎？

「僭始」句形容讒人之猾賊微巧，與夫聽讒者之昏惑狐疑，四字之中兩般情狀，曲折殆盡。句法妙品。

怒則箴砭去疾，祉則粱肉養生，沮如築堤壅水，已如斬草除根。

「屢盟」六句，言其疑賢士、信讒人以長天下之亂，與上章首四句一意。但彼是逆推，此是順説。

屢盟則亂長，信盜則亂暴，孔甘則亂餤。造句造字，各各相應，如巧輪植輻，一内一鑿，毫髮不爽。俱句法、字法妙品。

「止共」止字，亦盡心竭力之意。

目讒人爲盗，深疾之也。

《箋》曰：憮，敖也。敖慢無法度也。

《箋》曰：既，盡；涵，同也。王之初生亂萌，群臣之言，不信與信，盡同之不别也。

《箋》曰：福者，福賢者。謂爵禄之也。

《箋》曰：盟之所以數者，由世衰亂，多相背違。時見曰會，殷見曰同。非此時而盟，謂之數。

《傳》曰：盜，逃也。

《箋》曰：盜，小人也。《春秋傳》曰：「賤者窮諸盜。」

四、五、六章

子先曰：柔木皆可用，故君子樹之。人言有讒信不同，其巧與碩雜出而無所準，故以其心辨之，以處置事理不同爲興。下文「蛇蛇」四句，足上數之意，意重巧言一邊。

又曰：大抵讒人之言狡猾悦人，譬之於口，則孔甘之可嗜也；譬之於目，則毚兔之莫測也；譬之於耳，則如簧之可聽也。其實一而已矣。

子先曰：嗟夫，青蠅止棘，讒言代有。惟王聽不聰，是以眩惑其志耳。不然，雖有如簧之舌，安能移匪石之心哉？

「蛇蛇」四句，模寫最妙。凡善言由心而出，自然順理成章，不媿不怍，故曰「出自口矣」。昔人有云，言蔽天地而無漸，教開百代而無耻，矢謨成訓，吐辭爲經，何拘何疑，何顧何忌也哉！若巧言變亂，雖文飾其情，譸張其辭，如簧之可聽，而察其情狀，定有慚負忸怩之意。君子之鑒貌辨色，望景揣情，毫髮不爽，故曰心能辨之也。

輔氏曰：「彼何人斯」章，東萊以爲匪獨賤之，且言其本亦易驅除，特王不悟耳。爲惡者弱，黨惡者寡，是以易驅除者也。

末章玩朱《傳》，「居河之湄」三句是一意，「既微且尰」三句是一意。末句是總承二意言之。凡詩體皆以二句爲節，如此章亦只宜疊疊説去，以見義不容割裂破碎以就其説也。傳注中亦多錯經解義，讀者自宜融會大旨，不宜固滯。

大都亂世小人，多有乘權握勢，憑靈藉寵，枝黨扶踈，盤結根據，人生縱欲驅遣，莫可誰何者。此章甚言其易去，見王信用之過也。

張叔翹曰：碩言、巧言，當與好言、莠言例看，是非好醜皆不足據。正所謂行路之言，浮浪而不根者。然既得其心，則亦何難辨哉。如此説，則「出自口矣」正與「匪舌是出」相反，儘覺有意。

《傳》曰：秩秩，進知也。莫，謀也。

《箋》曰：此四事者，言各有所能也。因己能忖度讒人之心，故列道之爾。猷，道也。大道，治國之禮法。遇犬，犬之馴者，謂田犬也。

《傳》曰：柔木，椅、桐、梓、漆也。

《箋》曰：此言君子樹善木，如人心思數善言而出之。善言者往亦可行，來亦可行，於彼亦可，於己亦可，是之謂行也。

《傳》曰：蛇蛇，淺意也。

《箋》曰：碩，大也。大言者，言不顧其行，徒從口出，非由心也。

何人斯

《序》曰：《何人斯》，蘇公刺暴公也。暴公爲卿士而譖蘇公焉，故蘇公作是詩而絶之。

篇中「胡逝我梁，不入我門」等語，俱是，托言而刺其譖己之意即在言表。詞不迫而意獨至。

暴公之於蘇公也，既以讒譖相加遺矣，復何面目見之乎。縱彼不言，我獨不愧於心乎。我曲彼直，所以欲見而難於見也。通詩專言其可以見而不來，惟欲以一來爲快，則彼媿汗慚悚，羞澁難前之態，宛然在目，而讒搆排擠之罪，亦不待言而顯矣。以此相責，正如握西秦之鏡，魑魅莫逃；飲上池之泉，肺肝悉見。故曰「作此好歌，以極反側」，「爲鬼爲蜮，則不可得」，語語刺心，針針見血，徒曰責人忠厚，則猶見其皮毛，未領其旨趣也。

通詩不説譖己，只説始時相顧之厚，而今相遇之踈。微詞冷語，使暴公聞之媿死無地。

徐士彰曰：「胡逝我梁，祇攪我心」，「壹者之來，云何其盱」，「壹者之來，俾我祇也」，皆望之之辭也。夫其譖己已知之矣，而惓惓屬望，非故假此以媿之也。蓋以平日相知之深，而一旦若此，則自有不能自信之心，亦有不忍遽絶之念，此亦人情之所不能忘也。若平時無相與之素，而爲是譖我之言，固亦弗之恤矣。

《小弁》之怨深也，而深言之，所謂其兄彎弓而射之，則己垂涕泣而道之，處父子之道也；《何人斯》之怨深也，而淺言之，所謂越人彎弓而射之，則己談笑而道之，處朋友之道也。

張叔翹曰：譖人之人難施眉目，所以藏形匿跡。若被譖之人於心無愧，明目張膽，無不可復見也。是以屢屢欲其一來，雖曰望之，實以媿之。

又曰：此詩首之以「其心孔艱」，而終之曰「以極反側」，正首尾相應處。篇中所言不出艱險反側之意，小人之情態盡於此矣。

一　●㊀●㊀●㊀　艱門云

二　●㊀●㊀●㊀　禍我可

三　●㊀●㊀●㊀①　陳身人天
四　●㊀●㊀●㊀　風南心
五　●㊀●㊀●㊀　舍車盱
六　●㊀●㊀●㊀　易知衹
七　●㊀●㊀●㊀　篪知斯
八　㊀㊀㊀㊀●㊀　蜮得目極側

首二章

徐子先曰：首四句一順説下，「孔艱」即就「胡逝我梁」二句見之，總是怪其人之踈已耳。「伊誰云從」，因其不入我門而問其所從行也。

薛仲常云：大抵譖人者自是無面目見人，然其自解，必謂其人不足見也。故曰「始者不如今，云不我可」。

一章首二句責之也，而不爲已甚之詞。中二句疑之也，而猶有望之之意。末二句始明言

---

① 此章韻譜當作「●㊀●㊀㊀㊀」。

之，而其情既不可得而遁，然亦無忿懟之詞。二章首二句雖已明知其譖，而猶爲不知之辭。末二句已絶於今，而言念昔時見顧之厚，委婉之意可掬，而寄諷實深。言内言外各極其致，入神之文也。

「孔艱」舊云艱險，此詩責人忠厚，豈宜開口罵詈。「孔艱」句正與「胡逝我梁」相應，言其用心太過耳。

「云不我可」，《箋》曰：今日云我所行有何不可者乎，何更于己薄也。

三、四章

聞其聲，不見其人，形容譖人情狀如鬼如魅，可鄙可羞。「不愧於人，不畏於天」，上指下畫，無辭抵對，侻首汗顔而已。

三章至五章皆模寫小人詭秘急遽之狀，所謂毚兔遇犬，莫得遁矣。

「不愧於人」二句，還指蹤跡詭秘説。《注》云「奈何其譖我也」，未妥。

「其爲飄風」，亦不見其身之意。

「胡不自北」四句，不要説惡其相值，只是相值而不入爲可疑，故曰「祇攪我心」。

邊氏曰：古人責人往往至天而極，如《雨無正》「胡不相畏」。「不畏於天」亦此意也。

《箋》曰：女今不入唁我，何所愧畏乎。皆疑之未察之辭。

《傳》曰：飄風，暴起之風。

五、六章

張叔翹曰：「俾我祇也」句有意，蓋謂我心以一見爲安，爾之不一來也，于心寧獨安乎。

《箋》曰：盱，病也。女可安行乎，則何不暇舍息乎？女當疾行乎，則又何暇脂女車乎？極其情，求其意，終不得一者之來見，我于女亦何病乎？

《傳》曰：祇，病也。

七、八章

徐子先曰：「吹壎」、「吹篪」指謀國之時，一議一論相爲附和説。「如貫」者同心統之義。「我知」謂知其體國之忠、敬身之義也。

詛盟，《周禮疏》云：「詛是詛過往，盟是盟將來。」《釋文》：「以禍福之言相要曰詛。」

暴公之逝梁不入，分明是鬼蜮情狀。然終不能爲鬼蜮，靦哉人也。吾作歌以極爾情，爾身雖不我見也，爾情焉逃哉。始厚而終譖我，故曰反側。至此始露譖意，然終不可説出，只言昔厚今薄便是。

此詩温厚和平，委曲漸次，略無忿疾之意。真可謂之好歌。然味其語意，詳其終始，則其人之回互隱伏，倏忽狡獪，心事暗昧，蹤跡詭譎，翻雲覆雨之態，發露無遺，真可謂之「極反側」。似寬而嚴，似婉而切，所謂綿裏藏針。只此兩言，已是一詩斷案也。

《疏》正義曰：壎，《周禮·小師職》作塤，古今字異耳。《注》云壎六孔，燒土爲之。《爾雅·釋樂》文：「大塤謂之嘂」，音叫。郭璞曰：「大如鵞子，鋭上平底，形似稱錘。小者如鷄子。」《釋樂》又云：「大篪謂之沂」，郭璞曰：「篪以竹爲之，長尺四寸，圍三寸。八孔，孔上出，徑三分，横吹之，小者尺二寸。」《注》：「篪七孔，蓋不數其上出者，故七出也。」

《世本》云：「暴辛公作塤，蘇成公作篪。」譙周《古史考》云：「古有塤篪尚矣，周幽王時暴辛公善塤，蘇成公善篪。」按：若以暴善塤，蘇善篪，此詩言之有何意味。《世本》之説殆是因此詩而傅會之，譙氏亦弗深考，直以意斷之耳。

《傳》曰：靦，姡也。

《疏》正義曰：《洪範五行傳》云：「蜮如鼈，三足，生於南越。南越婦人多淫，故其地多蜮，淫女或亂之氣所生也。」陸機云：「一名射影，江淮水皆有之。人在岸上，影見水中，投人影則殺之，故曰射影。南人將入水，先以瓦石投水中，令水濁然後入。或曰含沙射人皮肌，其瘡如疥，是也。」

《箋》曰：反側，輾轉也。作八章之歌，求女之情，女之情反側極於是也。

巷伯

《序》曰：《巷伯》，刺幽王也。寺人傷於讒，故作是詩也。

按宫中之獄曰永巷，此詩所謂巷伯，蓋掌宫中之獄者也。《記·緇衣》曰：「好賢如緇衣，惡惡如巷伯，則爵不瀆而民願，刑不試而民服。」

陳定宇曰：《巧言》、《何人斯》、《巷伯》三篇，其述讒言之禍與讒人之情狀，可謂極矣。

《箋》曰：巷伯，奄官。寺人，内小臣也。奄官，上士四人，掌王后之命，于宫中爲近，故謂之巷伯。與寺人之官相近，讒人譖寺人，寺人又傷其將及巷伯，故以名篇。

一　●㊀●㊀　錦甚

二　●㊀●㊀　箕謀

三　㊀㊀㊀㊀　翩人言信

四　㊀㊀●㊀　幡言遷

五　㊀㊀㊁㊁㊁　好草　天人〔人〕

六　●㊀●㊀㊁㊁㊂㊂　謀虎　食北　受昊

七　㊀㊀●㊀●㊀　道丘詩之

首四章

徐子先曰：緝緝者，如麻之績，繼續而不已也。翩翩者，如鳥之飛，往來而自得也。

徐士彰曰：嗟夫，譖人者可恃以爲常哉？君能聽吾之言，亦能聽人之言，君能以吾之言加罪於人，亦能以人之言加罪於吾。且不以誠相與，而惟以詐相傾，則聽者之心固不能保其終不我疑矣。故曰「謂爾不信」、「既其女遷」，亦自古譖人者之常理也。

朱氏曰：一章之比飾小以爲大，二章之比構虛以爲實。許云此二章總是飾小過以成大罪之意，但既以萋(菲)〔斐〕爲喻，又以哆侈爲喻耳。

子先曰：「亦已太甚」，言其所爲之忍也。「誰適與謀」，言其所謀之詭也。皆深疾之之辭。

輕信之門既啓，則反中之禍不測。且駕妄鑿空，猶使忠賢之臣横罹其毒，而况罪盈惡積，能保讒佞之輩不伏其辜？

《傳》曰：興也。萋、菲，文章相錯也。錦，錦文也。

《箋》曰：錦文者，文如餘泉、餘蚳之貝文也。興者，喻讒人集作己過以成于罪，猶女工之集采色以成錦文。

《疏》正義曰：《釋魚》説貝文狀云：「餘蚳黄白文，餘泉白黄文。」李巡曰：餘蚳貝甲，黄爲質，白爲文彩。餘泉貝甲，白爲質，黄爲文彩。」陸機曰：「貝，水介蟲也。其文彩之異、大小之殊甚衆。或又有紫貝，其白質如玉，紫點爲文，皆行列相當。其目大者當有至一尺六七寸者，今九真、交趾以爲杯盤寳物也。」

《傳》曰：哆，大貌。侈之言是必有因也，斯人自謂其辟嫌之不審也。

《箋》曰：箕星哆然，踵狹而舌廣，今讒人之因寺人之近嫌而飾成其罪，猶因箕星之哆而侈大之。

《箋》曰：慎，誠也。欲其誠者，惡其不誠也。

《箋》曰：遷之言訕也。

五、六、七章

徐士彰曰：巷伯既已被刑，則其身無足爲者，故作詩以告君子，庶幾有裨於人耳。好好，猶揚揚也。草草，猶慘慘也。視者，鑒觀别白之。然鑒别驕人，正所以恤勞人也。

《箋》曰：草草者，憂將妄得罪也。

《箋》曰：欲之揚園之道者當先歷畝丘，以言此讒人欲譖大臣，故從近小者始。

《傳》曰：寺人而曰孟子者，罪已定矣而將踐刑，作此詩也。

《箋》曰：既言寺人，復自著孟子者，自傷將去此官也。

《疏》：陸德明曰：「從《節南山》至《何草不黃》，凡四十四篇，前儒申、毛皆以爲幽王之變小雅，鄭以《十月之交》以下四篇是厲王之變小雅。」

〔谷風之什〕

谷　風

《序》曰：《谷風》，刺幽王也。天下俗薄，朋友道絶焉。

時有安危，友則有厚於危而薄於安。事有得失，友則有忘其得而計其失。嗚呼，此翟公所以書門，朱穆所以絶交也。「維予與汝」，義同鶼鰈；「女轉棄予」，別有參商。次章之意更甚於此，「寘予於懷」，如漆中之投膠；「棄予如遺」，則路傍之敝屣。

呂氏曰：急則相求，緩則相棄，恩厚不知，怨小必計。其小人之交也。

曰：「維風及雨」，風發而雨繼之也。二章之興俱以周旋不舍爲意。《擬樂府・昔思君》：「昔君與我兮，形影潛結。今君與我兮，雲飛雨絶。昔君與我兮，音響相和。今君與我兮，落葉去柯。昔君與我兮，金石無虧。今君與我兮，星滅光離。」

吕氏曰：朋友之義，其相求本非以利害也，故窮達若一。不知其義則利害而已耳，離合安可常哉？

張叔翹曰：篇終言忌大德、思小怨，乃見其所以相棄之故。夫友道之絶未有不起於怨者，張、陳凶終，蕭、朱隙末，蓋自怨生也。然詩人之詞怨而不怒，庶幾所謂絶交不出惡聲者耶。又《序》以爲刺幽王，理或有之。夫使在上者有《伐木》之和平，則人人篤於友義，安得有如此詩之相怨者。然則導民以薄，非王而誰？

《傳》曰：興也。風雨相感，朋友相須。

《箋》曰：興者，風而有雨則潤澤行，喻朋友同志則恩愛成。

「維予與女」，《箋》曰：謂同其憂務。

《傳》曰：頽，風之焚輪者也。風薄相扶而上，喻朋友相須而成。

《疏》正義曰：《釋天》云：「焚輪謂之頽，扶摇謂之猋。」李巡曰：「焚輪，暴風從上來降謂之頽，頽，下也。扶摇，暴風從下升上謂之猋，猋，上也。」

《箋》曰：如遺，如人行道遺忘物，不復省存也。

「棄予如遺」，古詩曰：「棄我如遺跡」，加一跡字，發明爲多。

「習習谷風，維山」四句，《箋》曰：此言東風，生長之東風也。山巔之上草木猶及之，然而盛夏養萬物之時，草木枝葉猶有萎槁者。以喻朋友雖以恩相養，亦安能不時有小訟乎？

一 ●㊀㊀㊀●㊀ 雨懼女予

二 ●㊀●㊀●㊀ 頹懷遺

三 ●㊀●㊀●㊀ 嵬萎怨

蓼莪

《序》曰：《蓼莪》，刺幽王也。民人勞苦，孝子不得終養爾。

朱氏曰：《陟岵》、《鴇羽》，思念於父母尚存之日，《蓼莪》之詩，感傷於父母既没之時。彼父母俱存者，猶未知是詩之切也。父母既没，讀是詩而不三覆流涕者，非人子也。

張叔翹曰：父母既没，誦詩而增其悲感，徒懷鮮民之悲耳。爲人子者幸當父母尚存之日，讀此而不惕然動心，蕩蕩悠悠，至欲養而親不能待，謂之何哉。古人不以一日養易三公之位，良可思也。

《序》箋曰：不得終養者，二親病亡之時，時在役所不得見也。

一　●㊀●㊀　蒿勞

二　●㊀●㊀　蔚瘁

三　●㊀●㊀●㊁●㊁　恥久　恃至

四　●㊀㊀㊀㊀㊀㊁㊁　鞠蓄育復腹　德極

五　●㊀㊀●㊀①　烈發害

六　㊀㊀●㊀　(栗)〔律〕弗卒

首三章

「缾之罄矣」一章皆深悲至痛之辭。

「御恤靡至」形容真切，句法妙品。

《傳》曰：興也。

① 此章韻譜當作「㊀㊀●㊀」。

《箋》曰：莪已蓼蓼，長大貌。視之以爲非(義)〔莪〕，故謂之蒿。興者，喻憂思雖在役中，心不精識其事。

《箋》曰：缾小而盡，罍大而盈。言爲罍耻者，刺王不使富分貧、衆恤寡。

《疏》正義曰：小罍謂之坎。孫炎曰：「酒罇也。」郭璞曰：「罍形似壺，大者受一斛。」

四、五、六章

生者本其氣，如萬物資生之生。鞠者，胎養也，摶捖以成其形也。拊者，拊循之防其驚畏。畜者，如畜養鳥獸。節其起居，謹其出入，長如南風之長養萬物，調和其身體，滋養其血氣，日夜望其長大也。育如鷄之抱卵，煦嫗燠休之。顧，旋視也。復，旋視之不厭也。一日親行而兒不隨，則回顧之。兒行而親不隨，則追唤之也。

嗟夫，君之恩捐軀足報，以身爲吾有也。至於親，則身亦親之有也，雖捐軀莫報也，而况身之外乎，而况身之外且不能致之親乎？其哀痛可勝道哉！

人有德於我，我報之德則稱。天之覆育生成，何德可稱乎？

曰：山高大則風必疾、，以物理之齊興人事之不齊。

《傳》曰：烈烈然，至難也。

《箋》曰：民人自苦見役，視南山則烈烈然，飄風發發然，寒且疾也。害，寒苦之害。

（小）〔大〕東

《序》曰：《（小）〔大〕東》，刺亂也。東國困於役而傷於財，譚大夫作此以告病焉。

徐士彰曰：俯觀周道，而傷今思古之懷既有感於中。中察人事，而彼此不均之狀又有激於目。及仰觀乾象，又若有不恤東人而反助西人之意。俯仰之間，何莫而非見困者哉？

徐士彰曰：天何助於人，而望之情之無所於托也。天何仇於人，而憾之思之無所於極也。

張叔翹曰：此詩自「琄琄佩璲」以上，叙述東國見困之情已盡矣。以後把一箇天説來説去，直從望之處説到怨之處，從不能助東人處説到反助西人處，皆是虛空中生出議論，縱横變幻，不可端倪。以文辭觀之，亦天下之至奇也。

此詩立言有法，意趣深長。至後面説天一段，悽切無聊，挈悲雪涕。吟哦再四，以爲太息。

一　●㊀㊀㊀㊀●㊀　匕砥矢履視涕

二　㊀㊀●㊀●㊀㊁㊁　東空霜行　來疚

三　㊀㊀㊀㊀●㊁●㊁　泉薪歎人　載息①

四　●㊀●㊀●㊀●㊁②　來服　裘試

五　●㊀●㊀●㊀●㊀　漿長光襄

六　●㊀●㊀●㊀●㊀③　襄章箱明庚行

七　●㊀●㊀●㊁●㊁　揚漿　舌揭

首二章

周之盛時，朝覲會同，循周道以歸往，守蓋相望，儀衛赫奕，極一時之盛。沿途小民，或息肩憩足於道路之旁，或傴僂提携於阡陌之上，莫不跋踵盱眸，瞻望其威儀，快覩其丰采，故曰「君子所履，小人所視」。或云「視，行也，行則視地」，最無意味，可笑。次章上四句傷財，下四句困役。一作末句總承，太謬。「既往既來」，往來之不一也。一周道也，方其盛時，則君子履之而小人視焉；其衰也，公子行之而人心痛焉。時移事變，而人心所感不同如此。

---

① 此章韻譜當作「㊀㊀㊀㊀㊀㊁㊀㊁　泉薪歎人薪人　載息隔」。

② 此章韻譜當作「●㊀●㊀●㊁●㊁」。

③ 此章韻譜當作「㊀㊀●㊀㊀㊀●㊀」。

首章「潸焉出涕」，含悲蓄怨。賦役西輸，乃朱子推原所以，未宜露出。

孔氏曰：禮，簋盛黍稷。《雜記》：喪祭匕用桑，吉祭及賓客之匕則用棘。古之祭祀享食，必體解其肉之胖，故賓用匕載之，謂出於鼎升之於俎也。胖音判，牲之半體。

葛屨、履霜、公子、周行，只此四句，東人蕭條煩苦之狀如在目前，可謂善立言矣。

《傳》曰：興也。棘，赤心也。

《箋》曰：飧者，客始至，主人所致之禮也。凡飧饔餼，以其爵等爲之牢禮之數陳。興者，喻古者天子施與之恩於天下厚。

《傳》曰：如砥，貢賦均平也。如矢，賞罰不偏也。

《箋》曰：此言古者天子之恩厚也，君子皆法效而履行之，其如砥矢之平；小人又皆視之共之，無怨言我也。此二事者，在乎前世過而去矣，我從今顧視之爲之出涕，傷今不如古。

《箋》曰：小也、大也，謂賦斂之多少也。小亦於東，(人)〔大〕亦於東，言其政偏(矢)〔失〕砥矢之道也。譚無他貨，惟絲麻爾。今盡杼柚不作也。周行，周之列位也。言時財貨盡，雖公子衣屨不能順時。乃夏之葛屨，今以履霜送轉餫。因見使行周之列位者而發幣焉，言雖困乏猶不得止。既，盡也。言譚人自虛竭餫送而往，周人則空盡受之，曾無反幣復禮之惠。

三、四章

曰：四章只宜平平説去，而賦役不均、群小得志之意自見，不用分析。「粲粲衣服」何如「杼柚其空」，「熊羆是裘」必非「葛屨履霜」，「百僚是試」豈比「行彼周行」。此二章相反之意。

三章之憚不專力役，徵發之煩、供億之困，皆可言勞也。不盡人力、不盡人財，皆可言息也。

張叔翹曰：「契契寤歎」，詩人自謂哀者，我哀之也。舊説皆以爲契契然而寤歎者，乃可哀之憚人也。此與興意不協。

《箋》曰：穫，落木名。「薪是穫薪」者，析是穫薪也。

契，刻也。契契者，憂苦切心之意。

《箋》曰：息者休息，養之以待國事。

「東人之子」，《箋》曰：自此章以來言周道衰，其不言政偏，則言衆官廢職，如是而已。

《箋》曰：舟當作周，裘當作求，聲相近故也。周人之子，謂周世臣之子孫退在賤官，使搏熊羆，在冥氏、穴氏之職。

《傳》曰：是試用於百官也。

按「舟人」四句，如鄭説，即所謂欒郤、胥原、狐續、慶伯降在皁隸，政在私門者也。

五、六、七章

此下三章，只要形容其愁苦無聊之況，不用着相説，纔着相便呆。出之艱，視之易。蓋得志之人不復知民生之苦，人情大抵如此。歐陽公曰：「言東人困於供億，取資於地者皆已竭矣，欲取於天，又不可得也。」

「或以」二句，《傳》曰：或醉以酒，或不得漿。

《傳》曰：鞙鞙，玉貌。

《箋》曰：佩璲者，以瑞玉爲佩，佩之鞙鞙。然居其官職，非其才之所長也，徒美其佩而無其德，刺其素餐。

呂氏《讀詩記》：《後漢·輿服志》曰：「古者君臣佩玉。五伯迭興，戰兵不息，釋去韍佩，留其係璲，以爲章表。故《詩》曰『鞙鞙佩璲』，此之謂也。韍佩其廢，秦乃以采組連結于璲，轉相結受，故謂之綬。漢仍秦制而弗改，故加之以雙印佩刀之飾。至孝明皇帝，乃爲大佩衝牙、雙瑀璜，皆以白玉。」

《傳》曰：漢有光而無所明。

《箋》曰：喻王闓置官司，而無督察之實。

《疏》正義曰：楊泉《物理論》曰：「漢水之精也，氣發而升，精華浮上，宛轉隨流，名曰天河。一名雲漢。」

《箋》曰：織女有織名，爾駕則有西無東，不如人織相反，報成文章。

《傳》曰：河鼓謂之牽牛。

《箋》曰：牽牛不可用於牝服之箱。

《疏》：李巡曰：「河鼓、牽牛皆二十八宿名也。」孫炎曰：「河鼓之旗十二星，在牽牛北也。或名爲河鼓，亦名爲牽牛。」

《傳》曰：日旦出謂明星爲啓明，日既入謂明星爲長庚。庚，續也。

《疏》曰：《釋天》云：「明星謂之啓明。」孫炎曰：「明星，太白也。出東方高三舍，今曰明星。昏出西方高三舍，今曰太白。然則啓明是太白矣，長庚不知是何星也。或一星出在東西而異名，或二者別星，未能審也。」

呂氏《讀詩記》載長樂劉氏曰：「金星朝在東，所以啓日之明。夕在西，所以續日之長。」李氏曰：「鄭樵云：啓明金星，長庚水星。金在日西，故日將出則東見；水在日東，故日將没則西見。」

《箋》曰：祭器有畢者，所以助載鼎實。

《傳》曰：挹，斞巨于反。也。

《箋》曰：翕猶引也。引舌者，謂上星相近。

《疏》正義曰：案二十八宿，連四方爲名者唯箕、斗、井、壁四星而已。壁者室之外院，箕在南則壁在室東，故稱東壁。鄭稱參傍有玉井，則井星在參東，故稱東井。推此則箕斗並在南方之時，箕在南而斗在北，故言南箕北斗也。以箕斗是人之用器，故令相對爲名。

四月

《序》曰：《四月》，大夫刺幽王也。在位貪（賤）〔殘〕，下國搆禍，怨亂並興焉。

一　㊀㊀●㊀　夏暑予

二　㊀㊀●㊀　凄（菲）〔腓〕歸

三　㊀㊀●㊀　烈發害

四　●㊀●㊀　梅尤

五　●㊀●㊀　濁穀

六　●㊀㊀㊀　紀仕有

七　㊀㊀●㊀　鳶天淵

八　㊀㊀㊀㊀　薇桋歌哀

首三章

「四月」二句，《疏義》作暑去有時，反興亂去無時。天不忍以暑害人，反興先祖而忍以亂害人也。獨許云「四月」二句是言時之漸進，而暑之寖盛，何忍使我遭此禍。正應夏之暑人苦其薰灼而言，以應禍亂日進之意。此本鄭《箋》，今從之。肅殺用威，則何物可免。亂離爲害，則何處可安。

亂則俱害，而云我獨不卒，自傷之甚耳。

曰：天地之運隨時變遷，四時之景本無美惡，惟夫懽樂者遇之則爲美景，憂愁者觸之則爲惡況。今夏則苦其焦灼也，秋則病其凋瘁也，冬則傷其迅烈也，蓋感時之亂，故遇景生悲，觸緒增感，其心無一時得以自寬焉。吟咏其詞，可見當時氣象矣。

《傳》曰：六月火星中，暑盛而往矣。

《箋》曰：徂猶始也。四月立夏矣，至六月乃始盛暑，興人爲惡亦有漸，非一朝一夕。

《箋》曰：言王爲酷虐慘毒之政，如冬日之烈矣。其亟急行於天下，如飄風之疾也。

四、五、六章

「我日搆禍」，所謂繒繳充蹊，沆穽塞路，舉手掛網羅，動足觸机陷也。

曰：六章以南國之有江漢，興王之不我有。有，識有，言顧念也。

《箋》曰：山有美善之草，生於梅栗之下。人取其實，蹂踐而害之，令不得蕃茂。喻上多賦斂，富人財盡，而弱民與受困窮。

《箋》曰：言在位者貪殘爲民之害，無自知其行之過者。言大於惡。

《箋》曰：江也，漢也，南國之大水，紀理衆川，使不壅滯。喻吳楚之君能長理旁側小國，使得其所仕事也。今王盡病其封畿之内以兵役之事，使群臣有土地，曾無自保有者，皆懼於危亡也。吳楚舊名貪殘，今周之政乃反不如。

七、八章

「維以告哀」，不敢他及也。當時之亂使人恐恐不敢言，蓋可想矣。

《箋》曰：言鵰鳶之高飛，鯉鮪之處淵，性自然也。非鵰鳶能高飛，非鯉鮪能處淵，皆驚駭辟害耳。喻民性安土重遷，今而逃走，亦畏亂政故。

《疏》正義曰：鶉，鵰也。從敦而爲聲，字異於鶉也。鵰之大者又名鶚鳶，鷙鳥也。鶉、鳶皆殺害小鳥，故《傳》云「貪殘之鳥」。

「山有」二句，《箋》曰：此言草木尚各得其所，人反不得其所，傷之也。

《疏》正義曰：《釋木》文。白者楝，舍人曰：「楝名赤楝也。某氏曰：『白色爲楝，其色雖異，爲名同，江湖間楝可作鞍。』」郭璞曰：「赤楝樹，葉細而岐鋭也。皮理錯戾，好叢生山中，中爲車輞。白楝葉圓而岐，爲木大也。」

北山

《序》曰：《北山》，大夫刺幽王也。役使不均，已勞於從事，而不得養其父母焉。

此詩可謂怨矣，然悲楚之意，達以委婉之辭，不失忠厚之道。

一　●㊀㊀㊀●㊀　杞子事母

二　㊀㊀㊁㊁㊁㊁　下土　濱臣均賢

三　㊀㊀●㊀㊀㊀　彭傍將剛方

四　㊀㊀㊁㊁　息國　牀行

五　㊀㊀㊁㊁　號勞　仰掌

六　㊀㊀㊁㊁　酒咎　議爲

首三章

不得養，便是憂我父母。

曰：此詩本爲役使不均，獨勞於王事而作。乃曰天子嘉我之未老，善我之方壯，嘉我旅力方剛，而可以經營四方，故獨見任使，反以王爲知己，忠厚之至也。此詩與《巷伯》、《大東》，俱可以爲立言者之法。

《箋》曰：登山而采杞，非可食之物。喻己行役不得其事。

《箋》曰：王不均大夫之使。按大夫不均，止當云大夫不均勞而已。

《傳》曰：旅，衆也。

四、五、六章

三章只以人己之勞逸不同，相形爲言，而大夫之不均自見。但言之重，辭之複，則其仰望者亦切矣。詩可以怨，此類是也。

《箋》曰：鞅猶何也，掌謂捧之也。負何捧持以趨走，言促遽也。風猶放也。

無將大車

《序》曰：《無將大車》，大夫悔將小人也。

言曰憂之不可思，正其憂之深也。熲訓小明。凡人有一事關心，則此心全向此一處芥蔕，只見有此一事也。自重者，自累其心，蘙蘙然而不得自舒也。

《疏義》曰：憂傷之意反覆道之。

「不出於熲」者，蓋人心有憂，則耿耿然自知之而不能自遣之，所以無思百憂。

《序》箋曰：周大夫悔將小人，幽王之時小人衆多，賢者與之從事，反見譖害，自悔與小人並。

《傳》曰：大車，小人之所將也。

《箋》曰：鄙事者，賤者之所爲也。君子爲之不堪其勞，以喻大夫而進舉小人，適自作憂累，故悔之。百憂，衆小事之憂也。進舉小人，使得居位，不任其職，愆負及己，故以衆小事爲憂，適自病也。

《箋》曰：冥冥者，蔽人目明，令無所見也。猶進舉小人，蔽傷己之功德也。思衆小事以爲憂，使人蔽闇，不得出於光明之道。

一　●㊀●㊀　塵疷
二　●㊀●㊀　冥熲
三　●㊀●㊀　雝重

小明

《序》曰：《小明》，大夫悔仕于亂世也。

念僚友內畢竟有因勞思逸意，故末章爲忠告之詞。

「興言出宿」，古詩：「出户獨傍徨，愁思當告誰。引領還入房，淚下霑裳衣。」

曰：靖，如自靖自獻之靖。舊注云：靖，安也。各安其義之所當盡也。共，如虔共爾位之共。

徐士彰曰：此詩之意，亦是身在於外，而念其在朝之朋舊，故思之不忘如此。即如末二章亦愛人以德，而相爲戒勉之詞，非有怨懟之意也。《詩説》所謂不言思其室家而欲歸，乃言思其僚友者，善屬辭也。

輔氏曰：居亂邦，事暗主，與回邪之人共處，易得隨風而靡，惡直醜正。故戒之以正直是與，如是正直則神明所祐，而福禄至焉，不必求之於人也。

《箋》曰：「明明上天」，喻王者當光明如日之中。而「照臨下土」，喻王者當察理天下之事也。據時幽王不能然，故舉以刺之。

「我征」四句，《箋》曰：詩人牧伯之大夫，使述其方之事，遭亂世勞苦而悔仕。

《箋》曰：共人靖共爾位，以待賢者之君。

《箋》曰：四月爲除。睠睠，有往仕之志也。

《箋》曰：反覆謂不以正罪見罪。

《箋》曰：嗟女君子，謂其友來仕者也。人之居無長安之處，謂當安安而能遷。孔子曰：「鳥則檡木。」

《傳》曰：靖，謀也。正直爲正，能正人之曲曰直。

《箋》曰：共，具也。有明君謀具女之爵位，其志在於與正直之人爲治，神明若祐而聽之。其用善人則必用女，是使聽天守命，不汲汲求仕之辭。言女位者，位無常主，賢人則是。

《箋》曰：介，助也。助女以大福，謂遭是明君，道施行也。

一　○㊀○㊀●㊀●㊀●㊀①　土野暑苦雨罟

二　●㊀●㊀●㊀●㊀●㊀　除莫庶暇顧怒

三　●㊀●㊀●㊀●㊀●㊀　奥蹙（寂）〔菽〕戚宿覆

四　㊀㊀●㊀●㊀　子處與女

五　●㊀●㊀●㊀　息直福

鼓鍾

《序》曰：《鼓鍾》，刺幽王也。

---

① 此章韻譜當作「●㊀●㊀●㊀●㊀●㊀」。

子先曰：以詩歌則音律分明，以舞蹈則疾徐有節，所謂不僭也。以雅，以音而奏夫雅也。以南，以音而奏夫南也。以籥而蕩夫音也。

此詩之辭委曲微婉，而刺譏之意隱然見於言外，亦善於立言者也。

曰：《〔鼓〕鍾（鼓）》一篇，朱子雖引蘇氏、王氏之説而解之，蓋亦未敢信其必然。而又曰「此詩之義有不可知者」，蓋不可考矣。

歐陽氏曰：旁考《詩》、《書》、《史記》皆無幽王東巡之事，無由遠至淮上而作樂。且曰徐夷並興，蓋自成王時徐戎及淮夷已皆不爲周臣，宣王時嘗遣將征之，（不）〔亦〕不自往。至魯僖公又伐而服之，乃在莊王時。而其事不明，初無幽王東至淮上之事明矣。

妯字，字法妙品，甚於傷悲矣。

懷者，但懷其人，不言其懷之所在，含蓄無盡矣。

堂上下相比，故曰同音。

末章之辭愈隱，其意愈微。蘇氏注是言外意。

嚴氏曰：幽王東巡不經見，然古事亦有不見於史，而因經以見者。《詩》即史也。

《傳》曰：幽王用樂不與德比，會諸侯于淮上，鼓其淫樂以示諸侯。

《箋》曰：爲之憂傷者，嘉樂不野合，犧象不出門。今乃于淮水之上作先王之樂，失禮尤甚。

《箋》曰：　妯之言悼也。

《疏》正義曰：　鼛即臯也，古今字異耳。《韗人》云臯鼓尋有四尺，長丈二，是大鼓也。猶當作痛，病也。

《傳》曰：　欽欽，使人樂音岳進也。笙磬，東方之樂也。同音，四懸皆同也。

《箋》曰：　同音者，謂堂上堂下八音克諧。

《傳》曰：　爲雅爲南也。舞四夷之樂，大德廣所及也。東夷之樂曰昧，南夷之樂曰南，一作任。西夷之樂曰朱離，北夷之樂曰禁。以爲(樂)〔籥〕舞，若是爲和而不僭矣。

《箋》曰：　雅，萬舞也。萬也，南也，籥也，三舞不僭，言進退之旅也。周樂尚舞，故謂萬舞爲雅。雅，正也。籥舞，文樂也。

一　⊖⊖⊖●⊖　將湯傷忘

二　⊖⊖⊖●⊖　喈(喈)〔湝〕悲回

三　⊖⊖⊖●⊖　鼛洲妯猶

四　⊖⊖⊖⊖⊖　欽琴音南僭

楚茨

《序》曰：《楚茨》，刺幽王也。政煩賦重，田莱多荒，飢饉降喪，民卒流亡，祭祀不饗，故君子思古焉。

徐士彰曰：通詩有次序。自「祝祭於祊」，是初入祭求神之時。《特牲》所謂「索祭祝於祊」是也。其曰「絜爾牛羊，剥亨肆將」，是既灌迎牲之時。《特牲》所謂「用牲於遲，升首於室」是也。其曰妥有者，是迎尸以入，拜坐之時。《特牲》所謂「尸始入，祝詔主人拜妥尸，使之坐」是也。其曰肝從者，是主人初獻之時。《特牲》所謂「主人洗爵獻尸」是也。其曰以燔從者，是主婦亞獻之時。《特牲》所謂「主婦洗爵獻尸」是也。其曰「獻酬交錯」，是賓三獻以後而旅酬之時。《特牲》所謂「賓三獻畢，主人遂酌以獻賓」是也。孔熯不愆，是三獻後之時。《少牢》所謂「皇尸命工祝致多福于孝孫」是也。至禮備樂和，是飲福以後，而孝孫往阼階聽祝致利成。是《少牢》所謂「主人出立于阼階，西面，祝出西階東面，告利成」是也。廢徹，是送尸以後，徹饌之時。《儀禮》所謂「尸俎而佐食，徹之」是也。燕私則徹饌以後，既歸賓俎之時。《儀禮》所謂「主人阼俎、籩豆，乃尸兄弟之庶羞，燕族人於堂」是也。

《序》箋曰：田菜多荒，茨棘不除也。饑饉，倉庾不盈也。降喪，神不與福助也。

一　○㊀○㊀●㊀●㊀㊀㊀㊀㊀①　棘稷翼億食祀侑福

二　㊀㊀㊀㊀㊀㊀㊀㊀㊀㊀●㊀　蹌羊嘗享將祊明皇饗慶疆

三　㊀㊀㊀㊀㊀㊀㊀㊀㊀㊀●㊀　踖碩炙莫庶客錯度獲格酢

四　㊀㊀●㊀㊁㊁㊁㊁㊁㊁㊁㊁　熯愆孫　祀食福式稷勑極億

五　㊀㊀㊀㊀㊁㊁㊂㊂●㊂●㊂　備戒位告　止起　〔尸〕歸遲私

六　㊀㊀㊁㊁㊂㊂●㊂●㊃●㊃　奏禄　將慶　飽首考　盡引

首二章

《疏義》云：剝、享、肆、將，皆絜牛羊、奉蒸嘗之事，而皆蒙「濟濟蹌蹌」一句，則「濟濟蹌蹌」兼主祭、助祭説。

曰：絜牛羊，視牲而度其色純角正之類。剝、享、肆、將各有人，而四「或」字，則以事言，非以人言也。

---

① 此章韻譜中「○」均當作「●」。

曰：祝祭廟門内者，《疏義》以爲，禮，公食大夫皆行事于廟，是廟門之内有待賓客之處也。神無不在，故博求之于此，非謂門内屏外，求諸陰陽之間之義也。

曰：儀文兼至，備也。典則昭明，著也。是皇，神處尊位而來格，如在其上之意。是享，神依皇尸而來享，嗜其飲食之意。皇訓大也，君也。大者，洋洋流動充滿之意。君者，君臨之意。

《特牲》曰：直祭祝於主，索祭祝于祊。不知神之所在于彼乎？于此乎？或諸遠人乎？祭於祊，尚曰求諸遠者與？

「楚楚」四句，《箋》曰：言古者先王之政以農爲本。

《疏》正義曰：茨，疾藜也。郭璞曰：「布地蔓生，細葉，子有三角刺是也。」

《箋》曰：以黍稷爲酒食，獻之以祀先祖。既又迎尸，使處神坐而食之，爲其嫌不飽，祝以主人之辭勸之，所以助孝子受大福也。

《傳》曰：肆，陳；將，齊也。或陳於牙，或齊于肉。

《疏》：《釋宫》：「閍謂之門。」李巡曰：「閍，廟門名。」

《傳》曰：保，安也。

《箋》曰：皇，往也。先祖以孝子祀禮甚明之故，精氣歸往之，其鬼神又安而享其祭祀。

三　章

曰：三章重敬字，皆歸在公卿身上。

爨以煮肉，爨以炊米。

「爲俎孔碩」，牲體碩也。

内羞以穀物，庶羞以牲物。穀物，酏食、糝食也。牲物，羊臐、豕膮也。執爨之敬就執事言，故曰「踖踖」。主婦之敬就交神上言，故曰「莫莫」。俱字法能品。

曰：東西互對飲曰交，東西邪行，錯綜互飲曰錯。

此上三章皆一時事，但每章各發一義耳。

《傳》曰：踖踖，言爨竈有容也。燔取膟膋。炙，炙肉也。

爲賓客，《傳》曰：繹而賓尸及賓客。

《箋》曰：君婦爲后也。凡適妻稱君婦，事舅姑之稱也。庶，胗也。祭祀之禮，后夫人主共籩豆，必取肉物肥胗美者也。

《傳》曰：東西爲交，邪行爲錯。

《箋》曰：古者於旅也語。

四　章

言飲食則報以百福，言禮容則報以善極，所謂報以類也。如幾者，所欲即得，與意相符契。如式，言備足不少欠，恰似有箇法度以齊之，更虧欠他不得一般。

齊者不亂，衣冠必正，瞻視必尊。稷者不遲，敏于趨事，疾于駿奔。匡者不邪，周旋中規，折旋中矩。勅者不忽，洞洞屬屬，執玉捧盈。「如幾如式」、「時萬時億」，俱足上句，與「俾爾單厚」等句同。

《傳》曰：熯，敬也。

〔《箋》曰：〕孝孫甚敬矣，於禮法無過者。祝以此故致神意，告主人使受嘏，既而以嘏之物往予主人。

《箋》曰：今予女之百福，其來如有期矣，其多如有法矣，此皆嘏辭之意。

《箋》曰：齊，減取也。稷之言即也。極，中也。嘏之禮，祝徧取黍稷、牢肉、魚擩于醢以授尸，孝孫前就尸受之。天子使宰夫受之以筐，祝則釋嘏辭以勅之。又曰長賜女以中和之福，是萬是億，言多無數。

五　章

此章總是祭畢而循禮之次，蓋受祝告、送尸、徹饌、燕私，四者皆祭畢時禮次也。既備者，禮終三獻。既戒者，樂終三闋。

利訓順，成訓畢，言順養禮畢也。

曰：「徂賚孝孫」之位，是孝孫主祭時酳尸之位。「孝孫徂位」之位，是即未祭時分列之位。祝致神意，神無言而祝致其言也。祝傳尸意，尸有言而祝傳其言也。

尸在門外則疑於臣，故迎尸送尸皆以門内爲節。尸以神爲度，故神醉而尸起，神以尸爲依，故送尸而神歸。曰神醉者，思其所嗜，儼然如將見之也。

曰：主人之俎佐食徹之，賓客之俎有司徹之，君婦所徹者籩豆而已，即内羞、庶羞，而九嬪贊之者也。祝及兄弟衆賓則皆自徹而出，拜賓于門外而不敢留，歸賓俎而不敢遲，所以尊賓也。《特牲》曰「祝執其俎以出」，所謂賓客之俎也。

戒訓爲告，即告終之意。

《箋》曰：既戒，戒諸在廟者，以祭禮畢。致告，致孝孫之意告尸，以利成。皇，君也。尸，節神者也。神醉而尸謖，送尸而神歸。尸稱(居)〔君〕，尊之也。神安歸者，歸於天也。

燕私，《傳》曰：燕而盡其私恩。

六章

燕祭不同樂，而云皆入，歌詠異，樂器一也。

至恩旁洽，太和流行，故燕私之樂爲受禄之本。綏者，保定孔固之意。

「神嗜」六句，抑揚看，正是分疏前禄後禄處。

曰：飲食兼誠敬，壽考兼福禄，有其舉之莫或廢，有其廢之莫敢舉，惠也。雨露既濡，有怵惕之心；霜露既降，有悽愴之心，時也。内盡志，外盡物，盡也。

上數章稱福，單指公卿一身，通不及子孫。留此一着在末章燕私稱慶内，所謂百尺竿頭又進一步，最見警策。

諸父兄弟昔本一身，假廟之典所以尊祖敬宗，亦以展親睦族也。燕私一舉，而凡我同生，蕩然無間，和氣浹洽矣。夫兄弟既翕，父母順焉。冥冥之中，寧有鑒兹歡悦，而不隆保定之眷者？「樂具入奏，以綏後禄」，此殆實理自然，非僭謾也。

《傳》曰：綏，安也。安然後受福禄也。

《箋》曰：骨肉歡而君之福禄安。女之殽羞已行，同姓之臣無有怨者，而皆慶君，是其歡也。小大猶長幼也，同姓之臣，燕已醉飽，皆再拜稽首曰：「神乃歆嗜君之飲食，使君壽且考。」此其慶辭。甚順于理，甚得其時，維君德能盡之，願子孫勿廢而長行之。

信南山

《序》曰：《信南山》，刺幽王也。不能修成王之業，疆理天下，以奉禹功，故君子思古焉。

徐士彰曰：説者謂畀尸賓、獻皇祖，皆擬議於其前，至蒸嘗苾芬，而祀事始成也。愚意詩人之言，亦只道其致力於是，而致詳於神之意，初非有所擬議於前，而成事於後也。看詩當得其意，此等處不必太泥。

粢盛、瓜菹、犧牲，俱一時奉祭之物，每段各發一義耳，無有先後意。

一　㊀㊀●㊀㊁㊁　山甸田　理畝

二　㊀㊀㊁㊁㊁㊁　雲(芬)〔雰〕　霂渥足穀

三　㊀㊀㊀㊀㊁㊁　翼彧穡食　賓年

四　㊀㊀㊀㊀●㊀　(盧)〔廬〕瓜菹祖祐

五　㊀㊀㊀㊁㊁㊁　酒牡考　刀毛膋

六　㊀㊀㊀㊀●㊀　（亨）〔享〕芬明皇疆

首　章

曰：「畇畇原隰」，可見甸之之功。「我疆我理」，是即田之之事。

《周禮》百畝爲夫，夫間有遂，深廣各二尺，遂上有徑。十夫爲井，井間有溝，深廣各四尺，溝上有畛。百夫有洫，深廣各八尺，洫上有涂。千夫有澮，廣二尋，深二沕，澮上有道。萬夫有川，大水通流，非人力所治，故不載其廣深焉。川上有路。遂在井之内，周遭一夫之田。溝在井之外，周遭十夫之田。洫、澮、川倣此。其水則遂達於溝，溝達於洫，以次而達於川，以資蓄洩、備旱潦。此言「南東其畝」，自遂之達於溝言之也。順地勢之所宜者，凡地西北高東南下，水避高而走下。一夫之田四面有遂，一井之田四面有溝。遂之入溝，非東即南，視其下流之所在，則爲畝以固之，故云「南東其畝」。或東或南，紛然不一，所謂疆埸綺紛，溝塍刻鏤，原隰龍鱗是也。或云遂縱溝橫，一定之勢，而畝則有東南，大謬。但遂橫則溝從，遂縱則溝横耳。

《考工記》曰：凡溝逆地防，謂之不行。水屬不理孫，謂之不行。

又曰：凡溝必因水勢，防必因地勢。善溝者水漱之，善防者水淫之。

疆理不是一定，只是在外爲疆，在内爲理。如就一夫論，則遂徑爲疆，中間畝畎爲理。就十夫論，則溝畛爲疆，中間遂徑又爲理矣。推而至於萬夫，則一同之外川路爲疆，中間澮道、洫涂，溝畛、遂徑，皆爲理矣。

南東二字，全要活看。但是卑處便爲畝，以防其溢，或南或東，或東南皆有，初無一定之制。長樂劉氏之説亦似未盡。

爲畝者，旱則引溝之水以均於遂，潦則引遂之水以洩於溝，皆賴此以爲之障也。

陸農師曰：雪欲盛而徧，故言雰雰；雨欲微而潤，故言霢霂。

《傳》曰：曾孫，成王也。

《箋》曰：言成王乃遠脩禹之功，今王反不修其業乎？六十四井爲甸，甸方八里，居一成之中。成方十里，出兵車一乘，以爲賦法。

《傳》曰：疆，畫經界也。理，分地理也。

二、三章

曰：優，餘裕也。渥，厚漬也。霑，濡澤也。足，充滿也。是言土膏之饒洽，下指天澤言。

曰：「疆(埸)〔場〕」二句，雖分承上二章，然歸重黍稷上，方與下文相接。

曰：《特牲饋食禮》，三獻尸之後，主人亦有獻賓之禮。此言獻賓，正主奉祭宗廟時主人獻之，非指尸酌酢賓，及祭畢而燕于寢也。

「益之」四句，《箋》曰：成王之時，陰陽和，風雨時。

四　章

曰：瓜，即祭時登豆之物。於時適際瓜熟，故薦之，蓋秋嘗也，非薦新之謂也。左氏曰：「溪澗沼沚之毛，可羞於神明。」

《禮》曰：凡天之所生，地之所長，苟可以薦者，莫不咸在，示盡物也。外則盡物，内則盡志，故曰：「惟賢者能盡祭祀之義。」

五、六章

五章全重迎牲，祭以清酒，亦爲迎牲舉也。啓毛、取血、取膋平看，不可專以求神陰陽作眼目。

按《特牲》，「祭以清酒」二句，是既灌然後迎牲也。「執其鸞刀」三句，是用牲於庭也。「是烝是享」，是升首於堂也。

「是烝是享」，此正既奠升臭之事，薦熟之謂也。專以牲言，不兼酒說，蓋上章「清酒」句只用以求神，着此一句，以起下迎牲之事。非若三章獻尸所用酒也。祭中非不重酒，但章意各有所主耳。

一薦牲也，如上面所云，有許多節次，故云孔明。

取膋以爲升臭之用，此時猶未焫也。焫在奠熟之後，安得指此。及祭以清酒，便用求神陰陽爲意耶。《特牲》：「毛血，告幽全之物也。」告幽全之物者，貴純之道也。血祭，盛氣也。取膟膋、燔燎、升首，報陽也。

《箋》曰：清謂玄酒也。酒，鬱鬯、五齊、三酒也。祭之禮，先以鬱〔鬯〕降神，然後迎（性）〔牲〕，享於祖考，納享時。

《疏》正義曰：《天官・酒正》〔云〕辨五齊之名，一名泛齊，二曰醴齊，三曰盎齊，四曰緹齊，五曰沈齊。辨三酒之物，一曰事酒，二曰昔酒，三曰清酒。酒正掌爲五齊、三酒，祭祀則供奉之也。《酒正》鄭《注》云：「泛者，成而滓浮泛泛然，如今（宣城）〔宜成〕醪矣。醴猶體也，成而汁滓相將，如今恬酒矣。盎猶翁也，成而翁翁然葱白色，如今之酇白矣。緹者，成而紅赤，如今下酒矣。沈者，成而滓沈，如今造清酒矣。齊者，每有祭祀以度量節作之也。」又云：「事酒，酌有事者之酒，其酒則今時醳酒也。昔酒，如今之酋久。白酒，所謂舊醳者也。清酒，如今之中山，冬釀接夏而成者也。」

《傳》曰：鸞刀，刀有鸞者，言割中節也。

《疏》正義曰：膋者，腸間脂也。以脂膏合之黍稷，置之蕭，乃以火燒之，合其馨香之氣，是升臭也。

〔甫田之什〕

甫　田

《序》曰：《甫田》，刺幽王也。君子傷今而思古焉。

此詩諸説紛紛，有作兩年事者，以爲夏勞農，秋報賽，來年又復省耘，又復收成，謬不待言矣。有作一年事者，謂前三章夏耘一時事。首章始出省民，既言「自古有年」，又言將復有年，以見神功當報。次章是正祭時，此祭是耘時之祭，于此時報，即于此時祈。報者，報苗生之盛。祈者，祈有秋之祥也。三章祭畢之後，又去省耘，知其終之可年而喜之。末遂言收成之慶，歸功於農而欲報之。此在今時以爲不易之説，以愚而論，大未必然。按禮，仲春祭社，秋祭四方，報成萬物。秋獮之禮，羅弊獻禽以祀祊，十有二月大蜡，合聚萬物而索饗之。孟冬祈來年於天宗，大割祠于公社。孟春祈穀于上帝，季春爲麥祈實，季秋祈來年百穀于公社。并無三夏之月祈報方社田祖之(丈)〔文〕。惟龍見而雩,當在建巳之月。然此由辟之祭,非祈非報。唯《噫嘻·序》言「春夏祈穀于上帝」,仍非方社田祖,則以此祭爲在耘耔之時,乃曲説也。第三章雖是勞農,然亦安知其非省穫之時,徒以「禾易長畝」易字、「終善且有」終字,便以爲省耘。不知「易其田疇」是通用字。終字猶俗言畢竟,對「自古有年」而言,如「終温且惠」,亦言常常如此之意。泥此二字,遂以爲省耘,又曲説也。爲此説者,不過要將前面三章捱時溜月,次第相因,故爲此牽合附會,以就其所見耳。不知詩人作詩不比史官作史,史家編年叙事不容錯亂,若詩人之旨,一章自爲一義:或順時述事,或錯舉成文,或預道將來,或追稱往昔,或更端別叙,或重言復説,或因枝振葉,或沿波討源,換章則換事,換韻則換意,變化錯綜,如春山夏雲,頃刻異態,不可拿捏,初非拘拘以時月爲先後也。如此詩本是報賽之樂,當作于秋祭之時。首章述耘耔之勤,二章説祈報之禮。三章省農之時,上能感乎下。末章收成之事,君欲報乎民。各舉一事,各叙一時,則次章爲秋時之祭于義既通,三章不論爲省耘、省穫,都無不可,何必瑣瑣傅會也。凡説詩全要體會大旨,圓融活脱則觸處康莊,若拘攣局促泥滯舊聞,雖唇腐齒落,終不出葛藤窠臼矣。

子先曰: 一章曰「食我農人」、「烝我髦士」,二章曰「農夫之慶」、「穀我士女」,三章曰「攘其左右」、「農夫克敏」,四章曰「農夫之慶,報以介福,萬壽無疆」,是一篇之始終無非爲民而已。

子先曰：《楚茨》、《南山》，皆是公卿有田禄者力於農事，以奉宗廟之祭。故首皆推言昔人墾闢之功，而我得耕治以奉祭祀之意。《甫田》乃述公卿奉方社田祖之祭，故首言有年之多與蓄積之富，以見神不可不報之意。

《箋》曰：刺者，刺倉廩空虛，政煩賦重，農人失職。

一	㊀㊀㊀㊀㊀㊁㊁㊁㊁㊁	田千陳人年　畝耔薿止士
二	㊀㊀㊀㊀㊀㊁㊁㊁㊁㊁	明(年)〔羊〕方臧慶　鼓祖雨黍女
三	㊀㊀㊀㊀㊀㊀㊀㊀㊀㊀	(正)〔止〕子畝喜右否畝有怒敏
四	●㊀●㊀㊀㊀㊀㊀●㊀	梁京倉箱(梁)〔粱〕慶疆

首二章

曰：首章可見賦歛之常、周給之仁、巡視之勞、勸相之勤。

曰：首章文義疊疊相承，蓋「倬彼」四句發「自古」句，「自古」句發「今適」三句，「今適」三句發末二句也。

曰：二章禮、樂，互文也。歸功于農，即歸神之功。溥惠于下，即溥神之惠。

「攸介攸止」，《疏義》以爲閒曠之地、可上息之處也。衆人不能徧及，故進其可與言者與之言，因以諭乎衆耳。

《箋》曰：甫之言丈夫也。明乎彼太古之時，以丈夫稅田也。歲取十千，於井田之法則一成之數也。九夫爲井，井稅一夫，其田百畝。井十爲通，通稅十夫，其田千畝。通十爲成，成方十里，成稅百夫，其田萬畝。欲見其數從井通起，故言十千。（土）〔上〕地穀畝一鍾。

《傳》曰：尊者食新，農夫食陳。

《箋》曰：倉廩有餘，民得賒貰取食之，所以紓官之蓄滯，亦使民愛存新穀。自古者豐年之法如此。

《箋》曰：今者，今成王之法也。於古言稅法，今言治田，互辭。

《傳》曰：治民得穀，俊士以進。

《箋》曰：介，舍也。禮，使民鋤作耘耔，閒暇則於廬舍及所止息之處以道藝相講肄，以進其俊士之行。

《傳》曰：方，迎四方之氣於郊也。

《疏》正義曰：《祭法》曰：「共工氏之霸九州也，其子后土能平九州，故祀以爲社。」句龍職主后土，故謂其官爲后土，死以配神社而祭之。」《曲禮》注云：「祭四方，謂祭五方之神於四郊也。勾芒在東，祝融、后土在南，蓐收在西，玄冥在北是也。」

《箋》曰：我田事已善，則慶賜農夫，謂大蜡之時勞農以休息之也。年不順成，則八蜡不通。御，迎；介，助也。設樂以迎祭先嗇，謂郊後始耕也。

《疏》正義曰：《春官・籥章》注云：「田祖，始耕田者。謂神農始教造田，謂之田祖。先爲稼穡，謂之先嗇。神其農業，謂之神農。名殊而實同也。」

三、四章

曰：善者，「實頴實栗」之美。有者，「萬億及秭」之饒。未獲時密比不粃，故如茨。實頎碩而垂末，故如梁。如茨即是實栗，如梁即是實頴。若既穫而積之，則「如茨如梁」不足言矣。

「報以介福」，須象農夫方好，有飽淳和而安田畝意。此即祭時欲徼惠于神而福之。

《箋》曰：曾孫謂成王也。攘讀當作饟。饁，饟饋也。田畯，司嗇。今之嗇夫也。喜當作饎，酒食也。成王來止，謂出觀農事也。親與后、世子行，使知稼穡之艱難也。爲農夫之在南畝者，設饋以勸之。司嗇至，則又加之以酒食，饟其左右從行者。成王親爲嘗其饋之美否，示親之也。

《箋》曰：禾治而竟畝，成王則無所恚怒，謂此農夫能且敏也。

《箋》曰：稼，禾也，謂其藁者也。上古之税法，近者納總，遠者納粟米。庾，露積穀也。慶，賜也。年豐則勞賜農夫益厚，既有黍稷，又有稻粱。報者爲之求福助於八蜡之神，萬壽無疆竟也。

大田

《序》曰：《大田》，刺幽王也。言矜寡不能自存焉。

苗既方阜堅好矣，而又曰無害田稺，何也？此即下文「不穫稺」之稺，蓋幼而不及齊長者也。田稺不害，則其堅而好者可知矣。

曰：天澤怙君德而降，而私田之澤亦君之澤也。地利得天澤而盛，則寡婦之利亦君之利也。

《坊記》：君子不盡利以遺民。《詩》云：「彼有遺秉，此有滯穗，伊寡婦之利。」

「彼有」四句，善形容豐隆之象。

左氏曰：民，神之主也。故聖王先成民而後致力於神，故奉牲以告曰博碩肥腯，謂民力之普存也，謂其畜之碩大繁滋也，謂其不疾瘯蠡也，謂其備腯咸有也；奉盛以告曰潔粢豐成，謂三時不害而時和年豐也；奉酒醴以告曰嘉栗旨酒，謂其上下有嘉德而無違心也，所謂馨香無讒慝也。故務其三時，修其五教，親其九族，以致其禋祀，於是民和而神降之福。

《序》箋曰：幽王之時，政煩賦重而不務農事，蟲災害穀，風雨不時，萬民饑饉，矜寡無所取活，故時臣思古以刺之。

《箋》曰：大田謂地肥美可墾耕，多爲稼，可以授民者也。將稼者必先相地之宜，而植其種。季冬命民出五(穀)〔種〕，計耦耕事，修耒耜，具田器，此之謂戒。是既備矣，至孟春土長冒橛，陳根可拔而事之。俶讀爲熾，載讀爲菑栗之菑。時至，民以其利耜、熾菑發所受之地，趨農急也。田一歲曰菑。民既熾菑，則種其衆穀，衆穀生，盡條直茂大。成王於是則止力役以順民事，不奪其時。

「既方」三句，《箋》曰：擇種之善、民力之專、時氣之和所致之。

《疏》正義曰：李巡云：「食禾心爲螟，言其姦冥冥難知也。食禾葉者言假貸無厭，故曰蟘也。食禾節者言貪狠，故曰賊也。食禾根者言其稅取萬民財貨，故曰蟊也。」孫炎曰：「皆政貪所致，因以爲名也。」郭璞曰：「分別蟲啖禾所在之名耳。蟘與〔螣，蟊與〕蟊古今字耳。」陸機云：「螟似子方而頭不赤。螣，蝗也。賊似桃李中蠹蟲，赤頭身長而細耳。或說云，蟊，螻蛄也，食苗根爲人患。許慎云，吏犯法則生螟，乞貸則生螣。舊説螟、螣、蟊、賊，一種蟲也，如言寇賊、姦宄，内外言之耳。故揵爲文學曰：『此四種皆蝗也。』實不同，故分別釋之。」

《傳》曰：炎火，盛陽也。

《箋》曰：螟螣之屬，盛陽氣嬴則生之。今明君爲政，田祖之神不受此害，持之付於炎火，使自消亡。

《傳》曰：萋萋，雲行貌。

《箋》曰：古者陰陽和，風雨時，其來祈祈然而不暴疾。

《箋》曰：成王之時百穀既多，種同齊熟，收刈促遽，力皆不足，而有不獲不歛，遺秉滯穗，故聽鰥寡取之以爲利。

《疏》正義曰：穧者，禾之鋪而未束者。秉，刈禾之把也。《聘禮》曰「四秉曰筥」，《注》云：「此秉謂刈禾盈手之秉。筥，穧名也。若今萊易之(簡)〔間〕刈稻，聚把有名爲筥者。」《掌客》注云：「米禾之秉筥，字同數異。禾之秉手把耳，筥謂一穧。然則(米)〔禾〕之秉一把耳，米之秉十六斛。禾之筥四把耳，米之筥則五斗。」

《傳》曰：騂，牛也。黑，羊豕也。

《箋》曰：陽事用騂牲，陰事用黝牲。

一 ㈠㈠㈠㈠㈠㈠㈠㈠ 稼戒事耜畝穀碩若①

二 ㈠㈠㈠㈡㈡㈡●㈡ 阜好(秀)〔莠〕 螣賊稺火

三 ㈠㈠●㈠㈠㈠●㈠㈠ 萋祁私稺穧穗利

四 ㈠㈠㈠㈠㈠㈠㈠㈠㈠ 止子畝至祀黑稷祀福

瞻彼洛矣

《序》曰：《瞻彼洛矣》，刺幽王也。思古明王能爵命諸侯，賞善罰惡焉。

徐士彰曰：一章有講武而無福禄，三章有福禄而無講武。不知「鞞琫有珌」，即首章之「(靺鞈)〔韎韐〕也」。「福禄既同」，即首章之「如茨」也。彼此固可以互見，辭雖異而不害其爲同也。或者以朝會入福禄，以講武入保國，則首章之講武於福禄何所承，末章之福禄於講武何所涉，血脈隔而義例乖。詩人之大旨不若是之拘且固也。「君子至止」，見鎬京之上，非不可以那居，而必朝會東都，以布德振威之意。

① 此章韻譜當作「㈠㈠㈠㈠㈠㈡㈡㈡ 稼戒事耜畝 穀碩若」。

周道尚文，其勢必趨於弱。六師之作，得豫之道矣。作者，久安之師必玩，玩者吾勵之；不教之師必弱，弱者吾奮之：皆所以鼓其氣也。

鞞，蔽膝之衣稱乎冕者。

子先曰：末章「君子至止」，一時之治安也。「君子萬年」二句，萬世之治安也。一時之治安，一時之福禄也。萬世之治安，萬世之福禄也。俱就講武上見。

《洛誥》：予惟乙卯，朝〔至〕於洛師。我卜河朔黎水，我乃卜澗水東、瀍水西，惟洛食。我又卜瀍水東，亦惟洛食。

此詩會諸侯而因講武事。如《車攻》詩，東都之行本爲朝會，而詩之作則爲田獵。此詩當如此例看。東都之至本爲朝會，而作詩之意則重講武。

言講武而先稱洛水之勢者，所謂據天下之雄圖，都六合之上游，足以起天下之朝宗也。自古都會必居大川之側，以四方朝貢，漕輓爲易。如在渭之將，豐水東注，觀《禹貢》所列貢道，此意可見。

作字重在天子親御戎服上，有以身率之而群下皆奮揚之意。

「君子萬年」二句，不作祝願，自是實理。萬年字連下講，亦不作壽。君子講武，安不忘危。臣之稱頌，美不忘規。

《傳》曰：興也。洛，宗周，溉，灌水也。

《箋》曰：我視彼洛水灌溉以時，其澤浸潤以成嘉穀。興者，喻古明王恩澤加於天下，爵命賞賜以成賢者。「君子至止」者，謂來受爵命者也。爵命爲福，賞賜爲禄。此諸侯世（一）〔子〕也，除三年之喪，服士服而來，未遇爵命之時。時有征伐之事，天子以其賢任爲軍將，使代卿士將六軍而出。韎韐者，茅蒐染也。茅蒐，韎韐聲也。韎韐，祭服之韠，合韋爲之，其服爵弁服，紂衣纁裳也。

《疏》正義曰：《爾雅》云：「一染謂之縓，再染謂之赬，三染謂之纁。」此曰韎韐，即一入曰韎韐，是縓也。定本云一入曰韎韐，是以他服謂之韍，祭服則謂之韎韐，以韎韐代他服之韠。大夫以上祭服謂之韍，士無韍名，謂之韎韐。士言韎韐，亦猶大夫以上之言韍也。《玉藻》云：「一名緼韍黝珩。」《注》云：侯伯之士一命，則士亦名韍矣。言韎韐者，彼《注》亦云子男大夫一命，則一命緼韍。以子男大夫爲文，故言韍耳。其實士正名韎韐，《士冠禮》「爵弁服韎韐」，不言韍，是也。

《傳》曰：天子玉琫而珧音遥。珌，諸侯（盪）〔璗〕徒黨反。琫而璆音糾。珌，大夫鐐音遼。琫而鏐珌，士珕琫而珕珌。

《箋》曰：此人世子之賢者也，既受爵命賞賜，而加賜容刀有飾，顯其斷制。

《疏》正義曰：古之言（渾）〔鞞〕，猶今之言鞘。《内則》注「遰刀鞞」是也。以《公劉》云「鞞琫容刀」，故知鞞，容刀鞞也。又容者，容飾此琫，有珌即容飾也。《傳》因琫珌，歷道尊卑所用，似有成文，未知出何書也。天子諸侯琫珌異物，大夫士則同，言尊卑之差也。天子玉琫，玉是物之至貴者也。《釋器》説弓之飾曰：「以蜃者謂之珧。」郭璞曰：「珧似蜯，《説文》云：『珧，蜃甲，所以飾物也。』」《釋器》又云：「黄金謂之（盪）〔璗〕，其美者謂之鏐。白金謂之銀，其美者謂之鐐。」郭璞曰：「此皆道金銀之别名及其美者也。鏐即紫磨金也。」《説文》云「公珕蜃」而不及於蜃，故天子用蜃，士用珕也。

「保其家室」，《箋》曰：德如是，則能長安，其家室親。家室親，安之尤難。安則無簒弒之禍也。

「福禄既同」，《箋》曰：此人世子之能繼位者也。其爵命賞賜，盡與其先君受命者同而已，無所加也。

一　●○●○●○　泱起　茨師

二　●○●○●○　泱起　（鞞）〔珌〕室

三 ●○●○●○ 泱同邦①

前二章獨韻起，例見《東山》。或不能詳，而首章擅改作渏渏，次章改作潏潏，以叶下韻，太妄誕矣。

裳裳者華

《序》曰：《裳裳者華》，刺幽王也。古之仕者世禄，小人在位則讒諂並進，棄賢者之類，絶功臣之世焉。

末章見天生全才，以佐明時意。左右以設施言，才德以抱負言。似字字法妙品。各「我覯」，是見之於洛水之上也。

和順者召福之本，文章者和順之發。故有文章斯有福慶矣。

---

① 此篇韻譜當作：

一 ●㊀●㊁●㊁ 泱起 茨師
二 ●㊀●㊁●㊁ 泱起 珌室
三 ●㊀●㊁●㊁ 泱起 同邦

《傳》曰：興也。

《箋》曰：興者，華堂堂于上，喻君也。葉湑湑于(上)〔下〕，喻臣也。明三賢臣以德相承而治道興，則讒諂遠矣。之子，謂古之明王也。言我得見古之明王，則我心所憂寫而去矣。我心所憂既寫，是則君臣相與，聲譽常處也。憂者，憂讒諂並進。

《箋》曰：華芸然而黃，興明王德之盛也。不言葉，微見無賢臣也。章，禮文也。言我得見古之明王，雖無賢臣，猶能使其政有禮文法度，是則我有慶賜之榮也。

《箋》曰：華或有黃者，或有白者，興明王之德時有駁而不純。我得見明王德之駁者，雖無慶譽，猶能免於讒諂之害，守成我先人之禄位，乘其四駱之馬，六轡沃若然。

《傳》曰：左陽道，朝祀之事。右陰道，喪戎之事。

《箋》曰：君子，斥其先人也。多才多藝，有禮於朝，有功於國。似，嗣也。維我先人有是二德，故先王使之世禄，子孫嗣之。今遇讒諂並進而見絶也。

一　⊖⊖●⊖⊖⊖　華湑寫寫處

二　●⊖●⊖⊖⊖　黃章(之)〔章〕慶

三　●⊖●⊖⊖⊖　白駱駱若

四　⊖⊖⊖⊖⊖⊖　左宜右有有似

桑扈

《序》曰：《桑扈》，刺幽王也。君臣上下，動無禮文焉。

桑扈交飛，則彼此相輝而有文。君子受燕，則上下相與而獲福。樂胥只是因其在燕，而以可樂稱之。蓋指其豈弟樂易之可見者言，而在中之和順因以洩矣。此二字只稱呼之辭，與「樂只君子」一例，非謂樂胥故受天之祐也①。下文「之屏」是見成事，若以樂胥故受福，則以樂胥而屏萬邦，其義難通矣。

三、四章皆以頌禱之辭寓戒飭之意。

屏者，捍衛之使無侵侮。翰者，植立之使無傾覆。豈不云者，見宜其如此也。爲憲，非必法其屏翰，只是屏翰中修己治人，附衆威敵事。《記》曰：「燕禮者，所以明君臣之義也。故臣下竭力盡能以立功，是故國安而君寧，上下相和而不相怨也。」

《序》箋曰：動無禮文，舉事而不用先（生）〔王〕禮法威儀也。

① 「祐」，似當作「祜」。

《傳》曰：興也。

《箋》曰：交交猶佼佼。飛，往來貌。興者，竊脂飛而往來有文章，人觀視而愛之。喻君臣以禮法威儀升降於朝廷，則天下亦觀視而仰樂之。胥，有才知之名也。王者樂臣下有才知文章，則賢人在位，庶官不曠，政和而民安，天予之以福樂。

「不戢」二句，《箋》曰：王者位至尊，天所子也。然而不自斂以先王之法，不自難以亡國之戒，則其受福亦不多也。

《箋》曰：兕（觥）〔觵〕，罰爵也。古之王者與群臣燕飲，上下無失禮者，其罰爵徒觩然陳設而已。其飲美酒，思得柔順中和，與共其樂。言不憮敖自淫恣也。彼，彼賢者也。萬福謂登用爵命，加以慶賜。

一　㊀㊀㊀㊀　扈羽胥（祐）〔祜〕

二　●㊀●㊀　領屏

三　㊀㊀㊀㊀　翰憲難那

四　㊀㊀㊀㊀　觩柔敖求

鴛鴦

《序》曰：《鴛鴦》，刺幽王也。思古明王交於萬物有道，自奉養有節焉。

萬年不作壽，是永久意。宜者，順適安享之意。首章宜字，自福禄就我言。次章宜字，自我享福言。

鄒嶧山曰：諸説以艾爲奉養之厚，綏爲泮奂優游之樂。如此則「福禄」字，無着落矣。看來福禄既與上二章一般，則福禄字實，而艾綏字虚。當只説箇福禄有以養其身，福禄有以寧其身，如鄭所云，一身之間皆安富尊榮之福，爲之培植庇佑，方合詩人之旨。

蘇子曰：既醉，備五福，其必有以致之。《鴛鴦》，詩人頌君福之始，而思君福之終，其深意亦可知已。

靳彜曰摧，粟食曰（秼）〔秣〕。

《序》箋曰：交於萬物有道，謂順其性，取之以時，不暴夭也。

《傳》曰：興也。鴛鴦匹鳥，太平之時交於萬物有道，取之以時，於其飛乃畢掩而羅之。

《箋》曰：匹鳥，言其止則相耦，飛則爲雙，性馴耦也。此交萬物之實也。而言興者，廣其義也。獺祭魚而後漁，豺祭獸而後田，此亦皆其將縱散時也。君子謂明王也，交于萬物其德如是，則宜壽考受福禄也。

「鴛鴦在梁」二句，《傳》曰：言休息也。

《箋》曰：鴛鴦休息於梁，明王之時人不驚駭，斂其左翼以右翼掩之，自若無恐懼。

《箋》曰：挫，今莝字也。古者明王所乘之馬繫於廐，無事則委之以莝，有事乃予之穀，言愛國用也。以興于其身亦猶然，齊而後三舉設盛饌，(怕)〔恒〕日則減焉。此之謂有節也。

《傳》曰：艾，養也。

《箋》曰：久爲福禄所養也。

一　●⊖●⊖　羅(苴)〔宜〕

二　●⊖●⊖　翼福

三　●⊖●⊖　秣艾

四　●⊖●⊖　摧綏

頍弁

《序》曰：《頍弁》，諸公刺幽王也。暴戾無親，不能燕樂同姓，親睦九族，孤危將亡，故作是詩也。

各章賦意興意，作文宜知其意，不必展轉牽纏。輔慶源曰：「有頍者弁」，本言與燕者其弁頍然耳，賦體也。而「實維伊何」，又以呼「豈伊」二句，則興體矣。

庶幾，喜幸之詞。「未見」四句，重下二句。

曰：上二章其情親，末章其辭危矣。然其言微婉，有可諷味者。此《詩》之爲善立言也。

「君子維宴」，維字佳。《注》「但當」二字正解此。一云維兄弟甥舅是宴，他人不與也，便呆。

曰：蔦蘿、松柏同出于地，而有相附之勢。亦猶兄弟與己一氣所分，而有相依之情。

曰：「樂酒今夕，君子維宴」，則凡生前之可憂、身後之可慮者，一切置之度外矣。《易》曰：「日昃之離，不鼓缶而歌，則大耋之嗟。」怲怲，即《楚詞》所謂憑心也。

《序》箋曰：戾，虐也。暴虐，謂其政教如雨雪也。

《傳》曰：興也。

《箋》曰：實猶是也。言幽王服是皮弁之冠，是維何爲乎？言其宜以宴而弗爲也。禮，天子、諸侯朝服以宴。天子之朝，皮弁以日視朝。

《箋》曰：女酒已美矣，女殽已美矣，何以不用與族人宴也。兄弟匪他，言至親，又刺其弗爲也。

《傳》曰：女蘿，兔絲松蘿也。喻諸公非自有尊，託王之尊。

《箋》曰：託王之尊者，王明則榮，王衰則微。刺王不親九族，孤特自恃，不知己之將危亡也。

《疏》正義曰：蔦，《釋草》無文，寄生者。毛以時事言之耳。陸機云：「蔦一名寄生，葉似當盧子，如覆盆子，赤黑恬美。」《釋草》云：「唐蒙，女蘿。女蘿，兔絲。」毛意以兔絲爲松蘿，故言松蘿也。陸機云：「今兔絲蔓延草上生，黄赤如金，今合藥兔絲子也。非松蘿，松蘿自蔓松上生，枝正青，與兔絲殊異。」事或當然。

《箋》曰：君子，斥幽王也。

《傳》曰：霰，暴雪也。

《箋》曰：喻幽王之不親九族亦有漸。自微至甚，如先霰後大雪。

一 ●㊀●㊀●㊀●㊁●㊁●㊁ 何嘉他 栢弈懌

二 ●㊀●㊀●㊀●㊁●㊁●㊁ （其）〔期〕時來 上怲臧

三 ●㊀●㊀●㊀●㊁●㊁●㊁ 首阜舅 霰（一）〔見〕宴

車（牽）〔舝〕

《序》曰：《車（牽）〔舝〕》，大夫刺幽王也。褒姒嫉妬，無道並進，讒巧敗國，德澤不加于民。周人思得賢女以配君子，故作是詩〔也〕。

曰：燕飲聚會，有好友在焉，最爲可樂。無好友而「德音來括」焉，亦當燕飲以相樂。窈窕淑女君子好逑，固不在好友之下矣。婚姻以時，故曰「辰彼碩女」。

首章「德音」，聞其有是德也。次章「令德」，見其有是德也。譽，樂也。即「韓姞燕譽」之譽。或作稱揚其德，未是。

三章「雖無」字不重謙意，重在相樂上。蓋謙言物與德之兼無，無非欲其盡情以相樂之意。庶幾，冀之之詞。

曰：情最深者，略其物之輕。恩有餘者，忘其德之薄。

曰：析薪而其葉湑然，所得副所求也，故以爲興。「鮮我覯爾」，猶云難得見爾也，亦重在德上。

「四牡」四句，雖有始終意，而文義不斷，宜一直説下，而始終意總見可也。「覯爾新婚」，令德來教是也。「以慰其心」，釋饑渴之望，遂歌舞之樂也。

《解頤》曰：正《小雅》有《鹿鳴》以燕群臣，有《常棣》以燕兄弟，有《伐木》以燕朋友，而獨夫婦缺焉。則此詩雖燕樂新昏之詩，其亦昏禮上下通用之樂也與。

《傳》曰：興也。(委)〔季〕女，謂有齊季女也。

《箋》曰：時讒巧敗國，下民離散，故大夫汲汲欲迎季女，行道雖饑不饑，雖渴不渴，覯得之而來，使我王更修德教，合會離散之人。

《傳》曰：依，茂木貌。平林，林木之在平地者也。

《箋》曰：平林之木茂，則耿介之鳥往集焉。喻王若有茂美之德，則其時賢女來配之，與相訓告，改修德教。

「雖無」章，《箋》曰：諸大夫覯得淑女以配王，於是酒雖不美，猶用之；此燕飲殽雖不美，猶食之。必皆庶幾於王之變改，得輔佐之。雖無其德，我與女用是歌舞，相喜樂之至也。

《箋》曰：登高岡者必折其木以爲薪，析其木以爲薪者，爲其葉茂盛蔽岡之高也。此喻賢女得在王后之位，則必辟除嫉妬之女，亦謂蔽君之明，鮮善也。善乎我得見女，如是則我心中之憂除去也。

《箋》曰：景，明也。諸大夫以爲賢女既進，則王亦庶幾有高德者則慕仰之，有明行者則而行之。其御羣臣使之有禮，如御騆馬，騑騑然持其教令，使之調均，亦如六轡緩急有和也。

一	㊀㊀㊀㊀㊁㊁	（牽）〔舝〕逝渴括	友（善）〔喜〕	
二	●㊀●㊀㊁㊁	鷮教	譽射	
三	㊀㊁㊀㊁㊂㊂	酒殽隔	幾幾隔	女舞
四	㊀㊀●㊁●㊁	岡薪	湑寫	
五	㊀㊀●㊁●㊁	仰行	琴心	

青　蠅

《序》曰：《青蠅》，**大夫刺幽王也。**

曰：「交亂四國」，言利口之覆邦家，究其極也。「構我二人」，言讒言始於交構，原其微也。

《傳》曰：興也。

《箋》曰：興者，蠅之爲蟲，汙白使黑，汙黑使白。喻讒人變亂善惡也。言止於藩，欲外之令遠物也。

《傳》曰：榛，所以爲藩也。

一　●㊀●㊀　樊言
二　●㊀㊀㊀　棘極國
三　●㊀●㊀　榛人

賓之初筵

《序》曰：《賓之初筵》，衛武公刺時也。幽王荒廢，媟近小人，飲酒無度。天下化之，君臣上下，沉湎淫液。武公既入而作是詩也。

衛，殷墟也。康叔，衛始封之君也。妹土築紂之俗，而武王之封康叔也，惓惓以沉湎荒腆爲戒，以剛制劼毖爲勸，意念深矣。《賓筵》之作，其真能率由祖宗之訓者歟。武主誥康叔本以禁其欲也，而反曰「洗腆致用酒」，曰「飲食醉飽」，曰「自介用逸」。武公因酒悔過，宜其痛絶之也，而反曰「飲酒孔偕」，曰「酌彼康爵」，曰「並受其福」，則先王之所以備酒禍者要自有在，非必并孝養、羞耇、燕射、祭祀而一切廢絶之也。故曰：「太上因之，其次利導之，其次教誨之，其次整齊之，最下者與之争。」周、衛二武，其知此義也夫。

《序》箋曰：淫液者，飲酒時情態也。武公入者，入爲王卿士。

一 ●㊀㊁㊁㊂㊂㊃㊃㊄㊄㊅㊅㊆㊆ 秩起 楚旅 旨偕 設逸 抗張 同功 的爵

二 ㊀㊀㊀㊀●㊁●㊁●㊁㊂㊂●㊂ 鼓奏祖禮 林湛能 仇又時

三 ●㊀㊁㊁○㊂㊂○㊃○㊃○●㊃ 恭起 反幡 遷僊 抑怭秩[1]

四 ●㊀●㊀●㊀㊀㊀○㊁○㊁㊂㊂[2] 呶（欺）〔僛〕郵俄傞 福德 嘉儀

五 ㊀㊀●㊁●㊁㊂㊂○㊃○㊃㊄㊄ 酒否 史耻 謂怠 語羖 （入）〔識〕又

首章

首二章，每章俱有三段飲酒。「飲酒孔偕」，未射之飲；「舉醻逸逸」，將射之飲；「以祈爾爵」，方射之飲。知得此意，只疊疊説下爲得。射飲不分先後，飲而後射，射而復飲。

---

[1] 此章韻譜當作「●㊀●㊁●㊁㊂㊂●㊃●㊃●㊃ 恭起 反幡 遷僊 抑怭秩」。

[2] 第四、五章韻譜中「○」均當作「●」。

司馬、司正，三耦、衆耦，非一人，故曰左右。

「初筵」初字，對本章下面飲酒説，不是對第三章説。第三章「初筵」，又是對本章「既醉止」説。若因第三章與首章首句相同，遂謂射與祭者始時之善如此，惜乎其終不善耳，大失詩人之旨矣。大抵首章射飲，次章祭飲，皆飲之善者。凡飲酒者皆能如此，亦何惡於飲。奈何今之淫湎毀常，大異于此，是以有後三章所云耳。

《記》曰：《詩》云「發彼有的，以祈爾爵」，祈，求也。求中以辭爵也。酒者所以養老也，所以養病也，求中以辭爵者，辭養也。

《箋》曰：左右，謂折旋揖讓也。秩秩，知也。賓初入門，登堂、即席，其趨翔威儀甚審知，言不失禮也。

《疏》正義曰：射禮有三，有大射，有賓射，有燕射。大射者，將祭之擇士于射宫。賓射者，謂諸侯來朝，與之射于朝。燕射者，因燕賓客，即與射于寢。《冬官·梓人》云：「張皮侯而棲鵠，則春以功。張五采之侯，則遠國屬。張獸侯，則王以息燕。」皮侯，即大射也。五采之侯，賓射也。獸侯，燕射也。不言鄉射者，鄉射是州長與其民射於州序之禮，天子諸侯無之，故不言也。

《傳》曰：殽，豆實也。核，加籩也。

《箋》曰：豆實，菹醢也。籩實有桃梅之屬，凡非穀而食之曰殽。

《疏》正義曰：籩豆所盛，殽則實之于豆，核則加之于籩。《籩人》云「饋食之籩，其實棗栗桃乾藤」，藤，乾梅也。《内則》有桃、諸梅，諸謂乾者也。籩實有桃、梅，故稱核也。

《箋》曰：王之酒已調美，衆賓之飲酒又威儀齊一，言主人敬其事，而衆賓肅慎。

《箋》曰：鍾鼓于是言「既設」者，將射改懸也。

《疏》正義曰：大射諸侯之禮，云「樂人宿懸，厥明乃射，明天子亦然」。不言改懸者，國君與臣行禮畧三面而已，不具軒懸。東、西懸在兩階之外，兩階之間有二建鼓耳。東近東階，西近西階，又無鼓鍾，不足以妨射，不須改也。

《傳》曰：抗，舉也。有燕射之禮。

《疏》正義曰：白質、赤質者，皆謂采。其地不采者，白布也。熊、麋、虎、豹、鹿、豕，皆(止)〔正〕面畫其頭象於正鵠之處，君畫一，臣畫二，陽奇陰耦之數也。燕射射熊、虎、豹，不忘上下相犯。射麋、鹿、豕，志在君臣相養也。其畫之者皆毛物也。又曰：「凡畫者丹質。」《注》云：「賓射之侯、燕射之侯，皆畫雲氣於其側以爲飾。必先以丹采其地，丹淺於赤。」又曰：「天子燕射，唯射一侯。而云大侯、君侯者，以君所射故謂之大。」《傳》解言大之意，故以君侯釋之，非謂君臣别侯也。《大射禮》云「大侯九十弓」，彼張三侯，其九十弓者，最高大，故名大侯。亦以君之所射故也。

《箋》曰：既比衆耦，乃誘射。射者乃登射，各奏其發矢中的之功。

《疏》孔氏曰：《射人》説賓射之禮云「王以六耦」，則天子大射亦六耦。《大司馬職》云「若大射則合諸侯之六耦」，此其義也。《鄉射禮》：「司射比三耦於堂西，命上射，曰：某御於子。命下射，曰：子與某御射。」《注》云：「比，選次其才相近者也。」

《傳》曰：的，質也。

《疏》孔氏曰：侯中，所射之處也。

《射義》曰：循聲而發，發而不失正鵠者，其唯賢者乎？

次　章

「錫爾純嘏」以上，主人獻尸也。「各奏爾能」以上，子孫獻尸也。「以奏爾時」以上，賓客獻尸也。各段内俱有尸酢之爵，即是祭飲。非如劉氏所謂飲在祭後也。

籥舞在庭，言文舞，則武舞可知。笙鼓在下，言笙鼓，則八音可統。以祖宗功德著之聲容，故可以相通而相感，以洽百禮。「以」字承上樂來，蓋禮之登隆上下，每與樂之聲容節奏相依，即今之樂舞亦然，故曰「以洽百禮」。

曰：禮兼禮文、禮物，如祼將妥侑，迎神送尸，禮文也；牲牢醴齊，黻冕玉帛，禮物也。壬是規模之大，典則之隆；林是品節之密，條目之詳。壬、林二字，以足「既至」之意也。末段不重「室人」，若就「賓載」二句看，亦有事爲榮之意。

曰：祭禮，三獻尸之後，長兄弟及衆賓長皆爲加爵。蓋三獻而禮成，又多之，是加爵也。孔《疏》於賓客之中，取人令佐主人爲尸設饌者，所謂室人也。室人特爲賓加爵，非自獻之。一說，賓與室人皆有獻尸之禮。

此章因《注》有「祭而飲」飲字，遂欲各段補出尸醉意。愚意說《詩》無補綴法，若要說，古人爲何不說？若要說盡，古人爲何不說盡？要待後人增加，分明是畫蛇之足，自亡其酒也。如此章只是言祭祀之事，見酒之爲用如此。《書》所謂「朝夕曰：『祀兹酒，惟天降命肇我民，惟元祀』」是也。何必說尸酢之爵乃爲飲酒事耶？

《酒誥》曰：飲惟祀德將無醉。

又曰：爾尚克羞饋祀，爾乃自介用逸。

《傳》曰：秉籥而舞，與笙鼓相應。

《箋》曰：奏樂和，必進樂其先祖，於是又合見天下諸侯所獻之禮。

《傳》曰：林，君也。

《箋》曰：王，任也。謂卿大夫也。諸侯所獻之禮既陳于庭，有卿大夫，又有國君，言天下偏至，得萬國之歡心。

「錫爾」二句，《箋》曰：王受神之福于尸，則王之子孫皆喜樂也。

《箋》曰：士之祭禮，上嗣舉奠，因而酌尸。天子則有子孫獻尸之禮，《文王世子》曰：「其登(進)〔餕〕獻受爵，則以上嗣」是也。康，虚也。時謂心所尊者也。加爵之間，賓與兄弟交錯相醻，卒爵者酌之以其所尊，亦交錯而已，又無次也。

三、四章

言凡飲酒者，謂非射非祭而飲者也。

「抑抑」四句，或作過脉體，抑揚衍下，便于行文，但非詩體耳。

曰：四章極盡醉者之狀，見詩人之善于模寫。「載號載呶」，口容之不謹也。「屢舞僛僛」，身容之不正也。「側弁之俄」，頭容之不直也。可謂極盡醉態。

《傳》曰：僛僛，舞不能自正也。傞傞，不止也。

《箋》曰：此更言賓既醉而異章者，著爲無筭爵以後也。

五　章

監察其惡，史書其過。一察一書，相爲副貳，故曰佐。非謂監所不及察，史則書之也。「由醉之言，俾出童羖」者，蓋人至於醉則雖監、史二官，不足以糾其失，凡諸義理之言皆不能入矣。故設言必無之物以恐之。即此兩言，分明是對醉人説話，可見古人模寫情境分明，是傳神肖象也。詳諷此旨，亦足令醉人淫淫汗下。「式勿」以下，皆本上「反耻」來，都是不醉者意中事。欲持以告之醉者而不可得，想見他羞愧情狀，目不忍視，中不能安，分明拊心跌足之態宛然在目。此等皆非實話，全要模寫意況，若認作實境，便失大旨。形容不醉之情，正見醉之可耻，數句一直説下不斷。

《玉藻》曰：君子之飲酒也，受一爵而色洒如也，二爵而言言斯禮已，三爵而油油以退。禮，豢豕爲禮，非以爲禍也。而獄訟益繁，則酒之流正禍也。是故先王因爲酒禮，一獻之禮賓主百拜，終日飲酒而不得醉焉。此先王所以備酒禍也。

淳于髡所謂賜酒大王之前，執法在旁，御史在後，古制如此。監即執法也，史即御史也。

《箋》曰：「凡此」者，凡此時天下之人也。飲酒(不)〔於〕有醉者，有不醉者則立監使視之，又助以史，使督酒欲令皆醉也。彼醉則已不善，人所非惡，反復取未醉者耻罰之。言此者，疾之也。

《箋》曰：三爵者，獻也，酬也，酢也。

〔魚藻之什〕

魚　藻

《序》曰：《魚藻》，刺幽王也。言萬物失其性，王居鎬京，將不能以自樂，故君子思古之武王焉。

曰：諸侯之頌王也，以天下之安危爲君身之休戚，則雖褒美之詞，而保大之謨存其中矣。「飲酒樂豈」，全要發出所以然之故。輔氏曰：此詩與《鴛鴦》相似，不頌其德者，不敢形容，敬之至也。但美其飲酒安居如此，則非德之盛者不能矣。

「豈樂飲酒」、「飲酒樂豈」只是一意，而反覆其辭以成章耳。

《序》箋曰：萬物失其性者，王政教衰，陰陽不和，羣生不得其所也，將不能以自樂。言必自是有危亡之禍。

《箋》曰：魚之依水草，猶人之依明王也。明王之時魚何所處，處于藻。既得其性，則肥充，其首頒然。此時人物皆得其所正，言魚者以潛逃之類信其著見。豈，樂也。天下平安，萬物得其性，武王何所處乎？·處於鎬京。樂八音之樂，與群臣飲酒而已。今幽王惑于褒姒，萬物失其性，（万）〔方〕有危亡之禍，而亦豈樂飲酒於鎬京，而無悛心，故以此刺焉。

一　㊀㊁㊀㊁　藻鎬隔　首酒隔

二　㊀㊁㊀㊁　藻鎬隔　尾豈隔

三　㊀㊁㊀㊁　藻鎬隔　蒲居隔

采菽

《序》曰：《采菽》，刺幽王〔也〕。侮慢諸侯，諸侯來朝，不能錫命以禮，數徵會之而無信義，君子見微而思古焉。

「彼交匪紓」，故宜其獲福也。此句是篇中大旨。

徐士彰曰：首章「錫予」，《疏》云「此予迎來之時，而議送往之禮也」，亦何必如此拘泥。大抵作詩之意，只欲敷陳天子之所以待諸侯者如此耳。若其先後次序，固不必泥也。不然三章已言「彼交匪紓」，而末章始云「亦是戾矣」，亦有所不通矣。

《箋》曰：幽王徵求諸侯，爲合義兵，征討有罪。既往而無之，是于義事不信也。君子見其如此，知其後必見攻伐，將無救也。

一　●㊀●㊀㊀㊀㊀㊀　筥予予馬予黼

二　●㊀●㊀㊁㊁㊁㊁　芹旂　(渭)〔淠〕嘒駟屆

三　㊀㊀㊀㊀●㊁●㊁　股下紓予　命申

四　●㊀●㊀●㊀●㊀　蓬邦同從

五　●㊀●㊀●㊀●㊀　維葵膍戾

首二章

曰：君子兼同姓異姓。錫車馬，以分氏族也。賜衣服，以別官階也。金路以賜同姓，繁纓九就。象路以賜異姓，繁纓七就。玄衮以賜上公，及黼以偏列侯，不可入卿大夫。《注》是《禮》之全文耳。

《傳》中意以爲薄，本鄭氏《箋》，甚得詩意。

曰：玄衣而衮惟上公有之，玄衣則通乎大夫皆有之，黼黻則子男孤卿皆有之，黼裳則大夫而已。鷩，雉也。毳，罽也，織毛爲之。絺，繡也。言玄衮及黼則鷩衣、毳衣、絺衣而帶冕皆在其中矣。

二章有喜其至止之意。

曰：「載驂載駟」，言四馬之中以兩爲驂，而一車之駕以駟爲乘。稱諸侯之儀衛者，見謹飭之度寓于其中，不徒以文物之盛也。

《傳》曰：興也。菽所以芼太牢而待君子也。羊則苦，豕則薇。

《箋》曰：菽，大豆也。采之者，采其葉以爲藿。三牲，牛、羊、豕。芼以藿，王饗賓客有生(俎)〔俎〕，乃用鉶羹，故使采之。

《疏》孔氏曰：《公食禮》云：「鉶芼，牛藿，羊苦，豕薇，皆有滑。」《注》云：「藿，荳葉也。苦，苦荼也。滑，堇荁之屬是也。以鼎煮牛，取其骨體，置之于(俎)〔俎〕，其汁則芼之以藿，調以鹹酸，乃盛之于鉶，謂之鉶羹。」

《傳》曰：白與黑謂之黼。

《疏》正義曰：《玉藻》注云：「龍卷，畫龍于衣。卷字或作衮。」然則以龍首卷然，謂之衮。龍衮是龍之狀也。

《箋》曰：言，我也。芹，菜也。可以爲菹，亦所用待君子也。我使采其水中芹者，尚潔清也。《周禮》：「芹菹鴈醢。」

《傳》曰：淠淠，動也。嘒嘒，中節也。《箋》曰：屆，極也。諸侯來朝，王使人迎之，因觀其衣服車乘之威儀，所以爲敬，且省禍福也。諸侯將朝于王，則驂乘，乘四馬而往。此之服飾，君子法制之極也。言其尊，而王今不尊也。

三、四、五章

曰：《白虎通》曰：「芾者，蔽也。行以蔽前，上廣一尺，下廣二尺。天子朱芾，諸侯赤芾。」幅束其脛，自足至膝。幅雖微而有差等之度，故《左氏》：「帶裳幅舄，昭其度也。」方山《詩説》云：「福禄」舊依《大全》，在「予命」上説。但看首章方以爲薄，豈有此却以爲福禄。君之于臣分雖至尊，然詩人之言温柔敦厚，必不若是之自誇也。殿，重也。天子之邦，王朝也。《左》襄十一年：「《詩》曰『樂只君子，殿天子之邦』」，《注》謂：「諸侯有樂美之德，可以鎮撫天子之邦。殿，鎮也。」末章以「纚維」二字興葵、膍二義。「天子葵之」，見其得君心，此天子所予更深一步。優游者，忠愛之心出于自然，非出于畏罪懼禍而不得已者也。曰：覲君欲以行禮，芾以蔽膝，謹拜跪也。行禮必有周旋，幅以束脛，利趨蹌也。舉此二者，以見其餘耳。

天子所予，一敬感動乎君心，而君嘉與之也。予字虛看，「命」如一命再命之命。天子褒嘉錫予其臣，必有言以將之，故曰命。愚意還就上文錫予推廣之，凡富貴福澤、一時恩典皆是。時説俱粘定錫予説，再詳。

末二章「樂只君子」内，俱要敬意。

殿邦，方山云：「諸侯之邦即天子之邦也。」昆湖云：「就王朝言，謂樂只君子之來，有以鎮重乎王朝也。」

或云殿邦不專美其能，玩《注》「宜」字，當言宜居諸侯之位而常鎮其國也。此太泥，不可從。背經以合傳，今時通弊，宜爲至戒。

辨則不雜，治則不亂，就威儀動静上見。

孔《疏》云：軍行在後曰殿，取其鎮重之義。

《傳》曰：邪幅，幅，偪也，所以自偪束也。

《箋》曰：芾，太古蔽膝之象也。冕服謂之芾，其他謂之韠，以韋爲之。其制上廣一尺，下廣二尺，長廣三尺，其脛五寸，自革帶博二寸。

《疏》正義曰：《易乾鑿度》〔注〕曰：「古者田漁而食，因衣其皮，先知蔽前，後知蔽後，後王易之以布帛，而猶知蔽前者，重古道，不忘本。」又曰：韍、韠俱是蒲膝之象，其制則仝，但尊祭服，異其名耳。古者衣皮，此存其象，故知以韋爲之。

《玉藻》：韠，君朱，大夫素，士爵韋。

《説文》云：縢，緘也。名行縢者，言行而緘束之。

《箋》曰：只之言是也。古者天子賜諸侯也，以禮樂樂之，乃後命與之也。天子賜之，神則以福禄申重之，所謂人謀、鬼謀也。刺今王不然。

「維柞」二句，《箋》曰：此興也。柞之幹猶先祖也，枝猶子孫也，其葉蓬蓬，喻賢才也。正以柞爲興者，柞之葉，新將生，故乃落于地，以喻繼世以德相承者明也。率，循也。諸侯之有賢才之德，能辨治其連屬之國，使得其所，則連屬之國亦循順之。

《傳》曰：纚，綍也。明王能維持諸侯也。

《箋》曰：楊木之舟，汎汎然東西無所定。舟人以紼繫其綍，以制行之，猶諸侯之治民，御之以禮法。

《箋》曰：戾，止也。諸侯有盛德者，亦優游自安止於是，言思不出其位。

角弓

《序》曰：《角弓》，父兄刺幽王也。不親九族而好讒佞，骨肉相怨，故作是詩也。

角弓、雨雪二興，俱有妙致。委蛇深切，極可玩味。

《禮大傳》曰：人道親親，是故有上治、下治、旁治之道，是故有合族、屬治、際會之等。今若此詩所刺，周之宗盟安在乎？

一　●㊀●㊀　反遠

二　㊀㊀㊁㊁　遠然　教傚

三　㊀㊀○㊀①　裕瘉

四　㊀㊀㊀㊀　良方讓亡

五　㊀㊀●㊀②　駒後饇取

① 此章韻譜當作「●㊀●㊀」。

② 此章韻譜當作「㊀㊀㊀㊀」。

六　⊖⊖●⊖　木附屬

七　⊖⊖●⊖　瀌消驕

八　⊖⊖⊖⊖　浮流髦憂

首二章

角弓張之乃來，一弛便去。兄弟婚姻，親之乃近，一疎便遠。言當黽勉同心之意。

《箋》曰：爾，女；女，幽王也。言王汝不親骨肉，則天下之人皆如之。見汝之教令無善無惡，所尚者天下之人皆學之。言上之化下，不可不慎。

《傳》曰：興也。騂騂，調利也。不善紲檠巧用則翩然而反。

《箋》曰：興者，喻王與九族，不以恩禮御待之，則使之多怨也。

《疏》正義曰：《(久)〔冬〕官·弓人》以六材爲弓，謂幹、角、筋、膠、絲、漆也。如彼文弓有用角之處，不得即名角弓。此言角弓，蓋別有角弓，如今北狄所用者，古亦應有之，但《弓人》所不載耳。今北狄角弓，弛則體反，若不紲檠則不復任用也。檠者，藏弓定體之器。紲即緄縢也。

「無胥遠矣」，《箋》曰：相疎遠，則以親親之望，易以生怨。

三、四、五章

衡叔寶云：人有不及，可以情恕；非意相干，可以理遣。况兄弟之間乎？雖或以不善相加遺，不無出於過誤，吾惟以慈念攝之，雅量容之，則弘忍所化怨毒俱消矣。若斤斤繩墨，不少假借，彼以逆來，我以逆往，情散而不屬，寡搆而日深①，惡稔禍積，何時已乎？所謂景星卿雲，妖氛厲鬼，皆自一念之寬窄始。詩人之言，「綽綽有裕」、「交相爲瘉」、「民之無良，相怨一方」，真可謂熟于人情，老于世故者也。

曰：五章上二句，喻小人之不量力也。下二句，喻小人之不知足也。《坊記》：「故君子因睦以合俗，《詩》云：『此令兄弟，綽綽有裕。不令兄弟，交相爲瘉。』」

三章抑揚，説重王化上。人性無常，惟上所帥。令者固不變，不令者則變矣。人之令者少，不令者多，則化于王之不善者豈少哉！

「一方」字佳甚，句法妙品。「已斯亡」，已字亦佳。交傾互軋，同歸于盡也。今人兄弟分争財産，兩俱破敗，非所謂「受爵不讓，至於已斯亡」者乎？故曰兩人相讓則俱得食，兩人不相讓

---

① 「寡」，疑爲「釁」字之訛。

則俱不得食，政此意也。句法妙品。

「老馬」二句，所以終受爵不讓之意。

《箋》曰：良，善也。民之意不獲，當反責之于身，思彼所以然者，而怨之。無善心之人則徒居一處，怨恚一（端）〔瑞〕反。之。

《箋》曰：爵禄不以相讓，故怨禍及之。比周而黨愈少，鄙争而名愈辱，求安而身愈危。

「老馬」二句，《（箋）〔傳〕》曰：已老矣，而孩童慢之。

《箋》曰：此喻幽王見老人反侮慢之，遇之如幼稚，不自顧念後之年老，人之遇己亦將然。

《傳》曰：饇，飽也。

《箋》曰：王如食老者，則宜令之飽。如飲老者，則當孔取。孔取謂度其所勝多少。凡器之孔，其量大小不同。老者氣力弱，故取義焉。王有族食、族燕之禮。

六、七、八章

與屬，屬字佳。（搏）〔摶〕散合離之意。

六章之意與次章相應。

瀌瀌、浮浮，以言雨雪之狀，可謂工于體物，「（散）〔撒〕鹽」、「飄絮」定不及也。

《箋》曰：附，木桴也。塗之性善著，若以塗附，其著亦必也。

《疏》正義曰：猱則猿之輩屬，非猿也。陸機云：「猱，獮猴也，楚人謂之(沭)〔沐〕猴。老者爲(玃)〔玃〕，長臂者爲猨，猨之白腰者爲獑。胡獑、胡猨駿捷於獮猴，然則猱猿其類大同。」

《箋》曰：遺讀曰隨。式，用也。婁，斂也。今王不以善政啓小人之心，則無肯謙虚，以禮相卑下，先人而後己，用此自居處，斂其驕慢之過者。

《箋》曰：髦，西夷別名。武王伐紂，其等有八國從焉。

菀柳

《序》曰：《菀柳》，刺幽王也。暴虐無親，而刑罰不中，諸侯皆不欲朝，言王者之不可朝事也。

《史記·魯仲連傳》：周威烈王時，齊威王率天下諸侯而朝周，周貧且微，諸侯莫朝而齊獨朝之。居歲餘，周烈王崩，齊侯不往。周怒，訃于齊曰：「天崩地坼，天子下席，東藩之臣(田)〔因〕齊後至，則斮！」威王怒曰：「叱嗟，而母婢也。」卒爲天下笑。故生則朝周，死則叱之，誠不忍其求也。

《箋》曰：邁，行也。行亦放也。《春秋傳》曰：「予將行之。」

《箋》曰：凶危之地謂四裔也。

一　○㊀○㊀●㊀①　息暱極

二　○㊀○㊀●㊀　愒瘵邁

三　○㊀○㊀●㊀②　天心臻矜

都人士

《序》曰：《都人士》，周人刺衣服無常也。古者長民，衣服不貳，從容有常，以齊其民，則民得歸一。傷今不復見古人也。

作者于亂離之後，追憶往事，蓋其目所及見，非謂文武成康之盛也。東漢光武爲司隸時，入洛陽，吏士見其僚屬，皆懽喜不勝。老吏或垂涕曰：「不圖今日，復見漢官威儀。」即此詩

---

① 第一、二章韻譜中「○」均當作「●」。

② 此章韻譜當作「●㊀㊀㊀●㊀」。

之意。

「行歸」二句，深致願見之意。言昔時之美如此，而今也一往而不可復見矣。倘得行歸于周，再睹昔時之盛，豈不爲萬民所瞻望乎？久慕而忽見，如昔出而乍歸，故曰「行歸于周」。句法妙品。

「綢直如髮」，如字古而字通，猶言綢直其髮耳。

「言從之邁」與「行歸」二句同意，俱是設言得見之喜，以甚其不得見之思耳。

「匪伊」四句，亦自言適可味。

末章意致甚佳，蓋服飾氣象固欲其盛美，而有意文飾，亦非盛世之象。曰自然間美，不假修飾，則無舒肆冶容之態，而民生之咸獲自盡，概可知矣。盱，望也。與首章望字作快覩者不同。此句與「云何吁矣」、「云何其盱」一例，玩語氣，當云使我如何其懸望乎？言望之甚也。

凡詩二句爲節，止是一意。有二句二轉者，「我不見兮，言從之邁」是也。有一句二轉者，「誰與獨處」、「勿替引之」是也。皆句法之變格也。凡詩體不一，緩急異態：或意本直致，而雍容揄揚，朱弦三嘆；或意本繁委，而急節短腔，下管偏疾。大約鋪張盛美，遠調爲多；陳叙哀情，促音獨用。因此尋之，亦可以盡文章之變，極才人之致矣。

《箋》曰：變易無常謂之貳。從容，謂休燕也。休燕猶有常，則朝夕明矣。壹者專也，仝也。

《傳》曰：彼，彼明王也。

《傳》曰：周，忠信也。

《箋》曰：都人之士，所行要歸于忠信。其餘萬民寡識者，咸瞻望而法傚之。又疾今不然。

《傳》曰：臺所以禦暑，笠所以禦雨也。

《箋》曰：都人之士以臺皮爲笠，緇布爲冠，古明王之時儉且節也。

「綢直如髮」，《箋》曰：其情性密緻，操行正直，如髮之本末無隆殺。

《箋》曰：苑猶屈也，積也。

《箋》曰：「而」亦「如」也，「而厲」如鞶厲也，鞶必垂厲以爲飾。厲字當作「裂」。

《疏》正義曰：《(小)〔內〕則》云：「男鞶革，女鞶絲。」《注》云：「鞶小囊，盛帨巾者。男用韋，女用繒，有飾緣之。」

《箋》曰：伊，辭也。盱，病也。

一 ⊖⊖○⊖●⊖① 黃章望
二 ●⊖●⊖●⊖ 撮髮説
三 ●⊖●⊖●⊖ 實吉結
四 ●⊖●⊖●⊖ 厲蠆邁
五 ●⊖●⊖●⊖ 餘旟盱

采綠

《序》曰：《采綠》，刺怨曠也。幽王之時多怨曠者也。

此詩與《卷耳》、《載馳》同體，俱是託言，一無事實。古人含情寄况，大都如此。若作實看，便是矮人觀場，痴人説夢也。自是之後，雅之音響漸入于風。

張叔翹曰：二後章之意，蓋言君子未歸，而實勞我心如此。使其得歸也，狩則爲之韔弓，釣則爲之綸繩，釣而有所獲也，則我亦得與君子共觀之。相親相暱，不至如今之怨曠也。然而

① 此章韻譜當作「●⊖●⊖●⊖」。

君子之歸何時耶？只如此説，便是思望之切。若云欲無往而不與之，俱則近于俚俗，失詩人温厚之旨矣。且歸既歸矣，何必在在與俱，而後見夫婦之情耶？

《序》箋曰：怨曠者，君子行役過時之所由也。而刺之者，譏其不但憂思而已，欲從君子於外，非禮也。

《箋》曰：緑，（生）〔王〕芻也，易得之菜也。

《傳》曰：婦人夫不在不容飾。

《箋》曰：禮，婦人在夫家，笄象笄。今曲卷其髮，憂思之甚也。有云君子將歸者，我則沐以待之。

《傳》曰：詹，至也。婦人五日一御。

《箋》曰：婦人過于時乃怨曠。五日、六日者，五月之日、六月之日也。

《疏》正義曰：《内則》云：「妾雖未滿五十，必與五日之御。」《注》云：「五日一御，諸侯制也。諸侯娶九女，姪娣兩兩而御，則三日。次兩媵，則四日。夫人專夜，則五日也。」至其天子，則《天官・九嬪》：「掌婦學之法，以教九御。」《注》云：「自九嬪以下，九九而御于王。凡羣妃御見之法，月與后妃其象也。卑者宜先，尊者宜後。女御八十一人當九夕，世婦二十七人當三夕，九嬪九人當一夕，三夫人當一夕，亦十五而徧。云自望後反之。」

「薄言歸沐」者，念其至也。

一　㊀㊀㊀㊀　緑掬局沐
二　㊀㊀●㊀　藍襜詹
三　㊀㊀㊀㊀①　弓繩
四　●㊀㊀㊀　鱮〔鱮〕者

黍苗

《序》曰：《黍苗》，刺幽王也。不能膏潤天下，卿士不能行召伯之職焉。

「我任我輦」二章，舊説以爲從役者有召伯之勞，故感激勸勉，必謝功既成而後歸也。愚意謂此是從役者慶幸之詞，蓋惟有召伯之勞來撫循，故今日之役無有他虞，凡我同役惟待土功既成，言旋言歸而已。如此方似本章語氣。

「烈烈」者，勇于趨事赴工也。「召伯成之」者，撫綏有道，使惰者勉而能者勸，怠者奮而懦

① 此章韻譜當作「●㊀●㊀」。

者激，故能成其烈烈也。

建功以土地爲重，故原隰、泉流，特于謝功中抽出言之，因高而高，因下而下，各得其宜，是謂既平。

王心雖重展親報功，亦兼式是南邦之意。

末二章皆預道之詞。

《周禮・稻人》：掌稼下地，以豬畜水，以防止水，以溝蕩水，以遂均水，以列舍水，以澮瀉水。

《左》襄十九年，季武子如晉拜師，晉侯享之。范宣子爲政，賦《黍苗》。季武子興，再拜稽顙，曰：「小國之仰大國也，如百穀之仰膏雨。若常膏之，其天下輯睦，豈惟敝邑？」

劉氏謂：任載于輦，車駕于牛，固是常時之制，然不必用。

《序》箋曰：陳宣王之德、召伯之功，以刺幽王及其羣臣，廢此恩澤事業也。

「我車我牛」，《箋》曰：有將車者，有牽傍牛者。

《箋》曰：南行之事既成，召伯則皆告之，云：「可歸哉。」刺今王使民行役，而無休息時。

「原隰」章，《箋》曰：又刺今王臣無成功而亦心安。

一　㈡㈡●㈠　苗膏勞

二　●㊀㊀㊀　（中）〔牛〕集哉
三　㊀㊀●㊀　御旅處
四　●㊀●㊀　營成
五　㊀㊀㊀㊀　平清成寧

隰　桑

《序》曰：《隰桑》，刺幽王也。小人在位，君子在野，思見君子，盡心以事之。

葉幽者，深緑而似黑也。字法妙品。

曰：「其樂如何」者，欲自言而非言語之所能形容也。「云何不樂」者，欲自止而非在我之所能抑遏也。

「德音孔膠」，舊以爲好賢之譬。《肯綮》云：「既見君子，則喜其德音之相契，而固結之不解，誰得而間之。」此説爲勝。王褒所謂「千載一會，説論無疑」，鄒陽所謂「堅如膠漆，兄弟不能離易」，所謂「二人（固）〔同〕心，其利斷金。同心之言，其臭如蘭」也。末章文氣無斷處，一串説去。「遐不謂矣」與「中心藏之」，一正一反，「謂」字、「藏」字正相應。「何日忘之」，承「藏」

字意來。

末章之意，至爲深切，至爲微妙，真情懇惻，宛轉曲盡。章法神品。朱《傳》摹擬體貼，面目無二，亦注疏之極佳者。

徐士彰曰：末章非謂意之所蓄者深，言之所示者淺，故不欲道也。唐人之詩有云：「胸中辟積千般事，到得相逢一句無。」蓋非不欲道也，不能道也。此正難形容處，詩人却善形容之，真可謂合于人情者也。

末章不惟思深意切，玩其語脈辭氣，便有一段不啻若是其口出氣象。展轉諷誦，如見其人，真所謂鬼神于文者矣。

「德音孔膠」，劉峻云：心同琴瑟，言鬱郁於蘭茝；道協膠漆，志婉戀於塤篪。本不欲忘，却説何時而忘，乃詩人形容之妙，要須善會其意。

《樂府·視刀環歌》：常恨言語淺，不如人意深。今朝兩相見，脉脉動人心。

《傳》曰：興也。

《箋》曰：隰中之桑，枝條阿阿然長美，其葉又茂盛可以庇廕人。興者，喻時賢人君子不用而野處，有覆養之德也。正以隰桑興者，反求此義，則原上之桑枝葉不能然。以刺時小人在位，無德於民。

《箋》曰：遐遠，謂勤藏善也。我心愛此君子，君子雖遠在野，豈不能勤思之乎？宜思之也。我心善此君子，又誠不能忘也。孔子曰：「愛之能勿勞乎？忠焉能勿誨乎？」

一　㊀㊀●㊀　阿難何

二　●㊀●㊀　沃樂

三　●㊀●㊀　幽膠

四　㊀㊀㊀㊀①　愛謂　藏忘

白華

《序》曰：《白華》，周人刺幽后也。幽王娶申女以爲后，又得褒姒而黜申后，故下國化之。以妾爲妻，以孽代宗，而王弗能治，周人爲之作是詩也。

曰：此詩比體，間與他處不同。篇中有正比，有反比，有暗比，有明比。首二章反比而明言之，三章反比而暗言之，四章正比而暗言之，五章反比而明言之，六章正比而暗言之，七章反

① 此章韻譜當作「㊀㊀㊁㊁」。

比而明言之，八章正比而暗言之。不若他處，盡正比暗比也。

曰：水氣夜升而爲雲，朝則降而爲露。

曰：滮池在咸陽西北，合鎬水。

「嘯歌傷懷」者，所謂長歌之哀，過於慟哭也。

曰：幽王以妾爲嫡，以孽代宗，天下之變極矣。是誠關乎宗社之安危，而不可以小故忽之者。《白華》之詩，但云「天步艱難」，乃若微露其意，而不欲顯言之者。蓋亦有所不忍言，而抑以見詩詞之微婉也。《小弁》之詩亦與此同。

張叔翹曰：此詩遭夫婦之變，而終篇皆致其念之之辭。至七章始責之曰：「之子無良，二三其德」，可謂怨而不怒矣。朱氏乃責其不能思古人以自處，不知愁苦亡聊之中，無忿懟過甚之意，深有合於古人之道也。

《序》箋曰：褒姒，褒人所入之女，姒其字也，是謂幽后。

《箋》曰：白華於野，已漚名之爲菅，菅柔紉中用矣。而更取白茅收束之，茅比於白華爲脆。興者，喻王取於申，申后禮儀備，任妃后之事，而更納褒姒。褒姒爲孽，將至滅國。

箋曰：之子，斥幽王也。

《疏》正義曰：《釋草》云：「茅菅，白華。一名野菅。」郭璞曰：「茅屬也。此白華亦是茅之類也。漚之柔韌，異其名，謂之爲菅。因謂在野未漚者爲野菅也。」

《傳》曰：英英，白雲貌。露亦有雲。

《箋》曰：白雲下露，養彼可以爲菅之茅，使與白華之菅相亂易。猶天下妖氣生褒姒，使申后見黜。

《傳》曰：步，行也。

《箋》曰：天行此艱難之妖久矣，王不圖其變之所由耳。謂二龍、玄黿之妖。

《箋》曰：碩，大也。妖大之人，謂褒姒也。

《傳》曰：煁，烓竈也。桑薪，宜以養人者也。

《箋》曰：桑薪宜以炊饔膳之爨，反以燎於烓竈，用炤事物而已。

《箋》曰：王失禮於内，而下國聞知而化之，王弗能治。如鳴鼓鍾於宫中而欲外人不聞，亦不可止。

《箋》曰：鶖也，鶴也，皆以魚爲美食者也。

《箋》曰：斂左翼者，謂右掩左也。鳥之雌雄不可别者，以翼右掩左雄，左掩右雌，陰陽相下之義也。夫婦之道亦以禮義相下，以成家道。良，善也。王無答耦己之善意，而變移其心志，令我怨曠。

《傳》曰：扁扁，乘石貌。王乘車履石。

《箋》曰：王后出入之禮與王同，其行登車以履石。申后始時亦然，今也黜而卑賤。疷，病也。王之遠外我，欲使我困病。

一　○㊀○㊀[①]　束獨
二　●㊀●㊀　茅猶
三　●㊀●㊀　田人
四　㊀㊀㊀㊀　薪煁人心
五　●㊀●㊀　外邁
六　●㊀●㊀　林心
七　●㊀●㊀　翼德
八　●㊀●㊀　卑疷

① 此章韻譜中「○」均當作「●」。

綿蠻

《序》曰：《綿蠻》，微臣刺亂也。大臣不用仁心，遺忘微賤，不肯飲食教載之，故作是詩也。

《疏義》曰：感慨期望之意，反覆道之。

比體，與《碩鼠》、《采芑》、《鴇羽》、《黄鳥》一例。其初托言於鳥，以下不必補意，直言己志而已。《定見》云：此詩是托黄鳥以爲言，順文説去，而比意自在，不必添入一層比意。

曰：止丘阿，以喻微賤。言道遠以喻勞苦。飲之食之，望其周恤己也；教之誨之，欲其指示己也；後車載之，欲其振拔己也。

曰：周之盛也，大司徒以保息六養萬民。三曰振窮，四曰恤貧，五曰寬疾，豈有如《綿蠻》之思者乎？可以觀世變矣。

《序》箋曰：微臣，謂士也。古者卿大夫出行，士爲末介。士之禄薄，或困乏於資財，則當賙贍之。幽王之時，國亂，禮廢恩薄，大不念小，尊不恤賤，故本其亂而刺之。

《傳》曰：興也。綿蠻，小鳥貌。鳥止於阿，人止於仁。

《箋》曰：小鳥知止於丘之曲阿，静安之處而托息焉。喻小臣擇卿大夫有仁厚之德者，而依屬焉。

《箋》曰：在國依屬於卿大夫之仁者，至於爲末介從而行，道路遠矣。我罷勞，則卿大夫之恩，宜何如乎？渴則予之飲，飢則予之食，事未至則豫教之，臨事則誨之，車敗則命後車載之。後車，倅車也。

《箋》曰：我罷勞，車又敗，豈敢難徒行乎？畏不能及時疾至也。

一　●㊀●㊀㊁㊁●㊁　阿何　食誨載下同

二　●㊀●㊀㊁㊁●㊁　隅趍

三　●㊀●㊀㊁㊁●㊁　側極

瓠葉

《序》曰：《瓠葉》，大夫刺幽王也。上棄禮而不能行，雖有牲牢饔餼，不肯用也。故思古之人，不以微薄廢禮焉。

曰：菹不必嘉蔬，餚不必異膳，會數而禮勤，物薄而情厚。真情實意，於是乎可驗。

《傳》曰：「苟有明信，溪澗沼沚之毛可以羞王公。」其《瓠葉》之謂與。

徐士彰曰：豐以燕賓者，《魚麗》是也。《易·鼎》之彖曰：「大亨以養聖賢。」薄以燕賓者，《瓠葉》是也。《易·損》之彖曰：「二簋可用享。」

《序》箋曰：牛羊豕爲牲，繫養者曰牢，熟曰饔，腥曰餼，生曰牽。不肯用者，自養厚而薄於賓客。

《傳》曰：幡幡，瓠葉貌。庶人之菜也。

《箋》曰：亨，熟也。熟瓠葉者，以爲飲酒之菹也。此君子，謂庶人之有賢行者也。其農功畢，乃爲酒漿以合朋友，習禮講道藝也。酒既成，先與父兄室人亨瓠葉而飲之，所以急和親親也。飲食而曰嘗者，以其爲之主於賓客，賓客則加之以羞。《易·兑·象》曰：「君子以（用）〔朋〕友講習。」

《箋》曰：斯，白也。今俗語斯白之字作「鮮」，齊魯之間聲近「斯」。有兔白首者，兔之小者也。炮之燔之者，將以爲飲酒之羞也。飲酒之禮，既奉酒於賓，乃薦羞。每「酌言」言者，禮不下庶人，庶人依士禮，立賓主爲酌名。

《箋》曰：凡治兔之宜鮮者毛炰之，柔者炙之，乾者燔之。

《疏》正義曰：凡治兔之所宜，若鮮明而新殺者，合毛炮之。若割截而柔者，則（鸞）〔臠〕

貫而炙之，若今炙肉也。乾者謂脯臘，則加之火上燔之，若今燒乾脾也。柔謂殺已多日，而未乾也。

一	●㊀●㊀	亨嘗
二	●㊀●㊀	燔獻
三	●㊀●㊀	炙酢
四	●㊀●㊀	炮醻

漸漸之石

《序》曰：《漸漸之石》，下國刺幽王也。戎狄叛之，荆舒不至，乃命將率東征，役久病在外，故作是詩也。

「山川悠遠」二句，一套事，不宜以「維其勞矣」總承險遠。《詩》無總承體，且觀次章亦自可見。

首言經歷險遠，不堪勞苦，意已盡矣。二章又把險遠勞苦説深一層，至三章又言不獨險遠，又有遇雨之勞，以增其苦也。由淺入深，立言有法。

《埤雅》：馬喜風，豕喜雨。

《洪範》：星有好風，星有好雨。月之從星，則以風雨。

月，水之精。畢，好雨之星。

嚴氏曰：豕性負塗，常時雖白蹢者亦汙。今群然涉水，濯其塗而見白，是久雨停潦多故也。停潦既多，雨歇未久，而月離於畢，則又將雨矣。此説與經傳俱合，但於訓義稍左。要知訓義乃總説，不必牽滯以失經旨。

不暇及他事，甚言勞苦之極也。《疏義》所謂「智慮廢而憂患專」是已。亦異乎《采薇》、《出車》之所記與。

歐陽公曰：履險遇雨，征行所尤苦，故以爲言。

《序》箋曰：荆謂楚也。舒，舒鳩、舒鄝、舒庸之屬。

《箋》曰：山石漸漸然高峻不可登而上，喻戎狄衆(疆)〔彊〕而無禮義，不可得而伐也。山川者，荆、舒之國所處也。其道里長遠，邦域又勞勞廣闊，言不可卒服。皇，正也。將率受王命東行而征伐，役人疲病，必不能正荆、舒，使之朝于王。

「不皇出矣」，《箋》曰：不能正之，令出使聘問于王。

《箋》曰：豕之性能水，又唐突難禁制。四蹄皆白曰駭，則白蹄其尤躁疾者。今離其繒牧之處，與衆豕涉入水之波漣矣。喻荆、舒之人勇悍捷敏，其君猶白蹢之豕也，乃率民去禮義之安，而居亂亡之危。賤之，故比方於豕。

《傳》曰：畢，噣也。音晝，又其各反。月離陰星則雨。

《箋》曰：將有大雨，徵氣先見於天，以言荆、舒之叛萌，漸亦由王出也。豕既涉波，今又雨使之滂沱，疾王甚也。

「不皇他矣」，箋曰：不能正之，令其守職不(於)〔干〕王命。

一　●㊀●㊀●㊀　高勞朝

二　●㊀●㊀●㊀　(率)〔卒〕没出

三　●㊀●㊀●㊀　波沱他

苕之華

《序》曰：《苕之華》，大夫閔時也。幽王之時，西戎東夷交侵中國，師旅並起，因之以飢饉。君子閔周室之將亡，傷己逢之，故作是詩也。

曰：三章總見國勢不可久，而民命不可全也。

曰：《苕華》一詩不過數句，而反覆一過，則國勢之危迫，人情之愁苦，物色之凋耗，皆瀟然在目。蓋其情見乎辭，故不覺其言之慨切也。

「人可以食，鮮可以飽」兩語，令人酸絶。

《傳》曰：興也。

《箋》曰：陵苕之華，紫赤而繁。興者，陵苕之幹喻如京師也，其華猶諸夏也。故或謂諸夏爲諸華。華衰則黄，猶諸侯之師旅罷病將敗，則京師孤弱。

《疏》〔正〕義曰：《釋草》云：「苕，陵苕。黄華蔈，白華茇。」《本草》云：「陵苕一名紫草，華可染皂，煮以沐髮即黑。」如《釋草》之文，則陵苕本自有黄有白。《傳》言將落則黄，是初不黄矣。《箋》云「陵苕之華紫赤而繁」，陸機《疏》亦言其華紫色，蓋就紫色之中，有黄紫白紫耳。及其將落，則全變爲黄。以《裳裳者華》言之，則芸爲極黄之貌，故將落乃然。

《箋》曰：京師以諸侯爲障蔽，今陵苕之華衰而葉見青青然。喻諸侯微弱，而王之臣當出見也。

《傳》曰：「牂羊墳首」，言無是道也。「三星在（篧）〔罶〕」，言不可久也。

《箋》曰：無是道者，喻周已衰，求其復興不可得也。不可久者，喻周將亡，如心星之光耀見於魚笱之中，其去須臾也。

一　●㊀●㊀　黄傷
二　●㊀●㊀　（菁）〔青〕生
三　●㊀●㊀①　首（籀）〔罶〕飽

何草不黄

《序》曰：《何草不黄》，下國刺幽王也。四夷交侵，中國背叛，用兵不息，視民如禽獸。君子憂之，故作是詩也。

曰：一章盡人之力，二章盡人之情，三、四章承言如此，豈非以禽獸待其民乎？士乘棧車，庶人乘役車。而此有棧，乃是言車之狀也。此以實字當虚字用，《詩》中多有之，如「朱幩鑣鑣」之類是也。

輔氏曰：《苕之華》言國家之衰微，人物之凋耗，人民不聊其生，天運窮矣。《何草不黄》言士民役使之繁，數征行之勞苦，上之人視之與禽獸無異，人事極矣。周室至此，無可爲矣。此《黍離》降爲國風

① 此章韻譜當作「㊀㊀●㊀」。

而雅亡也。

自《菀柳》至此，多似風體，而二雅之音響盡矣。然猶存之於雅也，夫子不忍忘周之舊也。故斷自東遷之後，爲王國之風焉。使平王能光澤舊都，弘宣祖業，則文武尚可還，二雅尚可復耳。委靡不振，甘自堙曖，良可悼矣。

《箋》曰：用兵不息，軍旅自歲始草生而出，至歲晚矣，何草而不黃乎？言草皆黃色。於是之間，將率何日而不行乎？言常行勞苦之(事)〔甚〕。

《箋》曰：玄，赤黑色。始春之時，草牙(孽)〔櫱〕者，將生必玄。於此時也，兵猶復行。無妻曰矜，從役者皆過時不得歸，故謂之矜。古者師出不踰時，所以厚民之性也。今則草玄至於黃，黃至于玄，此豈非民哉？

《傳》曰：芃，小獸貌。

《箋》曰：狐草行草止，故以比棧車輦者。

《疏》曰：《鄉師》注引《司馬法》曰：「夏后氏謂輦曰余車，殷胡奴車，周曰輜輦。輦，一斧、一斤、一鑿、一種、一鋤。周輦加二(版)〔板〕、二築。」又曰：「夏后氏二十人而輦，殷十八人而輦，周十五人而輦。」是軍行必有輦，皆人輓以行也。

一 ①①①① 黃行將方

二 ㊀㊀〇㊀① 玄矜民

三 ㊀㊀●㊀ 虎野暇

四 〇㊀〇㊀ 草道

① 第二、四章韻譜中「〇」均當作「●」。

毛詩六帖大雅卷之三

〔文王之什〕

文王

《序》曰：《文王》，文王受命作周也。

徐士彰曰：此詩首尾相應，脉絡貫通。章斷言命周、絶商、監殷、法祖，意自相足，不可全然分開對看。若滯章斷之文，而失詩人之旨，則周公之所以戒成王者，亦不見有警惕處。蓋周公戒成王，始終歸重文王之德上，見得撫成業者，不可不修德也。首章至「假哉」以上，歷述以德受命，大意已盡。然天命有所歸，必有所去，故下因言絶商。然言商之子孫臣庶如此，亦本於文王之德，所謂鑒殷之事，亦是漸漸欲説到法祖上耳。命周而及其子孫臣庶，絶商而及其子孫臣庶，法祖而言及監殷，監殷而言及法祖，亦是文字凑泊如此。要當會作者之旨，初不若是之拘拘也。

張叔翹曰：此詩敘述文王之德，以垂戒後王，欲其常厥德、保厥命。而修德之要，不越乎敬之一言，美哉，詳而有體，直而不激，其指切，其味深，非周公不能作也。他日成王曰：「敬迓天威，嗣守文武大訓，無敢昏逾」，其於法祖敬天之學，可謂無間然矣。

說以《文王》、《生民》、《公劉》、《緜》、《棫樸》、《旱麓》、《思齊》、《皇矣》、《靈臺》、《大明》、《文王有聲》、《行葦》、《既醉》、《鳧(鷺)〔鷖〕》、《嘉樂》、《泂酌》、《卷阿》、《(大)〔下〕武》諸篇爲大正。

一	●㊀●㊀●㊀●㊀	天新	時右
二	●㊀●㊀㊀㊀⊙㊀	已子子世士世	
三	●㊀●㊀㊀㊀●㊀	翼國	生楨寧
四	●㊀●㊀㊀㊀●㊀	(正)〔止〕子〔子〕	億服
五	●㊀●㊀○㊀●㊀	常京	冔祖
六	㊀㊀●㊀●㊁●㊁	德福	帝易

七　㊀㊀●㊀●㊁●㊁　躬天　臭孚①

首章

文王在上。

德顯，則取法爲甚近；命時，則垂裕爲無窮。

徐士彰曰：文王之神即天之神也，上帝之命即天之命也。上帝之陟降，無一時而不監于人。文王之陟降，無一時而不同於帝。則爲後王者，豈可謂天之高而不吾察，文王之既没而不吾知哉。此章雖不言敬天，而不可不敬天之意隱然見於言外者矣。

---

① 此篇韻譜當作：

一　●㊀●㊀●㊁●㊁　天新　時右

二　●㊀●㊀㊀㊀㊀㊀　已子子世士世

三　●㊀●㊀㊁㊁●㊁　翼國　生楨寧

四　●㊀●㊀㊀㊁●㊁　止子子　億服

五　●㊀●㊀㊀㊁●㊁　常京將　尋祖

六　●㊀●㊀●㊁●㊁　德福　帝易

七　●㊀●㊀●㊁●㊁　躬天　臭孚

此章反覆言以德受命，贊嘆不已，故屢言之，總是一意。

《箋》曰：在，察也。文王能觀知天意，順其所爲，從而行之。

三　章

「亹亹文王」無講。

翼翼，勉敬。勉即亹亹，敬即敬止。君臣一德，故能熙載代終，以克長世。

《解頤》曰：以多士而生王國，謂非天命之保佑不可。以王國而克生多士，謂非聖化之造就不可。

《疏義》謂此文王，亦以今日在天之神言。此説甚有理。時説謂《傳》「世之顯」就周士子孫言，「厥猶」以下，就周士言。大費周折，未妥。

四　章

程子曰：無不敬，然後可以對上帝。

於昭者神，而所以於昭者此敬；不已者聞，而所以不已者此敬。敬之一字，一篇綱領。

文王之敬不已，與天合德也。文王不已其敬，故命集焉；商紂不已其惡，故命去焉。

張叔翹曰：光明者敬之本體，繼而續之，使其常明而不昏，即所謂不已其敬也。

五　章

叔翹曰：「王之藎臣」二句是一篇呼喚精神處，前後文意得此提醒。

又曰：此雖戒王之言，亦須渾融，嚴氏所謂不以文王爲念，則將墜厥緒。周之子孫臣庶，又將服周之服而助祭於他人之廟等語，當會其意而用之，可也。

六　章

註中兩「自」字佳，正與本文「自求」相應。德曰自脩，命曰自配，福曰自求，所以法文王者，誠在我矣。

先人以業貽子孫，能必令之克保哉。能保與否，後人責也，故曰「自求多福」。自求者，明皇天無意，祖宗無權。

末　章

天與文王一也，法文王所以法天也，得人心所以得天心也。「儀刑」二字好，若有模範，可爲準則之意。

叔翹曰：「義問」亦與「令聞」意相應。「有虞殷自天」，揭出一天字，與首章應。上天之事，事字宜渾説。或以禍福興廢言，則皆可度矣。

《疏義》曰：首章之意是文王即天，此章之意，是法文王即所以法天。此篇首尾□□文王與天爲一，但愈言之，而意愈深耳。

大　明

《序》曰：《大明》，文王有明德，故天復命武王也。

輔慶源曰：君有明德，則天有明命。有王季、文王，則有太任、太姒。有王季、太任，則有文王；有文王、太姒，則有武王。有武王之君，則有太公之臣。讀《大明》之詩，則當知天人、夫婦、父子、君臣之際，安危、治亂、興廢、存亡之機，如影響形聲之相應，皆非苟然也。

一　●㊀●㊀●㊀●　上王方
二　●㊀●㊀●㊀●㊀　商京行王
三　●㊀●㊀●㊀　翼福國

四　●⊖●⊖●⊖①　集合涘子
五　●⊖●⊖⊖⊖　妹渭　梁光②
六　●⊖⊖⊖⊖⊖●⊖　王京莘行王商
七　⊖⊜⊖⊜⊖⊜　旅野女隔　林興心隔
八　⊖⊖⊖●⊖⊖⊖⊖　洋煌彭揚王商明

首　章

惟天不可信，此爲君之所以不易也。

二　章

《列女傳》曰：大任誠一端莊，惟德之行。及其娠文王，目不視惡色，耳不聽淫聲，口不出敖言。生文王而明聖，太任教之以一而識百，卒爲周宗。君子謂太（妊）〔任〕爲能胎教。

---

① 此章韻譜當作「●⊖●⊖●⊖●⊖」。
② 此章韻譜當作「●⊖⊜⊖⊜⊜　妹渭隔　祥梁光」。

三　章

「小心」，字法。檢束此中，不敢侈泰也。

徐士彰曰：聖人一念之敬，足以得上天之福；一德之正，足以得下國之心。聖人所以得天人之歸者，誠心盛德而已。

四　章

徐士彰曰：天命必有所猒也，而後有所集。以六百年之裔，將欲革其命而新之，非鑒觀之久，而眷顧之深，固不輕集也。

五　章

徐士彰曰：文王之德與天無間，譬則天也。太姒純一之德足以配之，譬則天之妹也。

六　章

章首五句，即上文之意而重衍之。猶古詩換章疊句體。兵者陰謀，逆德也。而以爲（爕）

〔燮〕伐，應天順人故也。《易》曰：「行險而順」。字法妙品。

徐士彰曰：有太任復有太姒，故言纘，言女德之克繼也；生文王又生武王，故言篤，言天命之匪懈也；其伐商也，除暴救民，以殺止殺，故言〔燮〕〔燮〕，言其無慙德也。

七　章

「上帝臨汝」蓋屢言之，總是〔幹〕〔斡〕旋暴白處。

徐士彰曰：「上帝臨汝，無貳爾心」，言處天下之大變，當天下之大任，當一以天命行之，不可置毫髮私意於其間。彼以人之衆寡、事之成敗存於念慮者，皆所謂私意也。

侯興者，兵之勢也。牧野之師，形虚而勢實，蓋以至仁伐至不仁，氣自百倍耳。

鬻子曰：武王率兵車伐紂，紂虎賁旅百萬，起自黄鳥，至于赤斧。

《傳》曰：如林，言衆而不爲用也。

末　章

煌煌、彭彭，以氣勢言，即侯興之意。

革車三百，乃有此氣燄；兩齒老師，乃有此英邁。此可以見武王之師。

牧野。《武成》：戊午，師渡孟津。癸亥，陳于商郊，俟天休命。甲子昧爽，受率其旅若林，會于牧野。罔有敵于我師，前徒倒戈，攻於後以北。血流漂杵，一戎衣而天下大定。

鄒子静曰：當時只誅紂，污濁便除，氣便清明。

《傳》曰：尚父，可尚可父。

緜

《序》曰：《緜》，文王之興，本由大王也。

徐士彰曰：周公之訓成王備矣。然其立言也，不曰大王、王季，則曰文王、武王，欲其守法以承先業耳。荀卿曰：「略法先王而足亂世術，不如法後王而一制度。伊尹之于太甲也，非成湯之事不以訓。」意亦猶此。

又曰：大王遷岐，與公劉遷邠，事體略同，但處處廬旅，其規模小。此章乃召司空以下，其規模大。蓋時世有先後，土地有廣狹，即此見瓜瓞之義。

此詩體格辭意與《長發》一篇逐一相似，看來三代時，亦便有擬古之作。

一　㊀●㊀●㊀㊀　瓞漆穴室

二　㊀㊀㊀㊀㊀　父馬滸下女宇①

（三）〔四〕　㊀㊀㊀●㊀　止右理畝事

（四）〔五〕　●㊀㊁㊁㊁　徒家　直載翼

（五）〔六〕　㊀㊀㊀㊀㊀　陾薨登馮興勝

（六）〔七〕　○㊀○㊀●㊀②　伉將行

（七）〔八〕　㊀㊀㊀㊀㊀　慍問拔兑駾喙③

（八）〔九〕　㊀㊀㊁㊁㊁㊁　成生　附後走侮

首　章

「緜緜」句比意，可該全篇。但就首章論，則言今日王業之盛，始於前日之微也。「綿綿」二字不可忽。

民之初生，未便是太王時，還在大王以前。按稷子不窋失官，竄于戎翟之間。至公劉能修

---

① 此篇共九章，此下缺第三章，當作「●㊀●㊀㊀㊀　飴謀時兹」。

② 此章韻譜當作「●㊀●㊀●㊀」。

③ 此章韻譜當作「㊀㊀㊁㊁㊁㊁　慍問　拔兑駾喙」。

后稷之業，乃立國于邰，民之初生謂此時也。

朱公遷曰：夾皇遡過，雖云已有家室，但穴處乃土地所不能無，謂之未有家室，何怪哉。〔朱〕《傳》中「其國甚小」二句，不可謂太王小，文王大。蓋大王遷岐而後，已自漸大，至文王而極大，觀「柞棫」四句可見。詩柄着「因之」二字，亦是此意。

孫炎曰：瓞，小瓜，子如瓝。其本子小，（紿）〔紹〕先歲之瓜曰瓞。

《箋》曰：復者，復于土上，鑿地曰穴，皆如陶然。

二章

「來朝走馬」，要見爲民意。此章于創業艱難，摹寫深至。

徐士彰曰：一説，「至于岐下」，不可言擇取意。愚謂詩人之言，亦不可如此拘拘。下文分明言土地之美，則説歷覽山川不如岐下，亦復何妨。孟子殆一時之言，不必以之律《詩》也。孟子亦謂太王迫於狄難，不得已而遷國，非有意去邰即岐也，故曰「非擇而取之」。若其至岐，自是因其可居而居之，豈漫無簡擇，而苟且税駕乎？

呂氏曰：「來朝走馬」，形容其初遷時，罯地相宅、精神丰采也。

陸聚岡曰：「來朝走馬」，無倉皇周章氣象，要見舉動光明正大意。「爰及姜女」，亦見不强民之必從，惟與妃同行耳。

三　章

《書》曰：汝則有大疑，謀及乃心，謀及卿士，謀及庶人，謀及卜筮。

徐士彰曰：國土豐美，物生有異，興王之地固有默契于天人之心矣。且也，神人協吉，以定厥居。王者之興，夫豈偶然之故哉。

堇有二種，《註》云「烏頭也」，非是。大者爲天雄，旁生者爲附子。爲附子，藥有大毒，豈可食也？此章之堇，《内則》所謂「堇、荁、枌榆，免薨滫瀡以滑之」，菜之美者。荼，苦菜也。言土田饒沃，不問菜之美惡，皆如飴也。

四　章

凡言迺者，繼事之詞。

《箋》曰：時耕曰宣。「自西徂東，周爰執事」，從西方而往東之人，皆于周執事，競出力也。豳與周原不能爲西東據，至時從水滸言也。

五　章

量地以成邑，度地以居民，司空之職。致衆庶，令徒役，司徒之職。《易·萃》及《涣》之彖，皆以「王假有廟」爲言。蓋《萃》因民之聚，立廟以堅其歸向之心，所以爲懷保之道；《涣》憂民之散，立廟以收其蕩析之心，所以爲招携之術。大王知此義矣。

六　章

「縮板以載」，宗廟之墻；「捄之陾陾」，宫室之墻。

《周禮》鼛鼓以鼓役事。《考索》曰：鼛者，緩也。役事以勿亟爲義，故以鼛鼓節之。蓋古者上之使下以仁，常欲緩而不迫，故名以鼛。下之事上以義，常欲敏而有功，故節之以鼛而不止。

徐士彰曰：此章只以陾陾等字義玩味，而築墻之聲響景象宛然入於耳目，豈非賦家之祖！

七　章

宜者，祭社之名。《爾雅》曰：「以兵凶戰危，慮有負敗，祭之求福宜，故謂之宜。《春秋傳》曰：『脤，宜社之肉。』」

《箋》曰：諸侯之宫，外門曰臯門，朝門曰應門，内有路門。天子之宫，加以庫、雉。

八　章

「柞棫」四句，自太王至文王時事，語意要得渾融，不可判爲兩代。

「維其喙矣」，句法妙品。

《傳》中漸字、日字，正是首章綿綿之意。

《箋》曰：太王避狄，文王伐混夷，成道興國其志一也。

（八）〔九〕章

凡言受命，必言佐命，見君臣一體，王者名世，相待相成之義。亦欲後王繹思以用賢也。

蹶者，如弩斯張，發不可禦，字法妙品。

《書》曰：無能往來，兹迪彝教，文王蔑德，降于國人。

孔子曰：「吾有四友焉：自吾得回也，門人加親，非疏附乎？自吾得賜也，遠方之士日至，非奔走乎？自吾得師也，前有光後有輝，非先後乎？自吾得由也，惡言不至耳，非禦侮乎？」質成是訟獄，來歸是朝覲，皆天子事。今皆歸之，其受命也奚辭。此推其必至之勢如此。

棫樸

《序》曰：《棫樸》，文王能官人也。

此與下篇多興少賦，故曰咏歌。

《疏義》曰：此亦昭文王之德，使人知周所以得天下之故也。《旱(鹿)〔麓〕》、《思齊》皆是此意。

一　●㊀●㊀　槱趣

二　㊀㊀㊁㊁　王璋　峩宜

三　㊀㊁㊀㊁　舟邁隔　楫及隔

四　●㊀●㊀　天人

五　㊀㊀㊀㊀　章相王方

首三章

「左右」，言無方也。該下二章髦士、六師。

國之大事在祀與戎，故以助祭行師言之。

《祭統》：君執圭瓚（裨）〔祼〕（已）〔尸〕，大宗伯執璋亞祼。

涇舟、衆楫，即胡越同舟之意，略無勉强。六師趨文，亦是中心悦而誠服。

徐士彰曰：奉祭之時易于怠，行師之日易于畏。以此二者而人猶趨向之，他可知也。

《傳》曰：山木茂盛，萬民得而薪之。賢才衆多，國家得用蕃興。

（又）〔《箋》〕曰：水中之舟，順流而行者，乃衆徒船人以楫櫂之故也。興衆臣之賢者，行君正令。

末二章

《童子問》曰：振作謂變化鼓舞之，不容怠廢也。綱紀謂統括維繫之，不容涣散也。

《疏義》曰：總而舉之，使皆有所繫，謂之綱。詳而理之，使皆有所屬，謂之紀。皆是聯比之意，而綱則無所遺，紀則無所紊也。朱子語録，謂四方皆在綫索内，牽着都動。

《通解》曰：「於乎不顯，文王之德之純」，固其不已也；「自朝至于日中昃，不遑暇食」，亦其不已也。

旱麓

《序》曰：《旱麓》，受祖也。周之先祖，世修后稷、公劉之業，太王、王季，申以百福(千)〔干〕禄焉。

一　㊀㊀㊀㊀　麓濟子弟
二　㊀㊀㊀㊀①　瓚子隔　中降隔
三　㊀㊀●㊀　天淵人
四　㊀㊀㊀㊀　載備祀福
五　㊀㊀㊀㊀　棫子隔　燎勞隔
六　㊀㊀㊀㊀　藟枚子回②

---

① 此章韻譜當作「㊀㊁㊀㊁」，第五章同。
② 此章韻譜當作「㊀㊀●㊀　藟枚回」。

首二章

徐士彰曰：聖人一身，理氣之所統會。所以爲德者，有至順之實，則其所以求福者，要不出于至順之中。聖人豈有心於求福哉！理全於己，氣全於天，有不期然而然者耳。

張叔翘曰：漢人云「和氣致祥」，張子曰：「至當之謂德，百順之謂福，無入而非百順，故君子樂得其道。蓋天地間種種福禄，不過是和順之氣所凝成；而聖人一身，温良易簡，與和順之氣自相湊泊，故不期福禄而福禄歸之。」自是實理。凡詩人所言福禄，皆此意也。

《箋》曰：旱山之麓榛楛濟濟然者①，得山雲雨之潤澤也。喻周邦之民獨豐樂者，被其君德教。

《疏》：陸機曰：「楛似荆而赤，莖似(著)〔蓍〕，上黨人織以爲牛筥箱器②。又屈以爲釵，故上黨人調曰：『問婦人欲買赭，不謂竈下自有黄土。問買釵，不謂山中自有楛。』」

《傳》曰：言陰陽和，山藪殖，故君子得以干禄樂易。

---

① 阮元本《毛詩正義》作「《箋》曰：旱山之足林木茂盛者」。

② 阮元以爲，「牛」字當從毛氏汲古閣本作「斗」。

三　章

輔氏曰：「《旱麓》詩言文王德盛而福禄歸之，又言作人之事，何也？《洪範》曰：『皇建其有極，斂時五福，用敷錫厥庶民。』言人君能建其極，則爲五福之所聚，而又有以使民觀感而化，則是又能布此福而與其民也。蓋聖人之得名位者，豈以其身自斂其福禄哉！必使天下之人，各修其行而邦其昌，然後爲福也。」此説甚有見。

《箋》曰：鳶，鳥之貪惡者也。飛而至天，喻惡人遠去，不爲民害也。魚跳躍于淵中，喻民喜得所。

四、五、六章

三章或云有相承意，言祭必受福，然不待祭之日而已爲神所勞，斯則德以獲福，何回邪之有。意亦巧，然非詩旨。勞者，眷顧保愛，使得爲善之利，不虚作德之勤也。字法神品。勞者，愛護周旋。《大戴記》曰：「德盛者神歆。」

「求福不回」，《易》曰：「受兹介福，以中正也。」

三章只是詠歎不已之辭。

《箋》曰：葛也，藟也，延蔓于木之枚本而後盛。喻子孫依緣先人之功而起。

思齊

《序》曰：《思齊》，文王所以聖也。

一　●㊀●㊀㊀㊁①　母婦　音男

二　㊀●㊀㊁㊁㊀　公恫邦隔　妻弟

此章三句爲節，秦碑所自出。首句起，三句應之，四、五句轉妻、弟二韻，而末句元韻亦用韻之變也。

三　㊀㊀㊀㊀②　宮臨隔　廟保隔

四　㊀㊀㊀㊀　殄瑕式入

五　㊀㊀㊀㊀　德造斁士

---

① 此章韻譜當作「●㊀●㊀㊁㊁」。

② 此章韻譜當作「㊀㊁㊀㊁」。

首章

《左氏》：管、蔡、郕、霍、魯、衛、毛、聃、郜、雍、曹、滕、畢、原、豐、郇，文之昭也。

《箋》曰：大任常思愛太姜之配大王之禮，故能爲京室之婦。

次章

「刑于」三句，不重有序，重人無不化意。御，迎也，相接之意。人方喁喁下觀，而吾之表儀適與之合也。字法妙品。

《箋》曰：宗公，大臣也。文王爲政咨于大臣，順而行之，故能當于神明。寡妻，寡有之妻，言賢也。

三章

雝雝、肅肅，時措之宜也。《傳》中二「極」字、二「常」字，見得純亦不已。

《箋》曰：宮謂辟雍宮也。羣臣助文王養老則尚和，祭于廟則尚敬，言得禮之宜。

四　章

《易》曰：「困而不失其所亨」，亨處是光大不失，所亨是不瑕也。

《箋》曰：文王之祀于宗廟，有仁義之行而不聞達者，亦用之助祭；有孝弟之行而不能諫争者，亦得入。言其使人器之，不求備也。

末　章

叔翹曰：夫聖賢之學，成己成物，然後爲功用之全，故《棫樸》、《旱麓》、《思齊》三詩頌文王之德，而皆及于作人也。東萊云：「聖人流澤萬世者，莫大於作人，所以續天地生生之大德也。故此詩以是終焉。」得其旨矣。

皇　矣

《序》曰：《皇矣》，美周也。天（鑒）〔監〕代殷莫若周，周世世修德，莫若文王。

徐士彰曰：此詩各章俱以帝言，見周之所以受命興王者，一本于天，非人力也。

一　㊀㊀●㊀●㊀●㊀●㊀●㊀　帝赫莫獲度廓宅　內國國　耆顧隔

二　●㊀●㊀●㊀●㊀●㊀●㊀　翳栵椐柘路固　內屏平隔　辟剔隔　德配隔

三　●㊀㊀㊀㊀㊀㊀㊁㊁㊁㊁㊁　拔兑對季〔季〕友　兄慶光喪方

四　●㊀㊀㊁㊀㊀㊁㊀㊁㊁㊁㊁　心音明君邦王隔　類比悔祉子隔

五　●㊀㊀㊁㊁㊂㊂㊂㊂㊂㊂㊂　援羨岸〔共〕〔恭〕邦共怒旅旅〔神〕〔祜〕下①

六　㊀㊀㊀㊀㊁㊁㊁㊀㊀㊀㊀㊀　京疆岡陵泉原陽〔王〕〔將〕方王隔　阿池隔②

七　●㊀㊀㊀●㊀㊁㊁●●㊁㊁　德色革則　王方衡墉

八　㊀㊀㊀㊀㊁㊁㊁㊂㊂㊂㊂㊂　閑言連安　禡附侮　茀仡肆忽拂

首章

先代神明之後，天固不輕棄之，惟不獲，然後求四國也。

徐士彰曰：首章「監觀四方，求民之莫」二句，重下「二國」字、「四國」字、「西」字，俱與「四

---

① 此章韻譜當作「●㊀㊀㊀㊁㊁㊁㊂㊂㊂㊂㊂　援羨岸　恭邦共　怒旅旅祜下」。

② 此章韻譜當作「㊀㊀㊀㊀㊁㊂㊁㊂㊀㊀㊀㊀　京疆岡陵陽將方王隔　阿池隔　泉原隔」。

方」字相應；「究」、「度」字、「顧」字，俱與「（鑒）〔監〕觀」字相應。詳玩之，自有味。

孔氏曰：「紂既喪殷，桀亦亡夏，其惡既等，故配而言之，猶《崧高》美申伯而及甫侯也。」此說固是，但太王當祖甲時紂尚未生，以此時殷政漸衰故云爾。

《箋》曰：二國，謂今殷紂及崇侯也。四國，密也，阮也，徂也，共也。度亦謀也。殷、崇之君，其政暴亂，不得于天心，密、阮、徂、共之君于是又助之謀，言同于惡也。

次章

「受命既固」，玩天命不輕予人，既已畀之，尚廻翔顧視，無非求民之莫而已。「受命既固」，言太王也。而朱子云「卒成王業」，是解經活處。

傳曰：「栵，栭也。」郭璞曰：「栭樹似栗樹而痺小，子如細栗，今江南呼爲栭栗①。」

陸機《疏》曰：「葉如榆也。木理堅韌而赤，可爲車轅。」

《傳》曰：「檉，河柳也。」陸機《疏》云：「河傍皮正赤如絳，一名兩師，枝葉似松（孫）。」

陸機《疏》曰：（櫝）〔樍〕，節中腫似扶老（人），今人以爲馬鞭及杖。弘農共北山甚有之。

① 阮元本《毛詩正義》「栗樹」作「槲樕」，「江南」作「江東」。

《考工記》曰：弓人取榦拓爲上，檿桑次之。

「帝省」句有意，所謂難諶不易於此信之。惟木拔道通，乃能體求莫之心，而不負與宅之命，天意乃定在周矣。「作對」對字，字法妙品。

三　章

天生泰伯，生而得乎聖之清。天生王季，生而得乎聖之任。「因心」四句，正言王季之德，而爲天作對之意，宜一順説去。蓋「因心」二句，只是表其平日愛兄之誠，無待勉强，見王季惟知有兄之當尊，不知有國之當利耳。不可因此分未受讓、既受讓平説。

「載錫之光」，句法神品。此與「上帝臨女」等句相似，婉篤深至，見(又)〔文〕字(幹)〔斡〕旋之妙。

觀「因心」二句，可見聖人但知天命而已。可讓則讓，不邀其名，可受則受，不避其跡。無意無必，忘爾忘我，其于天顯之愛，鞠子之衷，分毫無損。推而論之，堯舜禹之授受，其意亦只如是。

泰伯之讓，仰體天心，實讓也。使王季以形迹自疑，孫而不居，上逆天命，中墜先業，下違兄意，此爲因心乎？此爲不因心乎？惟一心相與，流通無間，故任而不讓，受而不辭。

張叔翹曰：　按王季之友愛其兄者，不拘拘于形迹間，故曰「因心」。篤慶錫光，正所以成其因心之愛也。詩人立言有深意，人罕知之。

《解頤》曰：　非王季之友，無以成太伯之志。非武王之孝，無以成文王之功。武王之孝易知也，王季之友難知也，詩人所以再三嘆咏之也。

叔翹曰：　此詩三王各叙一段語，惟此叙王季處，上章接大王説，下與上文相聯，下章又先插入文王，以起後二段意。如此則血脉聯貫，不板匝，不突兀，此詩人行文妙處。

王季上承太王，下開文武。雖有其勤之績，故無事實之可稱，詩人頌述，但稱其德而已。然只如此數語，豈不寂寥。詩人却從太王説到太伯之讓，直説到「比于文王」、「施于孫子」。他人枯淡處，他却翻出許多波浪，生出許多關節，如椽之筆也。此等處可以悟作文之法。

《箋》曰：　省，善也。天既顧文王，乃和其國之風雨，使其山樹木茂盛，言非徒養其人民而已。

四　章

帝度、帝貊，即子貢「天縱」意。

「靡悔」悔字，字法妙品。德如文王，足可掩迹前人，稍或未盛，不免有遺憾矣。

「帝度」二句，或主受讓説。度心，故受讓無吝迹。貊德音，故受讓無間言。明類、長君，皆本諸身，而未及徵諸庶民也。故又言「王此大邦」，要見嗣大王岐周之業意。

《左傳》：能制義曰度，德正應和曰莫，照臨四方曰明，勤施無私曰類，教誨不倦曰長，賞慶刑威曰君，慈和偏服曰順，擇善而從之曰比，經緯天地曰文。九德不愆，作事無悔。

盛德在前，而後人不愧其前，則曰無忝；盛德在後，而前人不愧其後，則曰靡悔。

五章

無畔援者，中正是持，不取所不當取，以事言。無歆羨者，剛大是守，不欲所不當欲，以心言。

用兵行師之際，雄心最爲易逞。文王伐密、伐崇，終是無畔援歆羨、聲色夏革，不識不知，所以爲聖人之師。成湯之不震不動，不戁不竦，亦是此意。

金履祥曰：畔援二字相反，歆羨只是一意，但有淺深。歆，心動貌。羨，慕也。歆淺羨深。

《箋》曰：畔援猶跋扈也。誕，大；登，成；岸，訟也。天語文王曰：「女無如是跋扈者，妄出兵也。無如是貪羨者，侵人土地也。欲廣大德美者，當先平獄訟，正曲直也。」

(人)〔又〕曰：阮也，徂也，共也，三國犯周，而文王伐之。密須之人，乃敢距其義兵，違正道，是不直也。

六　章

依字就心上説，與不震不動同意。

「我陵我阿」，一説我陵即爲我阿，無謂。蓋經文本只言無矢我陵我阿，無飲我泉我池，而下句我泉、我陵字則叠言成文耳。

黄葵峰曰：舊説文王徙都程邑。愚謂文王作程邑，只是定密地，一人心耳。文王徙都于豐，未嘗都程邑也。

新安胡氏曰：「度其鮮原」以下，即上章篤周祜、對天下之實事也。

《箋》曰：陵泉重言者，美之也。每言我者，據後得而有之而言。

《傳》曰：小山别大山曰鮮。

《箋》曰：侵(院)〔阮〕而兵不見敵，此以德攻，不以衆也。

七　章

「不大」四句，説德，是自晦而不自用之意。與《中庸》卒章義同。

《疏義》云：既有渾然之德，又順自然之理，此所以爲文王者也。

不大、不長，詩人員活之詞，不是猶有聲色者存。

帝則即是事理之至當，而爲吾心之本體者。

「仇方」句要看得大。文王之仇，天下之仇也，故興師動衆爲不得已。

叔翹曰：謂崇爲「仇方」者，虎倡紂爲不道，肆行暴亂，不遵方伯約束，是與我爲仇敵也。註引《史記》語，似只以譖西伯之事目爲讐國，如此則文王之師乃爲復仇報怨之舉矣。且崇侯若無他罪，但以其譖己，故讐而伐之，恐紂亦不能容也。又按，《戰國策》魯仲連曰：「九侯、鄂侯、文王，紂之三公也。九侯有子而好，獻之于紂，紂以爲惡，醢九侯。鄂侯争之强，辨之疾，故脯鄂侯。文王聞之喟然而嘆，故拘之羑里之庫百日。」《韓非子》曰：「以智説愚，必不聽。故文王説紂而紂囚之。」《淮南子》曰：「文王砥德脩政，天下二垂歸之。紂聞而患之，曰：『恐伐余一人。』乃拘文王羑里。」皆不及崇侯之譖。《左傳》謂文王因崇亂而伐之，亦不言譖文王而見伐也。崇侯譖西伯，獨見《史記·周紀》，豈亦以《詩》有伐崇之事，而傅會其説耶。

《疏義》曰：兩「帝謂文王」之語，是謂伐密、伐崇張本。文王伐密，非有欲心，所以行之者，乃事理之至極也。其伐崇也，非張其聲威氣燄，所以處之者，皆天理之自然也。嗚呼，非周公言之，孰知文王奉天不得已之心乎！

《箋》曰：天之言云：「我謂人君有光明之德，而不虛廣言語，以外作容貌；不長諸夏，以變更王法者，其爲人不識古，不知今，順天之法而行之者。」此言天之道尚誠實，貴性自然。

末章

「崇墉言言」而曰緩攻者，任其高大，不即攻也。

「無侮」者，王師不暴，人皆畏服，而無敢爲應援之舉。「無拂」者，王師無敵，人皆順從，而無敢有疑貳之心。

叔翹曰：忽，如「其亡也忽焉」之忽。

《傳》曰：閑閑，動揺也。於内曰類，於外曰禡。致，致其社稷羣神；附，附其先祖，爲之立後，尊其尊而親其親。

《箋》曰：言言猶孽孽，將壞貌。肆，犯突也。《春秋傳》曰：「使勇而無剛者肆之。」

靈　臺

《序》曰：《靈臺》，民始附也。文王受命，而民樂其有靈德，以及鳥獸昆蟲焉。

徐士彰曰：所謂民樂者，只是隨君之所有，而喜談樂道之。曰「靈臺」、「靈沼」，曰「子來」，曰「於牣」，曰「於倫」，曰「於樂」，皆須發得斯民樂君意思出。此詩直有天下泰和，萬物咸若氣象。

《箋》曰：民者，冥也。其見仁道遲，故於是始附也。

一　●㊀㊀㊀㊁㊁　營攻成　亟來

二　㊀㊀㊀㊀㊀㊀　囿伏濯翯沼躍[1]

三　㊀㊀○㊀[2]　樅鏞鐘廱

四　㊀㊀㊀㊀　鐘廱逢公

---

[1] 此章韻譜當作「㊀㊀㊁㊁㊁㊁　囿伏　濯翯沼躍」。

[2] 此章韻譜當作「㊀㊀㊀㊀」。

首二章

經始、攻之、勿亟、子來，一時事。子來即攻之也。

文王之在囿在沼，隨其所遇而物各遂其所焉。則文王之仁，徵於外而根於中，漸於民而流於物矣。

《箋》曰：神之精明者稱靈。文王化行，似神之精明，故稱靈臺焉。

三、四章

徐士彰曰：樂，莫患於八音之奪倫，莫貴於衆心之和樂。辟雍之地，鐘鼓作焉，奏之者得其倫，聞之者得其樂，聲嗟氣嘆，不能自已，其盛何如。

「鼉鼓」二句形容民情，可謂深至，氣味悠長，有不盡之旨。樂之更端曰奏。凡作樂，先擊鼓一闋，復奏，必自鼓始。「于樂辟雍」，言以是樂奏是地爲可樂，不是樂得其地，重樂上説。

末章首二句，如古詩换章叠句，演以成文，非咏嘆不已之意。

《疏》陸機曰：「鼉形似水蜥蜴，四足，長丈餘。生卵大如鵞卵，甲如鎧甲，今合樂鼉魚甲是也。其皮堅，可以冒鼓。」

下武

《序》曰：《下武》繼文（王）也。武王有聖德，復受天命，能昭先人之功焉。

三后事殷，武王伐紂，功業不同，逆順相反，然迹逆而理順，事異而心通。三后而在，牧野之舉，必不得以已也。故《詩》頌武王，曾無一語道其創基立業，恢拓前功，而但曰配京、求德、成王孚、永孝思、順德、嗣服。見武王此舉，無非曲體先人，克全孝道，雖化家爲國，變侯爲王，實無分毫與前人繆戾。孔子所稱善繼善述，義本于此。皆所以白聖人之心迹，扶萬世之名教。

愚意「下武」宜仍作下武字解。人皆謂武之天下以征誅得之，而不知善繼善述，雖征誅之舉，亦是克纘先緒。則謂武王實未嘗征誅，未嘗用武，可也。「下武」之云，即《周頌》遏劉之義。

《傳》曰：武，繼也。

《箋》曰：下，後也。後人能繼先祖者，維周家最大。

一 ●㈠㈠㈠ 王天京

二　●㊀㊀㊀　求命孚①
三　●㊀●㊀　式則
四　●㊀●㊀　德服
五　●㊀●㊀　武祜
六　●㊀●㊀　賀佐

首　章

武王恢大統基，而曰克配，其義可玩。

二　章

天下人心不過一理，求世德而長與理無違，則自相孚契。觀九國叛齊，可見王者之信異于霸者之僞也。楊子「思斁」之辨，其意如此。

「成王之孚」，即夫子所謂「身不失天下之顯名」，孟子所謂「天下信之」。

---

① 此章韻譜當作「●㊀●㊀　求孚」。

天下原信三后，武王之德無異三后，天下即以信三后者信武王矣。只就精神意氣相爲融洽説。

三章

永孝思而爲法、立愛皆同，良知不異故也。

看來成王孚、式下土，與配京、嗣服只是一意。詩人只要發明孝以纘緒，故其言不一而足，只如此連綿説去，不必分三四層也。

「維則」要看得活。當纘緒則以纘緒爲孝，當變通則以變通爲孝。有國則以國孝，有家則以家孝。

四章

「應」即「媚茲」之意，「順德」通上下言。言人皆愛戴，而所以應之者，亦惟武王之孝，有以觸其秉彝之懿耳。蓋仁心人所固有，親親達之天下，上以孝感，下以孝應，心心相感，一脉流通。理所固然，無足異者。

「昭哉嗣服」，正《序》所謂「昭先人之功」。蓋孝加百姓、刑四海，則焕先烈於重光，而向之肇基、勤家、輯寧者，自我而益顯矣。

凡人心有私，便闇昧不明。武王通先人之節，而濟天下之變，與先人志意流通。此其心事如青天白日，不忌嫌疑，不萌悔吝，何等光明正大。故曰「昭哉嗣服」，不但以其變俟化國，爲能闡揚光大而已。

五　章

此章見創守一道，下章見天人一理。

《箋》曰：來，勤；許，進；繩，戒也。武王能明此，勤行進於善道，戒慎其祖考所履踐之迹，美其終成之。

末　章

《箋》曰：「不遐有佐」，言輔佐之臣，亦宜蒙其餘福也。《書》曰：「公其以予萬億年。」

文王有聲

《序》曰：《文王有聲》，繼伐也。武王能廣文王之聲，卒其伐功也。

遷豐而稱武功，文王之武也。遷鎬而稱辟雍，武王之文也。此亦微顯闡幽、（幹）〔斡〕旋補救之意。

輔氏曰：每章以「烝哉」結之，不獨歎美無已之意，又以示後世子孫，使知必如文武之爲，然後于君道爲宜也。故其丁寧，不一而足耳。

一　㊀㊀㊀㊀㊀　聲聲寧成烝

二　●㊀㊀㊀●　功崇豐

烝字首章本叶寧、成，次章以後因用不叶，如《騶虞》之例。

三　㊀㊀㊀㊀●　減匹欲孝

四　●㊀●㊀●　垣翰

五　●㊀●㊀●　績辟

六　㊀㊀㊀㊀●①　（廱）〔廱〕東　北服

七　㊀㊀㊀㊀●　王京正成

八　㊀㊀㊀㊀●　芑仕謀子

①　此章韻譜當作「㊀㊀㊁㊁●」。

首二章

「遹求」二句一氣不斷，「視民如傷」，兩言模畫如見，可謂傳神之語。受命者，「詢爾仇方」是也。武功者，「是伐是肆」是也。伐崇以除殘，天意也。作豐以容民，天意也。奉若天道，故曰克君。

徐士彰曰：凡人君舉動，出於爲民者，帝王之盛節；出于自爲者，世主之私心。此亦天理人欲、盛衰興亡之攸判也。求、寧、觀、成含下意，無非是除暴驅殘，容民畜衆而已。

三、四章

築豐之垣，則承天順民，承先啓後，功之所以著明也。

徐士彰曰：攸同、維翰，勿云至此則安民之功成，而文王之心慰矣。蓋文王三分有二，恪守臣節，安民之功終其身而未成，不無待於武王也。孟子歷叙古先帝王，而于文王，獨曰「視民如傷」，此可以見文王之時，亦可以見文王之心，又可以見武王之繼世征誅爲不得已。

攸同者，歸之也。維翰者，附之也。

「王(功)〔公〕伊濯」，正與「遹觀厥成」相應。朱子謂《文王有聲》等詩，「却有反覆歌咏之意」，正謂此也。

《箋》曰：「(三)〔王〕后維翰」者，正其政教，定其法度。

五、六章

周都于西，豐流于東，故四方臣民因神禹之故迹，遡大河之安流，得以來同于豐邑，而以武王爲君。此固文王安民垂緒，而亦武王遷鎬之發源也。鎬京作，既有以建天下之極；辟雍立，又有以倡天下之化。故四方服。要如此昃下，不宜乎。

《記》曰：「古之王者，建國君民，教學爲先。」又曰：「君子如欲化民成俗，其必由學乎。」

七、八章

武王一統大定，而伊減之制，隘不能容。武王不遷，則繼世之後，有不得辭其責者。故身任其責，以靖乂民。民安而子孫安，無勞締造，坐享盈成矣。孫者無窮之稱。曰「燕翼子」，不翼亦不燕矣。

《箋》曰：孫，順也。傳其所以順天下之謀，以安其敬事之子孫，謂使行之也。

《疏》：陸德明曰：「自《文王》至《卷阿》十八篇，是文王、武王、成王、周公之正大雅。據盛隆之時，而推叙天命，上述祖考之美，皆國之大事，故爲正大雅焉。《文王》至《靈臺》八篇，是文王之大雅，《下武》至《文王有聲》二篇，是武王之大雅。」

〔生民之什〕

生　民

《序》曰：《生民》，尊祖也。后稷生〔於〕姜嫄，文、武之功起於后稷，故推以配天焉。

此詩不用于郊祀之時，而用于受釐頒胙之際，故專言后稷事，至末章始及尊祖配天之祭。

徐士彰曰：此詩尊后稷以配天，故本其受孕降生之異，以見其受命于天。惟其受命于天，是以幼而有志于農，見其性出于天；長而有功于農，見其有取于天。因以教天下之農，使之以食乎農，是又有以體乎天矣。夫能體乎天，則無負于天生之意，此所以奉配天之祭，而獲格天之速也。

一　㊀㊀㊀㊀㊀㊀㊀㊀㊀㊀　民嫄何祀子敏止夙育稷

民、嫄本叶下數韻，《陳風》原叶差、麻、娑同此。非轉韻也。

二　㊀㊀㊀㊀㊀㊂㊁㊀①　月達副害祀子隔　靈寧

首尾一韻，錯入靈、寧。舊作三换韻，非。

三　●㊀㊁㊁○㊀㊀㊀㊀㊀　字翼去呱訏路隔　林林

首尾一韻，錯入林、林、冰。蒙上林林轉韻。

四　㊀㊀㊀㊀㊀㊀㊀㊀　匐嶷食葹穟幪（琫）（唪）

五　●㊀㊀㊀㊀㊀㊀㊀㊁㊁　道草茂苞褎秀好　栗室

六　●㊀㊀㊀㊀㊀㊀㊀　秠芑秠畝芑〔負〕祀

七　㊀㊀㊀㊀㊀㊀㊀㊀㊀㊀　何揄蹂叟浮惟脂軷烈歲

八　㊀㊀㊀㊀㊀㊀㊀㊀　豆登升歆時祀悔今

首尾一韻，舊作二轉，非。

首　章

正寢之室在前，燕寢在後，側室又次燕寢之旁。生子不于夫之正室及妻之燕寢，必于側

---

① 此章韻譜當作「㊀㊀㊀㊀㊂㊁㊀㊀」。

室，不敢當尊也。

郊禖，求嗣之祭。禮，天子所幸者，使太祝酬醴酒，餘之于郊禖之庭，以神惠光顯之也。韣，弓衣也。帶弓衣、執弓矢，冀生男也。

生民肇有，厥從何始？巨跡之疑，正得釋然。郭景純所謂「宜領其玄致，歸之冥會」，此類是也。

蘇洵曰：毛公之傳《詩》也，以乙鳥降爲郊禖之候，履帝武謂從高辛之行。及鄭之《箋》，而後有吞踐之事。當毛之時未有遷《史》也，遷之説出于疑《詩》，而鄭之説又出于信遷，故天下皆曰聖人非人，人不可及也。甚矣，遷之以不祥誣聖人也。或曰，然則稷何以棄？曰：稷之生無菑無害，或者姜嫄疑而棄之乎？鄭莊公寤生，驚姜氏，氏惡之，事固有然者也。吾非惡夫異也，惡夫遷之以不祥誣聖人也。棄而牛羊避，遷之而飛鳥覆，吾豈惡之哉？楚子文之生也，虎乳之，吾固不惡夫異也。

嚴粲曰：古無巨跡之説，特《列子》異端，司馬遷好奇，鄭氏信(纖)〔讖〕緯，以「帝武」疑似之辭，藉口爲是説。至是姜嫄無人道而生子，謬于理而妨于教，莫此爲甚。神怪之事，聖人所不語，若《詩》言巨跡，聖人删之久矣。

又曰：今依毛以敏爲疾，而不用其帝爲高辛之説；依鄭以帝爲上帝，而不用其敏爲拇指之説，合二家而去取之，可以折衷矣。

二、三章

因居然生子，而知上帝之寧我、康我之禋祀也。或疑如此，則何爲見棄。不知此是追述之辭，且詩體每章一義，不曾許汝一氣説到底，正不必拘拘乃爾。

覆翼以全稷也，去之使人得以收稷也。覃、訏，亦見氣體之異。

《傳》曰：天生后稷，異之于人，欲以顯其靈也。帝不順天，是不明也，故承天意而異之于天下。

《箋》曰：牛羊而辟人者，理也。置之平林，人收取之，又其理也。故又寘之寒冰。

又曰：覃謂如能坐也，訏謂張口嗚呼也。

四　章

以童子之日已寓參贊之功，非天生聖人安得有此。《史記》曰：「屹如巨人之志。」

蓺之，以人而合乎天也。旆旆、穟穟，以天而啓乎人也。

《箋》曰：岐岐然意有所知也，其貌嶷嶷然有所識別也。

《疏》正義曰：《釋草》云：「戎菽謂之荏菽。」孫炎曰：「大豆也。」樊光、李巡、郭璞皆云：「今以爲胡豆。」《春秋傳》：「齊侯來朝獻戎菽。」《管子》亦云：「北伐山戎，出冬葱及戎菽，布之天下。」今之胡豆是也。

五　章

此章「種之黄茂」，已是教民稼穡，已該乎秬、秠、穈、芑矣。而下文復云者，因祭祀而更端言之，以起下文也。

「有相之道」一句，通篇所重。天所以生稷者以此，稷所以配天者以此。

《蠡測》曰：　相者助五穀也。如因天之時，度地之宜，順穀之性，循種之法，皆所以相之也。

《箋》曰：「有相之道」，謂若神助之力也。

《傳》曰：　方，極畝也。苞，本也。種，雜種也。

六　章

秬、秠可以釀酒醴，而和鬱鬯。穈、芑可以供粢盛，而實簠簋。「肇祀」意「有郃家室」内已有之，國之所重，故特舉此。此章嘉種，却不重教民，重肇祀上。

七　章

《周禮・夏官》註云：行山曰軷。蓋封土爲山，祭之以牲。既祭，乃驅車轢其山而去之，所謂祀軷。

燔以備庶羞，烈以實薦豆。

《月令》：乃命大酋：秫稻必齊，麴蘖必時，湛熾必潔，水泉必香，陶氣必良，火齊必得，兼用六物。大酋監之，毋有差貸。

《疏義》曰：「取蕭祭脂」，先宗廟也。「取羝以軷」，偏羣神也。

又曰：五祀行最小，又最後，故舉行祭，則餘祭在其中矣。近許氏謂祭行道之神，使道路無阻，鬼神得以來享，亦所以求內神也。此説不知所據，當再考。

《箋》曰：蹂之言潤也。大矣，我后稷之祀天如何乎。美而將説其事也，春而（揄）〔抒〕出之，簸之，又潤濕之，將復舂之，趣于鑿也。釋之烝之，以爲酒，及簠簋之實。

「載謀載惟」，《傳》曰：嘗之日，涖卜來歲之芟。獮之日，涖卜來歲之戒。社之日，涖卜來歲之稼。所以興來而繼往也。

《箋》曰：惟，思也，思念其禮。

《周禮》曰：酒正以式法受酒材。辨五齊之名，辨三酒之物。凡祭祀，以法共五齊、三酒，以(賓)〔實〕八尊。酒正之出，小宰聽之。酒正掌爲五齊三酒。舂人掌共米物，祭祀共其齍盛之米。米，六穀也。饎人掌凡祭祀共盛，共王及后之六食。凡賓客共其簠簋之(賓)〔實〕。簠盛稻粱，簋盛黍稷。廩人大祭祀，則共其接盛。

《箋》曰：以先歲之物齊敬祀軷而祀天者，將求新歲之豐年也。孟春之《月令》曰：「乃擇元日，祈穀于上帝。」

八章

「后稷肇祀」三句，形容祖宗功德，婉而暢，典而實，漢人符命萬分不及一耳。

《傳》曰：顯揚祖德，孝也。明示後世，仁也。以身比焉，順也。恪宰祀典，罔敢失墜，周人之祭，可謂兼之矣。

《箋》曰：祀天用瓦豆陶器，質也。

按：此詩六章以下，言祭祀之事，本一套事，語脉連接不斷。而朱子以六、七章爲后稷肇祀之事，末章爲郊祀后稷以配天之事，無緣將一段事分爲兩截，似屬未妥。鄭氏《箋》以「誕降嘉種」至「庶無罪悔」俱屬后稷。「以歸肇祀」下，便云負任而歸于郊祀。「取蕭祭脂」三句下，則云取蕭草與祭牲之脂，爇之于行神之位，馨香既聞，取羝羊之體以祭神，又燔列其肉，爲尸羞焉。自此而往郊。「以興嗣歲」則引《月令》祀祈穀于上帝，直至「以迄于今」，方爲子孫蒙其福，故推以配天焉。如此三章文意相接，似爲得旨。獨棄爲后稷，至有邰之祀，亦無緣輒舉郊祭大禮。鄭氏爲之説曰：「得祀天者，二王之後也。」此却不知何據，似屬傅會耳。愚意「有邰家室」以上，言后稷之功已盡。「誕降嘉種」以下，俱爲今日郊祀后稷以配天之事。六、七章稍用鄭氏《箋》，八章全用朱《傳》，則于義爲安，未知是否。

行葦

《序》曰：《行葦》，忠厚也。周家忠厚，仁及草木，故能内睦九族，外尊事黄耇，養老乞言，以成其福禄焉。

徐士彰曰：玩首章勿、莫二字，便慇懃篤厚之意，藹然可掬。下皆本此意發出。

一　㊀㊀㊀㊀㊀㊀　葦履體泥弟邇①

二　㊀㊀㊀㊀㊀㊀㊀㊀　席御酢斝薦炙臄咢

三　㊀㊀㊀㊀㊁㊁㊁㊁　堅鈞均賢　句鍭樹侮

四　㊀㊀㊀㊀㊀㊀㊀㊀　主醹斗耇背翼祺福

首　章

行葦本有生意，但懼其害。兄弟本皆至親，但懼其遠。

《箋》曰：草木方茂盛，以其終將爲人用，故周之先王爲此愛之，況于人乎？

《疏》正義曰：葦之初生，其名爲葭，稍大爲蘆，長成乃名爲葦。八月萑葦成，是其事也。

次　章

鋪陳品物曰筵，蹈籍曰席。筵在下，席在上，設于筵之上，故曰重席。少者設席而已，老者則加几，使有所憑也。

---

① 此章韻譜有誤。此篇徐氏依朱熹《集傳》分章，首章亦應有八句，此章韻譜缺末二句。

「醓醢」四句，要見徹于廟者，悉登而爲燕私之需；作于廟者，悉入而爲後寢之奏。

洗爵示不褻也，奠斝示有終也。爵即斝也。

緝御，即《禮》所（爲）〔謂〕更僕也。

《箋》曰：緝御，相續代而侍者，謂敦史也。

《傳》曰：緝御，踧踖之容也。臄，函也。

《箋》曰：用殷爵者，尊兄弟也。以脾函爲加，故謂之嘉。

三章

「序賓以賢」，《禮》所（爲）〔謂〕「當飲者皆跪，奉觴曰：『賜欋。』勝者皆跪曰：『敬養』」是也。「序賓以不侮」，《記》所謂「背立踰言者有常爵，若是者浮」是也。

此章之射，王肅以爲燕射是也。呂東萊曰：「孔氏謂燕射在旅酬後，不當在『曾孫維主』之上，遂從鄭氏，以爲大射。不知此篇乃成周燕兄弟親戚之詩，非大射擇士時也。按《儀禮》，燕射如鄉射之禮。射雖畢而飲未終，舉觶無筭，獻酌尚多。言酌大斗，祈黄耇于既射之後，豈不可也。」愚按呂説固是，然紛紛異同，皆因説《詩》要將各章前後次序故也。若知詩章本無次序，亦自不勞辨論。

《傳》曰：已均中蓺。

《箋》曰：蓺，質也。

《傳》曰：「序賓以賢」，言賓客次第皆賢。孔子射于矍相之圃，觀者如堵墻。射至于司馬，使子路執弓矢出筵射曰：「奔軍之將，亡國之大夫，與爲人後者不入，其餘皆入。」蓋去者半，入者半。又使公罔之裘、序點揚觶而語曰：「幼壯孝弟，耆耋好禮，不從流俗，修身以俟死者，不在此位也。」蓋去者半，處者半。序點又揚觶而語曰：「好學不倦，好禮不變，耄勤稱道不亂者，不在此位也。」蓋僅有存焉。

《疏》曰：《大射禮》「搢三挾一」，此謂卿大夫。若其君，則使人屬矢，不親挾也。

末章

引者，開其迷，啓其惑，使不昧于所趨。翼者，徵其逸，作其勤，使不怠於所行。武王作《酒誥》，恐酒之流生禍也，乃曰：「爾大克羞耇，爾乃飲食醉飽。」然則「酌以大斗」，何過之有。《禮》曰：「酒所以養老也。」數「以」字，皆勸戒之旨。有德則日休，故曰吉。景福，即壽祺也。「攸好德」，然後「考終命」。

叔翿曰：《埤雅》云：「《周官》，王燕則膳夫爲獻主，臣莫敢與君抗禮。令此曾孫維王，則以尊事黃耇，所謂『親祖割執爵而酳，所以爲厚也』。」

又曰：「酌以大斗」三句，與《邠風》「爲此春酒，以介眉壽」、《魯頌》「既飲旨酒，永錫難老」語意皆同。此稱觴爲壽之常辭，不必向飲酒上推求所以然之故。「以引以翼」下，又是一意，不承飲酒説。

輔氏曰：此章尤見親愛無窮之意。

《箋》曰：祈，告也。以酒醴之美，故以告黃耇之人，徵而養之也。飲酒之禮，曰告于先(王)〔生〕君子，可也。

既醉

《序》曰：《既醉》，太平也。醉酒飽德，人有士君子之行焉。

《洪範》：五福，一曰壽，二曰富，三曰康寧，四曰攸好德，五曰考終命。説者謂《既醉》備五福焉。

一 ●㊀●㊀ 德福

二 ●㊀●㊀ 將明

三　㊀㊀㊀㊀　融終俶（吉）〔告〕①

四　㊀㊀㊀㊀　何嘉攝儀

五　㊀㊀㊀㊀　時子匱類

六　●㊀●㊀　壼胤

七　●㊀●㊀　祿僕

八　●㊀●㊀　士子

首三章

自其亨嘉和順者言之，謂之「景福」。自其光明盛大者言之，謂之「昭明」。「萬年」言其久，非祈之以壽也。許云通後世而言。叔翹云：「《疏義》云：『光輝盛大，受福之氣象也』，蓋即是願其景福如此。」此接上章景福來，故下章復接昭明說起，非各爲一義也。

《通解》曰：昭明、有融、高朗，而皆以福言者，大抵不受福者，昏蟄于六極中；而受福之君，爲赫赫之命所屬，是以安富貴榮，身顯名著，治化熙洽，子孫繁衍，其光明俊偉氣象自然耳。

---

① 此章韻譜當作「㊀㊀㊁㊁　融終　俶告」。

《箋》曰：在意云滿①，是謂之飽德。
《傳》曰：既者，盡其禮，終其事。
《箋》曰：禮謂旅酬之屬，事謂施惠先後②，(乃)〔及〕歸俎之類。
《箋》曰：諸侯有功德者入爲天子卿大夫，故云公尸。公，君也。

四、五章

有嗣舉奠，謂迎牲之前，祝先酌酒奠于神席前，在鉶羹之南。祝祭告畢，迎尸入，至獻尸而旅酬。主人嗣子入，尸執前所奠之酒飲之，以致傳附祖考之意。嗣子乃洗爵酬尸，當旅酬告成之後，而其誠心若祝祭迎牲之始，故曰「不匱」，曰誠而不竭，誠故不竭也。

《祭義》曰：「奉薦而進，其視也慤，其行也趨以數。」又曰：「孝子之祭，其立之也敬以詘，其進之也敬以愉，其薦之也敬以欲。退而立，如將受命，已徹而退，敬齊之色不絶于面。」正此所謂「孔時」也。

---

① 依阮元説，「在」、「云」閩本明監本誤，當從他本作「志」、「充」。
② 依阮元説，「施惠」當從他本作「惠施」。

《傳》曰：恒豆之俎，水草之和也；其醢，陸産之物〔也〕。加豆，陸産也；其醢，水物也。籩豆之薦，水土之品也。不敢用常褻味，而貴多品，所以交於神明者，言道之徧至也。

《箋》曰：籩豆之物潔清而美，政平氣和所致也。

《箋》曰：言成王之臣皆君子之人，有孝子之行。孝子之行非有竭極之時，長以與女之族類，謂廣之以教道天下也。

〔《箋》曰：〕《春秋傳》曰：「潁考叔純孝也，施及莊公。」壼之言梱也。其與女之族類云何乎？室家先以相梱致，（乃）已〔乃〕及於天下。

六、七、八章

「室家之壼」即「有那其居」之意，所以修玄默而迓天休者，於是乎在。《南都賦》曰：「聖皇之所逍遥，靈祇之所保綏。」由其禮物之盡美也，故錫之以祚；由其嗣子之盡孝也，故錫之以胤。亦《楚茨》類報之意，故曰「類」。孫子，無窮之稱。

被者，自其敷錫言之。僕者，自其依附言之。俱字法能品。僕訓附者，僕御必附于人也。

鳧鷖

《序》曰：《鳧鷖》，守成也。太平之君子，能持盈守成，神祇祖考安樂之也。

繹，續也，明日又祭之名。商曰肜，周曰繹。朱子曰：「古者廟祭有尸，既祭之明日，則煖其祭食，以燕爲尸之人也。」

徐士彰曰：《楚茨》「鼓鐘送尸，神保聿歸」，則祭畢之燕，尸不與也。尸何以不與，以其象神，故不敢留，而轉爲次日之燕也。燕于次日，所以尊尸也。尊尸所以尊神也。「攸降」，以前日祭祀言。只就神眷寬説，不指「以妥以侑」，尊以祖考説。「來崇」，以今日燕飲言，則前日之福，積而高大。

成者，諸福畢至。下者，自上而下。易辭也。宗者，以賓禮禮之也。「後艱」止就一身言。凡福禄只是承君燕而祝頌之，寬説。

《祭統》曰：尸在廟門外則疑于臣，在廟中則全于君；君在廟門外則疑于君，入廟門則全于臣、全于子。

《説文》：「宜，所安也。」喜愜則得其宜。或言以公尸之尊，而處上賓之位，故曰「宜」。以本文求之，頗覺費力。

欣欣，言酒之美而可樂也。

《箋》曰：成王之時，尸來燕也其心安，不以己實臣之故自嫌。言此者，美成王事尸之禮備。

《傳》曰：酒多，言酒品齊多。

《疏》：郭璞曰：「鳧似鴨而小，長尾，背上有文。今江東亦呼爲鷖。」

陸機《疏》曰：大小如鴨，青色，卑脚，短喙，水鳥之謙愿者也。

《蒼頡解詁》云：鷖，鷗也。一名水（鶚）〔鴞〕。

一 ⊖⊖⊖⊖●⊖ 涇寧清馨成

二 ⊖⊖⊖⊖●⊖ 沙宜多嘉爲

三 ⊖⊖⊖⊖●⊖ 渚處湑脯下

四 ⊖⊖⊖⊖●⊖ 潨宗宗降崇

五 ⊖⊖⊖⊖●⊖ 亹熏欣芬艱

假樂

《序》曰：《假樂》，嘉成王也。

此詩之作，本爲稱頌其君，而言子孫爲詳，可謂知所重矣。末章忽入燕臣，就從此生出群臣之媚，就從羣臣説出「不解于位，民之攸塈」，善頌善禱之中，曲寓規諷之意。其文體奇逸，如行雲變幻，不可揣摹，漢人詞賦，遠有慚德。章法神品。

「威儀」三句，要作嫡嗣，此亦近世説者牽連之過。鄭氏《箋》徑説説時王，反爲直捷。

一　㊀㊀㊀㊀㊀㊀　子德人天命申①

二　㊀㊀㊁㊁㊁㊁　福億　皇王忘章

三　㊀㊀㊀㊀㊁㊁　抑秩惡匹　疆綱

四　㊀㊀㊀㊀㊀㊀　紀友士子位（暨）〔塈〕

---

① 此章韻譜當作「㊀㊀㊁㊁㊁㊁　子德　人天命申」。

首章

徐士彰曰：「受禄于天」，君自以其「宜民宜人」者受之，而若無所與于天。「自天申之」，天自以其保佑命爾者申之，而君實無所要于天。皆干禄豈弟、求福不回之意。宜民者，政教之善也。宜人者，用舍舉措之當也。所謂無得罪于羣臣百姓是已。

《箋》曰：顯者明而可見。德以光明爲善，若暗昧則不得爲令矣。成王之官人也，羣臣保右而舉之，乃後命用之。又用天意申勑之，如舜之勑伯禹、伯夷之屬。

次章

作聰明者，狹小先人制度。好逸豫者，并置祖宗成法。繼體守文，出此入彼，故言「不愆不忘」，可謂曲盡其意。「率由舊章」，《文選》：「從政咨于故實，播憲稽乎遺風。」

《箋》曰：天子穆穆，諸侯皇皇。成王行顯顯之令德，求禄得百福，其子孫亦勤而行求之，得禄千億。故或爲天子，或爲諸侯，言皆相勗以道。

三　章

凡守成之君，必賴多賢之助，故并及用賢。「率由」二字奇。凡情相拂則怨生，意相反則惡作，其原皆本于私意，孟子所謂「姑舍女所學而從我」，則怨惡所由來也。無是二者，廓然太虚，知有人不知有己，羣賢滿朝，不從中御，蕩然無所顧忌，皆得展布四體，各行其志，各營其職。國家何得不受多賢之益乎。

有愆忘之心，則無以遵舊章。有怨惡之心，則無以率羣匹。威儀，德之隅也。令名，德之輿也。

如漢文帝能容臣下守法，所謂率由羣匹也。

《箋》曰：秩秩，清也。教令清明。

末　章

徐士彰曰：夫臣欲燕及，民欲攸(暨)〔塈〕，至于君獨欲其不解，而猶謂之愛君。吁，此可以識詩人之意矣。

臣何以燕及？以民安。故非全不修職業，但以無事處事耳。

公劉

《序》曰：《公劉》，召康公戒成王也。成王將涖政，戒以民事，美公劉之厚于民，而獻是詩也。

王氏曰：周之有公劉，言乎其時則甚微，言乎其事則甚殷。稱時之甚微以戒其盈，稱事之甚勤以作其怠，此召康公之志也。

謝疊山曰：周家以忠厚爲家法，此詩六章皆曰「篤公劉」者，厚之至也。

永嘉陳氏曰：《七月》言先公風化，《公劉》則言建國君民之事，風、雅之不同如此。

一　●㊀㊀㊀㊀㊀㊀㊀㊀㊀　康疆倉糧囊光張揚行

二　●㊀㊀㊀㊀㊀㊀㊁㊀㊁　原繁宣嘆巘原舟　瑤刀①

三　●㊀㊀㊁㊁㊂㊂㊂●㊂　泉原　岡京　野處旅語

四　●㊀㊀㊀㊀㊁㊁㊁●●　依濟几依　曹牢匏　末二句獨韻收。

---

① 此章韻譜當作「●㊀㊀㊀㊀㊀㊀㊁㊁㊁　原繁宣嘆巘原　舟瑤刀」。

五　●㊀㊀㊀㊀㊀㊀㊀㊀㊀　長岡陽泉單原糧陽荒①

六　●㊀㊀㊀㊀㊀㊀㊀㊀㊀　館亂鍛理有澗澗密即②

首　章

輯和其民人，而不欲谷生民於侵淫横加之地，正所以光顯其國家，而不欲國勢於荒凉險僻之區也③。

黄實夫曰：公劉不輕于用民也，必先有以蓄民之財、治民之情，而後可以用民之力。其篤于爲民之心，可見矣。

《傳》曰：「爰方啓行」，蓋諸侯之從者十有八國焉。

次　章

周公遷洛，卜河朔黎水，又卜澗水東、瀍水西，又卜瀍水東，蓋遷國安民不苟如此。

---

① 此章韻譜當作「●㊀㊀㊀㊁㊁㊁㊀㊀㊀　長岡陽糧陽荒　泉單原」。
② 此章韻譜當作「●㊀㊀㊀㊁㊁㊀㊀㊂㊂　館亂鍛澗澗　理有　密即」。
③ 「國勢」上當缺一字。

叔翹曰：庶，人衆也。繁，人雜也。四民之屬非一類也。順，言來至邠者皆安之也。宣，畢至而盡安之也。

《傳》曰：瑶，言有美德也。下曰鞞，上曰琫，言德有度數也。容刀，言有武事也。

《箋》曰：民愛公劉之如是，故進玉瑶容刀之佩。

三章

「逝彼」四句，與上章相土不同。蓋上章相土，大槩擇其可居以授民。此是既得其地，又覽其形勢，以作邑居也。

言言，施教令也。語語，謀政事也。不可專就營度言。或云作直言之堂、論難之室，太泥。

下觀者，觀其包絡之形、方面之正。上觀者，觀其拱峙之形、背向之宜。

四章

勞群臣者，勞其經國安民之功也。則是落成之燕，亦爲民而設。

《曲禮》：「凡形容，大夫濟濟，士蹌蹌。」《註》：「濟濟，修飾齊一之貌。蹌蹌，翔舉軒揚之貌。」

凡創業君臣與守成異。承平既久，階陛森嚴，君臣之分不患不明，特患簾遠堂高，九閽萬里，上德下情不相諳悉。故燕飲之設，主于導和。創業之君與其臣披蓁斬棘，沐雨櫛風，奚翅家人父子，上下之情不患不通，特患分義未明，粗率簡易，如漢初飲酒争功，醉或妄呼，拔劍擊柱。故燕飲之設，主于辨分。周之詩一則曰「嘉賓式燕」，一則曰「不醉無歸」，而此詩獨言「君之宗之」，時各有所重也。

五　章

三單即三軍之制。《疏》云：「大國三軍，以其餘爲羨。公劉遷邠之初，適滿三軍之數而無羨，故曰三單。」

《肯綮》曰：景、岡、相、觀，不必相承，總是辨土宜以授民田之事。景者，審其方面，使田畝有一定之向。岡者，察其形勢，使田畝得高下之宜。相陰陽，則寒煖得宜，遂生成之美。觀流泉，則灌溉有資，無旱澇之患。

末　章

東萊曰：「止旅迺密，芮鞫之即」，此時風氣日開，編氓日衆，規模日廣，有方興未艾之象。

周之王業，既肇於此矣。

《箋》曰：鍜石，所以爲鍜質也。芮之言内也。水之内曰澳，水之外曰鞫。

洞酌

《序》曰：《洞酌》，召康公戒王也。言皇天親有德，饗有道也。

君之與民，勢位遼絶，維樂易，乃有箇近下愛民的意思。而民之休戚得以相通，故曰：「豈弟君子，民之父母。」

《箋》曰：行潦可以沃酒食之餴者，以有忠信之德、齊潔之誠以薦之故(曰)〔也〕。《春秋傳》曰：「人不易物，惟德緊〔物〕。」

《疏》正義：《釋言》曰：「餴，餾稔也。」孫炎曰：「蒸之曰饙，均之曰餾。」郭璞曰：「今呼䭯音修。飯爲饙，饙均(熱)〔熟〕爲餾。」《説(又)〔文〕》曰：「饙，一蒸米也。餾，飯氣流也。」然則蒸米謂之饙，饙必餾而熟之，故言饙餾。

一 ㊀㊀㊀㊀ 潦茲饎子母

二 ㊀㊀㊀㊀ 潦茲罍子歸

三　㊀㊀㊀㊀㊀　潦茲溉子塈

通篇一韻。

卷　阿

《序》曰：《卷阿》，召康公戒成王也。言求賢用吉士也。

徐士彰曰：吾讀《卷阿》，而知召公之善于引君也。欲啓之以用賢圖治之謨，而先之以壽考福禄之盛，何其言之曲而盡也。欲啓之明良相遇之機，而托之以鳳凰梧桐之喻，何其言之婉而切也。欲啓之以招徠賢俊之道，而寓之以車多馬馳之旨，何其言之微而彰也。若召公者，可謂萬世諫君之法矣。

叔翹曰：此詩雖云戒王，還以賡歌爲主。語意須有含蓄，方見諷諫意。

《魯詩·卷阿》之後有《大武》一篇，説曰：「康王大禘，報祀成王，奏《大武》六成既畢，受釐陳戒之詩。」《毛詩》闕。

一　㊀㊀㊀㊀㊀　阿南子歌音

二　㊀㊀●●㊀　游休酋

三 ●㊀●●㊀ 厚主

四 ㊀㊀●●㊀ 長康常

五 ㊀㊀㊀㊀㊀ 翼德翼子則

六 ㊀㊀㊀●㊀ 印璋望綱

七 ㊀㊀㊀㊀㊀㊀ 飛羽止士使子

八 ㊀㊀㊀㊁㊁㊁ 飛羽天　人命人

九 ㊀㊀●㊀㊁● 岡陽　萋喈①

十 ㊀㊀㊀㊀㊀㊀ 車多馬馳多歌

首四章

徐士彰曰：矢音，須要得盛時賡歌氣象。〔泮涣〕〔伴奂〕優游，須要得天下太和氣象。如此，則不必言盛衰倚伏之機，而君臣交儆之意，已隱然見于言外。

「〔泮涣〕〔伴奂〕爾游」、「優游爾休」，見非外寧而内憂、身逸而心勞者比也。〔泮涣〕〔伴

① 此章韻譜當作「㊀㊁㊀㊁㊂㊂　鳴生隔　岡陽隔　萋喈」。

奐」是逍遥閒散意，優游是從容閒暇意。

三章三「俾」字有力，含下修德用賢意。

昄章者，畿甸要荒，倬然大明，車書一統，無侵陵紊亂之意。厚者，基圖鞏固，不震不騰之意。

叔翹曰：「〔泮渙〕〔伴奐〕爾游」、「優游爾休」，國家閒暇故也。若穆王承昭王不復之後，雖車轍馬跡遍于天下，謂之「〔泮〕〔伴〕奐之游」、「優游之休」，可乎？

又曰：酋，善終也。根善始來，故曰善始善終。言善終而曰似先公，便自有深意。蓋先公所以致此者，必有其道矣。

黄氏曰：賈誼當漢文時，爲痛哭流涕之説，其憂國誠深矣。然其言太過，無優游不迫之意。帝退而觀天下之勢不至於此，則一不加信。然後知康公之戒君，其言亦有法也。

《傳》曰：飄風，迴風也。惡人被德化而消，猶飄風之入曲阿也。

《箋》曰：大陵卷然而曲，廻風〔自〕〔從〕長養之，方來入之。喻王當屈〔體〕以〔待〕〔得〕賢者，賢者則猥來就之，如飄風之入曲阿然，其來也爲長養民。

又曰：王能待賢者如是，則樂易之君子來就王游而歌，以陳出其聲音。言其將以樂王也。

又曰：〔泮〕〔伴〕奐，自縱弛之意也。賢者既來，王以才官秩之，各任其職。女則〔泮〕〔伴〕而優，自休息也。言任賢故逸。

又曰：土宇，謂居民以土地屋宅。女得賢者與之爲治，使居宅民大得其法，則王恩惠亦甚厚矣。

又曰：純，大也。予福曰嘏，使女大受神之福以爲常。

五、六章

以引，如「引君當道」之引。以翼，如「汝爲汝翼」之翼。

上章説到此，不必緊緊推原，似少和平之氣。只説得賢自輔之益便是。

四「有」字，要看是無所不備，師師濟濟，足以待用之意。

《通解》曰：召公之戒成王也，於《詩》之《卷阿》，則曰憑、翼、孝、德，於《書》之《召誥》，則曰「無遺壽耇」，以用賢君道之急也。憑者有守，翼者有德。

《箋》曰：王有賢臣，與之以禮義相切磋，體貌則顒顒然敬順，志氣則卬卬然高朗，如玉之圭璋。

又曰：綱者能張衆目。

七、八章

「維」字承「多」字來，隨所用而皆能盡職也。言外就見，王不能使、不能命，則無可柰何耳。鳳皇，治世之休徵。賢才，國家之利器。鳳皇飛則天下快覩，賢才用則天下治平，故以爲興。

媚天子，見賢者無勉强不得已之心。媚庶人，見賢者有維持浹洽之意。

《古樂府》：成王時，鳳皇翔舞于庭，王援琴而歌，作《神鳳操》曰：「鳳皇翔兮，於紫庭。予何德兮，以感靈。賴先人兮，恩澤臻。于胥樂兮，民以寧。」蓋因此詩而附會耳。

《箋》曰：鳳皇往飛，翽翽然，亦與衆鳥集于所止。衆鳥慕鳳皇而來，喻賢者所在，羣士皆慕而往仕也。因時鳳皇至，因以喻焉。

九、十章

首四句分明賦體，只是承上章之興説來。言梧桐之盛，有以致鳳皇之和矣；君子車馬之盛，豈不足以待天下之賢乎。如此説已足，不必拘泥興體。

車馬之盛，本欲王以此待賢也。却又不肯顯言，只見得車庶而多，不獨可以供宸遊；馬閑而馳，不獨可以備法駕。王之于此，宜有以用之矣。不明言其事，而遽及于矢詩者，欲王自得于意言之表也。

忠臣愛君，不啻若是其口出，故雖多而不以爲多。非是自謹其言之不盡也。有是車馬，而公之以下賢，駕御人材之軌物也；有是車馬，而私之以游歌，長傲滅德之虛器也。

「梧桐生矣，于彼朝陽。」(稽)〔嵇〕康《琴賦》曰：惟梧桐之所生兮，托峻嶽之重岡。披重壤以誕載兮，參宸極而高驤。含天地之醇和兮，吸日月之休光。鬱紛紜以獨茂兮，飛英蕤于昊蒼。夕納景于虞淵兮，旦晞翰于九陽。經千載以待價兮，寂神躊而永康。

《箋》曰：鳳皇鳴于山脊之上者，居高視下，觀可集止。喻賢者待禮乃行，翔而後集。梧桐生，喻明君出也。生于朝陽者，被温仁之氣，亦君德也。

又曰：「菶菶萋萋」，喻君德盛也。「雝雝喈喈」，喻臣民和協。

《傳》曰：上能錫以車馬，行中節，馳中法也。

《箋》曰：大夫有乘馬，有貳車。

《箋》曰：欲令遂爲樂歌，王日聽之，則不損令之成功也。

民　勞

《序》曰：《民勞》，召穆公刺厲王也。

柔者，寬而撫之也。能者，優而習之也。能如「相能」之能。

各章末二句，有反覆丁寧之意。

惠中國，「以綏四方」，勿滯先後意。蓋爲治有漸，其勢自爾。無良之人，其于君也，以詭隨入之。既得其君，遂寇虐于民，不畏天命。下章言其惽怓，其惡罔極，其狀醜厲，其用心繾綣，皆此人所爲。《疏義》所謂「極其形容」是也。

謹者，使之檢束而自肅。遏者，使之退縮而自止。

「正」字皆言國之紀綱法度。

與之以位，即與之以責任，即望其能爲國安民，故曰「王欲玉女」。

賈生曰：「安民可與行義，而危民易與爲非。」民勞者，危之漸也。

彭氏曰：《書》言柔遠能邇，而必曰「難壬人」；《詩》言柔遠能邇，而曰「謹無良」。皆有常戒懼之意。

張叔翹曰：按成王游卷，在周公治成之後。康王繼之，申戒農官，以固邦本。其後昭王以降，無非窮兵黷武之君，民財民力，蓋不勝困弊也。此《民勞》所以繼《卷阿》也歟。

又曰：《卷阿》雖盛世之詩，而游歌實康娛之漸。故夫子序《詩·卷阿》之後，即繼以《民勞》，其旨深矣。

《箋》曰：詭隨，詭人之善不肯行，而隨人之惡者。

又曰：惛怓，謂好（事）〔争〕。「無棄爾勞」，述其始時者，誘掖之也。

又曰：罔，無；極，中也。無中，所行不得中正。

又曰：今王雖小子自遇，而女用事于天下，甚廣大也。《易》曰：「君子出其言善，則千里之外應之，况其邇者乎？出其言不善，則千里之外違之，况其邇者乎？」

又曰：王愛京師之人，則天下邦國之君不爲殘酷。

又曰：玉者，君子比德焉。王乎，欲令女如玉然，故作是詩，用大諫正女。

《説》曰：《民勞》，厲王之時，公卿憂亂，同列相戒，而作此詩。

一　●㊀●㊀●㊀●㊀●①　康方良明王

---

① 本詩諸章韻譜末皆漏一「㊀」。

二　●㊀●㊀●㊀●㊀●　休逑(呶)〔怓〕憂休

三　●㊀●㊀●㊀●㊀●　息國極慝德

四　●㊀●㊀●㊀●㊀●　愒泄厲敗大

五　●㊀●㊀●㊀●㊀●　安殘綣反諫

板

《序》曰：《板》，凡伯刺厲王也。

《説》曰：《板》，厲王用事之臣，多懷不忠，以致禍敗。公卿賦此以責之。

一　㊀㊀㊀㊀㊀㊀㊀㊀　板癉然遠管亶遠諫

二　㊀㊀㊀㊀㊀㊀㊀㊀　難憲蹶泄輯洽懌莫①

三　㊀㊀㊀㊀㊀㊀㊀㊀　事僚謀囂服笑言蕘②

---

① 此章韻譜當作「㊀㊀㊁㊁㊁㊁㊁㊁　難憲　蹶泄輯洽懌莫」。

② 此章韻譜當作「㊀㊀㊀㊀㊀㊀●㊀　事僚謀囂服笑蕘」。

四　㊀㊀㊀㊀㊀㊀㊀㊀　虐謔蹻耄謔熇藥①

五　㊀㊀㊀㊀㊀㊀㊀㊀　懠毗迷尸屎揆資師

六　㊀㊀㊀㊀㊀㊀㊀㊀　民篪珪攜益易辟辟

七　㊀㊀㊀㊀㊀㊀㊀㊀②　藩垣屏翰　寧城　壞畏

八　㊀㊀㊀㊀㊀㊀㊀㊀　怒豫(愉)〔渝〕驅　明往　旦衍

首二章

難者，艱難而不易處。蹶者，危動而不得安。天蹶、天難，民病故也。是以民洽、民莫，便可上回天變。

《書》曰：「同寅協恭和衷哉。」國家之患，莫大乎人私其見，而不相能也。厲王之時，上監謗以防民口，下好利而不備難，此是彼非，盈庭誰執，壎篪之誼泯矣。此所謂辭，非謂號令，乃是廟謨、國計、謀猷、議論。所謂輯懌，乃是平心、易氣、獻可、替否，忘形、順、理、和協、調劑之

① 此章韻譜當作「㊀㊀●㊀㊀㊀㊀㊀　虐謔蹻耄謔熇藥」。

② 此章韻譜當作「㊀㊀㊀㊀㊁㊁㊂㊂」，下章同。

意。爾我同心，以釐庶政，便能爲民造福，故洽、莫之效，臻難蹶之天定也。尋上章「出話」、「爲猶」，下文「囂囂」、「蹻蹻」，憂謔夸毗之旨，此意可見。

輯是無乖戾，懌是無暴厲。

首章意已該全篇。篇中説天變，若「方難」等處，即「板板」意。説民不安，若「熇熇」等處，即「瘁癉」意。説人謀，若「憲憲」等處，即「出話」四句意。

「靡聖管管」，所謂小人而無忌憚者也。下文曰「憲憲」，曰「泄泄」，曰「囂囂」，曰「蹻蹻」，皆是此意。

欣欣，不慎也。沓沓，不勉也。輯和，謂不立異同。懌悦，謂不尚意氣。洽則涣散者聚矣，莫則擾亂者定矣。

《傳》曰：上帝以稱王者也。

《箋》曰：王爲政，反先王與天之道。

《箋》曰：天斥王也。王方欲艱難天下之民，又方變更先王之道，臣乎，女無憲憲然、沓沓然，爲之制法度，達其意以成其惡。

五章　三、四章無講

自此章以下，辭意漸及于君矣。

小人用事，善士不得有爲，民之所以「殿屎」也。然君臣上下，迷亂昏虐，孰敢度其所以然乎。「莫我敢揆」，句法妙品。夸則有驕矜之態，毗則卑諂之態，故威儀迷亂。

《疏義》曰：「出話不然」，則民卒癉。辭輯、辭懌，則民合而定。夸大毗附，則民愁苦而呻吟。反覆言之，以見治亂之機，實在于此也。

嚴氏曰：以上五章，皆説僚友議論不相協。猶《小旻》六章，其前五章皆説謀猶之不臧也。

《傳》曰：夸毗，體柔人也。

《箋》曰：王方行酷虐之威怒，女無夸毗以形體順從之。

《箋》曰：「載尸」，不復言語。時厲王虐而弭謗。

《傳》曰：蔑，無。資，財也。

六、七章

徐士彰曰：天之牖民，就好一邊説。蓋人心之虚靈，雖昏于欲，而本體猶在。故雖昏蔽之極，而介然之頃，一有覺焉則就此空隙之中而其本體已洞然矣。「攜無曰益」，言求之即得，而無費于己以益之也。蓋賦于有生，其理既備，牖民于既生之後，則不過開其蔽、復其明而已，必不復益之也。

左氏曰：君亦修德而固宗子，其何城如之。

懷德，修德不忘之謂。字法妙品。

懷如「懷抱」之懷，牖如「尺牖」之牖，開通之意。字法能品。

欲化民于善，惟無道民以惡而已。

彭氏曰：在人者皆有形之勢，而德之在我者，乃無形之勢也，故獨曰「維寧」焉。無俾、無獨，二「無」字是着力字。

末　章

戲豫者，自慢之心。馳驅者，自恣之意。

天與民一也，故言安民，而終之以敬天。夫民可虐也，天可玩乎！

首章曰「上帝板板，下民卒癉」，已寓此意。

曰明，曰旦，曰及爾，開着眼就是天，更無逃避處。

許維楨曰：人之于天，如魚之于水焉。由中達外，無適而非是也。

《箋》曰：昊天在上，人仰之，皆謂之明。常與女出入往來，游衍相從，視女所行善惡，可不慎乎！

《疏》：陸德明曰：「自《生民》至《卷阿》八篇，成王、周公之正大雅。《民勞》至《桑柔》五篇，是厲王之變大雅。」

〔蕩之什〕

蕩

《序》曰：《蕩》，召穆公傷周室大壞也。厲王無道，天下蕩蕩，無綱紀文章，故作是詩也。

張叔翹曰：首章爲怨天之辭而自解之，見今日之事，非天所爲也。下文每二章爲一連，各含首章之意。二、三章内有「天降慆德」，四、五章内有「天不湎爾以酒」，六、七章内有「匪上帝不時」，各暗應首章，文有脉絡，意極懇至。末章深探亂本，嘆其將亡，而欲其鑒殷以爲結尾。「殷鑒」二句尤妙，若無此語，全不見作詩者托言之意。章法神品。

《説》以《蕩》、《桑柔》、《民勞》、《板》、《瞻仰》、《召旻》爲大正。

《傳》曰：此卷四篇，皆厲王時詩，二篇爲幽王時詩。本非用之爲會朝之樂，及受釐陳戒之辭也。夫子時以其文體音節之相似，而傳之以示戒焉。

一　㊀㊀㊀㊀●㊀●㊀①　帝辟帝辟　諶終

二　㊀㊀㊁㊁㊁㊁㊁㊁　咨商下同　禦克位服德力

三　㊀㊀㊁㊁㊁㊁㊁㊁　類懟對内祝究

四　㊀㊀㊁㊁㊁㊁㊂㊂　國德德側　明卿

五　㊀㊀㊁㊁㊁㊁㊂㊂　酒式止晦　呼夜

六　㊀㊀㊀㊀㊀㊀●㊀　螗羹喪行方　通章一韻。

七　㊀㊀㊁㊁㊂㊂㊂㊂　時舊　人刑聽傾

八　㊀㊀●㊁㊁㊁●㊁　揭害撥世

---

① 此章韻譜當作「㊀㊀㊀㊀●㊁●㊁」。

首　章

「天生（蒸）〔烝〕民」四句，總是解上文。而「天生」二句，又是喚起下文「靡不」二句，又解上句，正見命之匪諶也。章意只要説到末二句，以爲歸宿，但上文來得十分委曲，正如羊腸詰屈，遂令覽者駭愕，不知所由。章法妙品。

始尤于天，而卒自解之。本意不過如此，他却做出許多蹊徑。如此發端，亦文之奇絶者也。然其妙處，只在「天生」二句，多此一折，便委婉圓轉，意味無窮，不然亦止是直頭布袋耳。又可見文章機軸，正不在多。

末四句兩層意，緣他不肯一向説盡，故推原上，又着推原，文勢如獨繭抽絲。《傳》中兩蓋字，正得其旨。説者多未詳其語脉，故不能解耳。

二、三章

朱氏曰：厲王之惡，貪暴而已。惟暴也，故强禦進。惟貪也，故掊克庸。詛祝指王言，人君好用暴斂多怨之人，則怨謗必移于己。

吕正獻公言：「小人聚斂，以佐人主之欲，而不知其終爲害也。賞其納忠，而不知其大不忠也」，嘉其任怨，而不知其怨歸于上也。」正謂此也。

《箋》曰：彊禦，彊梁；禦，善也。掊克，自伐而好勝人也。

四、五章

「斂怨以爲德」，句法妙品。

《漢書》班伯對成帝曰：「沈湎于酒，微子所以告去也。式號式呼，《大雅》所以流連也。」《詩》、《書》荒淫之戒，其原皆在于酒。

六、七章

「如蜩」二句，善形容亂世之狀。夫上有炰烋之君，下有詛祝之民，而朝廷之上，又有彊禦掊克之臣，則其煩促潰決之態，誠有若斯者。所謂海内鼎沸是也。

不時，猶言不辰也。王自不能用舊耳，王能用舊，則時亦無不善矣。程子所謂「自是無人，豈是無時」者，是也。正使無老成人，而先王之政法尚存，獨不可爲扶持憑藉之資乎？惟其并人與法皆莫之聽用，夫然後大命從而顛覆也。

顧我齋曰：如蜩螗，是形容怨謗並興意。如沸羹，是形容民情騷動意。

《箋》曰：飲酒號呼之聲，如蜩螗之鳴。其笑語沓沓，又如湯之沸羹之方熟。

《傳》曰：不醉而怒曰奰。

《箋》曰：時人忕於惡，雖有不醉，猶好怒也。

《傳》曰：螗，蝘也。

《疏》曰：蝘，蟬屬。《草木疏》云：「一名切蟟，青徐謂之螇螰，楚人名之蟪蛄，秦燕謂之蛥蚗，或謂之蜓蚞。」郭璞云：「俗呼爲胡蟬，江南謂之螗蛦。」

《正義》曰：《釋蟲》云：「蜩蜋，蜩螗。」舍人曰：「皆蟬也。」

末章無講。

抑

《序》曰：《抑》，衛武公刺厲王，亦以自警也。

列國之詩無入雅者，獨《賓筵》入《小雅》，《抑戒》入《大雅》。疑武公爲王卿士時所作，當以《序》説爲正。

八章以上，總是戒以修德。修德中雖有修己、治人二項，然不必拘拘對偶分析，讀專忌此病。

上八章言修德工夫已備，下四章諄復往來，無非欲其聽言。訓戒之意亹亹不厭，真可深切著明。

徐士彰曰：大抵人己無二理，修己治人亦非兩事。故第四章「夙興夜寐，洒掃庭内」，雖指治人説，亦修己中細微工夫。至于六章「萬民靡不承」、八章「鮮不爲則」，則修己之效，又未嘗不徵諸民矣。

又曰：此詩言甚切至，有以效而歆之者，如四方訓、四國順之類是也。有反言以諷之者，如「靡哲不愚」、「彼童而角」之類是也。有正言以導之者，如「弗念厥紹」、「莫捫朕舌」、「神之格思」、「維德之基」、「民之靡盈」是也。呼之則曰小子，責之則曰既耄，其工夫則必不泄不忘，顯微無間，表裏交修而後爲至。信哉，聖人之徒也。

一　㊀㊀●㊀〇㊁〇㊁　儀隅愚　疾戾①

二　㊀㊀㊀㊀〇㊁〇㊁②　人訓行順　告則

① 此章韻譜當作「㊀㊀●㊀㊀㊁㊀㊁　儀隅愚愚　疾戾隔」。

② 此章韻譜當作「㊀㊀㊀㊀●㊁●㊁」。

三　㊁㊀●㊀●㊁㊂㊂①　今政　酒紹　王刑

四　㊀●㊀㊁㊁㊀○㊀○㊀②　尚亡章兵方隔　寐内

首尾一韻，錯入寐、内。

五　●㊀㊀㊀㊀㊀○㊀○㊀　度虞話儀嘉磨爲

六　●㊀●㊀㊁㊁㊀㊁㊂㊂③　苟逝友子隔　讎報　繩承

苟逝、友子中間錯入讎報。

七　㊀㊀㊀●㊁○○㊂㊂㊂④　顔愆　漏覯　格度射

八　㊀㊀㊀㊀㊀㊀㊀㊀㊀㊀　德嘉止儀賊則李子

九　㊀㊀㊀㊀㊀㊀㊀㊁㊁　絲基隔　人言行　人僭心隔

十　㊀㊀㊀㊀㊀㊀㊀㊁㊁　子否攜事命耳知子　盈成

---

① 此章韻譜當作「㊀㊀●㊁●㊁㊂㊂」。

② 四、五兩章韻譜中「○」均當作「●」。

③ 此章韻譜當作「●㊀●㊀㊁㊁㊀㊀㊂㊂」。

④ 本詩七、八、九、十諸章韻譜皆誤。

十一　㊀㊀●㊀●㊀㊀㊀⊙㊀①　昭樂慘藐教虐耄

十二　㊀㊀㊀㊀●㊁●㊁㊁㊁　子止謀悔　國忒德棘

首　章

隅字佳，即處囊脱穎之意，與禮所生也一例看。「靡哲不愚」，非以無威儀爲愚，乃以無威儀而見其爲愚也。亦隅字意。

此章之旨，《傳》意殊爲跢盭。嘗爲之説曰：此詩之作，以聽言修德爲主。欲聽言修德，必先磨去一段矜許自賢之心，使此中退然自下，若拙若訥乃可。故曰「虚以受善」，又曰「滿招損，謙受益」。此章全是發明此義，以爲一篇提領。抑抑，謙遜卑下之貌。有此威儀，便想見他虚中受善之意，故曰「維德之隅」。此等人其中全無纖翳障塞，廓然空洞，湛然虚明，故又謂之哲人。人亦有言，無有哲人而不愚者。哲即德也，愚即抑抑威儀也。惟哲故愚，惟愚益見其哲也。後四句又言愚有不同。戾，至也。言庶人之愚，是其盛德容貌收斂退藏，乃所由以至于道也。老子之「若愚」，顔子之「如愚」，烏得與庶人之愚同類而稱哉。第九章説修德之事，以畢

①　此章韻譜中「⊙」當作「●」。

重宣此義。「温温恭人」，即是「抑抑威儀」，「維德之基」即是「維德之隅」，「哲人順德」即是「靡哲不愚」，「其惟愚人」即是「庶人之愚」。語意相應，脉絡粲然。倘遇知者，斯言不謬。

張叔翹曰：威儀所由來極重，故《大學》指爲「至善」，孟子指爲「盛德之至」。武公初年，或坐不能謹儀之失，至老猶覺其有未盡處。故賓筵既以爲説，而此章又首舉之。

又曰：威儀雖只就顔色容貌言，其實已該得言語。北宫文子以「聲氣可樂，言語有章」，謂威儀可見也。

《箋》曰：人密審于威儀，抑抑然，是其德必嚴正也。今王暴虐，賢者皆佯愚，不爲容貌，如不肖然。衆人而愚，是其常也。賢者而愚，畏懼于罪也。

次　章

敬者勝其怠，慎者防其踈。

謨即猶也。命即告也。謨、猶者，經綸國家之本。命者，鼓舞萬民之術。大與遠，定與時，義亦相成。

《箋》曰：人君爲政，無(疆)〔彊〕于得賢人。

三　章

張叔翹曰：興，尚也。言以此爲尚也。或曰興者，自今日起之意。共，執也。所謂奉以周旋，弗敢失墜之義也。

《箋》曰：興猶尊尚也。王尊尚小人，迷亂于政事者。

又曰：女君臣雖好樂嗜酒而相從，不當念繼女之後，將傚女所爲，無廣索先王之道，與能執法度之人乎？切責之也。

四　章

「夙興」七句，是不泄邇、不忘遠之意。

「夙興」三句，莫認作細微。此二句正是先王克勤之實。敏則有功，勤則百事集，崇功廣業，皆基于此。

張叔翹曰：此章獨以寢興洒埽，與車馬戎兵之事爲言者，蓋上文曰「迷亂于政」，則國之大者，且置不理，何况細行。故此言細以該大也。既迷亂于政矣，則近而易見者，且或遺忘，何有遠慮。故此言遠以該近也。此詩人用意精密處。且君之舉動，民人之視效所關；兵之修廢，遠人之向背所係，故特言之。

五　章

《疏義》曰：導之而生養遂，教之而倫理明，成也。治之而争奪息，理之而訟獄平，定也。毛氏訓成，歐陽氏訓定，朱子合而釋之。

慎出話，敬威儀，亦是侯度。所謂出乎身，加乎民，發乎邇，而見乎遠者。不宜以修己、治人截然兩分也。

六　章

逝字妙，字法妙品。

惠字宜解作順也，順于人心而不拂也。「子孫繩繩」，法其善言而不忘也。「萬民靡不承」，遵其善言而不違也。

張叔翹曰：讎、報一也。或以讎兼應違，非是。按讎、酬古字亦通用。《戰國策》蘇厲遺趙王書「屬之讎柞」①，《後漢書》杜傳「不讎其功而厲其用，無以勸也」，此可證矣。

《箋》曰：教令之出如賣物，物善則其售賈貴，物惡則其售賈賤。

七　章

此章雖不專主慎儀言，實舉慎儀之見于自省者而推言之，以終「敬爾威儀」之意。

屋漏字奇，即曰明曰旦之意。

「不遐有愆」，所謂旦失色于朝，暮傳笑于國是也。

《莊子》曰：爲不善于顯明之中者，人得而非之。爲不善于幽暗之中者，鬼神得而責之。

《箋》曰：今視女諸侯及卿大夫，脅肩諂笑，以和安女顏色，是于正道不遠有罪過乎。言其近也。

八　章

此章修德，亦多就謹儀上言之。

① 「蘇厲」，依《戰國策·趙策》當爲「蘇秦」，《史記·趙世家》作「蘇厲」。

《疏義》曰：不僭，于事無差也。不賊，于理無害也。

袁元峰云：踰理謂之僭，害理謂之賊。

叔翹曰：差謬，只是德未至善，容未中禮。賊害，則如荒湛之類，至喪德損儀矣。

《疏義》曰：既言工夫之當然，又設辭以見效驗之必然，又設辭以見妄説之必不然。反覆言之，以見工夫不可闕，而效驗不可誣也。

《箋》曰：童羊譬皇后也。而角者，喻與政事有所害也。此人實潰亂小子之政。禮，天子未除(衺)〔喪〕，稱小子。

九　章

「温温」字重，乃形容恭人之貌。人未有矜高而可以進德者，必要有一段恂恂下人氣象纔好。所以説温温，便能聽言而進德。基如基址之基，能温恭聽言，便有箇進德基本。今日聽一善，明日聽一善，從此積向上去便高大，温故能哲。凡人傲物者，客氣未消，則真性未湛，而理不明。苟能退然自下，便復湛然虛明。此自日用間可驗。

「順德之行」順字妙，善與人同，不作聰明之意。舜之聞言見行，若决江河，順之至矣。

十　章

《箋》曰：萬民之意，皆持不滿于王。誰早有所知，而反晚成與？言王之無成，本無知故也。

十一章、十二章

鄒嶧山曰：「取譬」，諸説俱云即上二句，不知「昊天不忒」句便是。蓋觀于天之所福，則國之所以興可知矣。觀于天之所禍，則國之所以喪可知矣。此説最得詩家語氣。

張叔翹曰：「我生靡樂」，言我生斯世，常當敬畏，靡可逸樂自縱，以獲罪于天也。如此説方與「昊天孔昭」相關。《莊子》云：「大塊勞我以生」，古德云：「是日已過，命亦隨減，如少水魚斯有何樂。將勤精進，如救頭然。但念無常，慎勿縱逸。」

桑　柔

《序》曰：《桑柔》，芮伯刺厲王也。

《疏義》曰：《小雅・正月》、《大雅・桑柔》，皆詩人深怨甚痛之詞，故言之長如此。然彼多憂懼，此多哀怨。

一　㊀㊁㊀㊀㊀㊀㊀㊁①　柔劉憂隔　旬民塡天矜隔

二　㊀㊁㊀㊁㊀㊁㊀㊁　騤夷黎哀隔　翩泯燼頻隔

三　㊀㊁㊀㊁㊀㊁㊀㊁　資疑維階隔　將往競梗隔

四　㊀㊁㊀㊁㊀㊁㊀㊁　殷辰東痻隔　宇怒處圉隔

五　㊀㊀㊀㊁㊀㊁㊀㊁②　毖恤熱淑隔　削爵濯溺隔

六　㊀㊀㊀㊁㊀㊁㊀㊁③　風心隔　僾逮穡食隔　寶好

七　㊀㊀㊀㊁㊁㊁㊁㊁　亂賊國力隔　王痒荒蒼隔

八　㊀㊀㊀㊀㊁㊁㊁㊁　君瞻猶相　〔順〕臧腸狂

九　㊀㊁㊀㊁㊀㊁　林譖言隔　鹿穀谷隔

---

① 此章韻譜當作「㊀㊁㊀㊁㊀㊁㊁㊁」。

② 此章韻譜當作「㊀㊁㊀㊁㊀㊁㊀㊁」，第七章同。

③ 此章韻譜當作「㊀㊁㊀㊁㊁㊁㊂㊂」。

十　○㊀○㊀㊀㊀①　里喜能忌

十一　○㊀○㊀㊀㊀　迪復亂毒

十二　㊀㊀㊀㊀㊀㊀②　隧人順垢隔　谷穀隔

十三　㊀㊀㊀㊀●㊀　隧類對醉悖

十四　●㊀●㊁㊀㊀③　作獲女赫

十五　㊀㊀㊀㊀㊀㊀　極背利克遹力

十六　㊀㊀㊀㊀㊀㊀　戾寇可詈予歌

首四章

輔慶源曰：二、三、四章雖皆征役者怨辭，然二章則言亂生不已，而要其禍亂之終；三章則言行(正)〔止〕無定，而原其禍亂之始；四章則言多矣我之見病也，急矣我之在邊也，情益切而詞益哀矣。

---

① 十、十一兩章韻譜中「○」均當作「●」。
② 此章韻譜當作「㊀㊁㊀㊁㊀㊀」。
③ 此章韻譜當作「●㊀●㊀㊀㊀」。

徐士彰曰：言禍而必言君子之無争者，蓋朝廷之上，分明植黨，則争心起而相激以成禍亂，如程子所謂「吾黨激成之」是也。今也不然，誰爲此禍乎？此則指厲王言之也，其辭婉矣。

有飢渴勞勩之苦，故曰「覯(閔)〔痻〕」。有鋒鏑死亡之憂，故曰「孔棘」。「亂生」二句，是一連意，「民靡」二句是一連意。詩體自是如此，説者專欲作一頭二脚，甚者欲將「(其)〔具〕禍」句總承。不獨此處，如「四方既平」四句等處，皆如此，謬甚。

國非自爲國也，合羣臣百姓然後爲國也。國亡矣，民滅矣，國步如何哉。

徐士彰曰：居邊陲之苦，則思内地之安。念旅寄之勞，則有故鄉之望。故曰「念我土宇」，亦人情也。

《傳》曰：劉，爆爍而希也。

《箋》曰：倉，喪也。兄，滋也。填，久也。民心之憂無絶已，喪亡之道滋久長。

「靡所止」二句，《箋》曰：我從兵役，無有止息。今復云行，當何之往也。

又曰：君子，謂諸侯及卿大夫也。其執心不强于爲善，而好以力争。

五、六、七章

序爵者，量材度德之意。

六章甚言時事之可憂，而國事之不足任也。曰「維寶」，曰「維好」，則朝廷之上小人之傾險，君心之頗僻，恐恐然使人畏之而不敢進言，可想見已。

「靡有旅力，以念窮蒼」，愁苦之言一至于此。真可謂痛深骨髓，悽入肝脾矣。

厲王三十七年，國人畔，王出奔彘。太子静匿召穆公家，國人圍之。召公乃以其子代太子，太子得脱。穆公乃與周公行政，謂之共和。共和十四年，厲王崩于彘。乃立太子静，是爲宣王。

「如彼遡風」，形容憂亂之意，深至如畫。

世亂已極，孤忠莫救，故曰「不逮」。孰使之，厲王使之也。

勞而無患，便是至榮，故曰「維寶」。勞而無憂，便是至樂，故曰「維好」。

《箋》曰：王爲政，民有進于善道之心，當任用之。反却退之，使不及門，但好任用是居家吝嗇于聚斂力作之人，令代賢者處位食禄。

又曰：哀痛乎，中國之人！皆見係于兵役，家家空虚，朝廷曾無有同力諫諍，念天所爲下此灾。

《説》曰：五章賦中有比也。

八、九、十章

《疏義》曰：八章舉措失宜，而民無所定其志。九章讒譖爲害，而已無所容其身。上下皆可怨，而實怨其上之辭也。

「進退維谷」，正承朋友之譖言之。蓋恐其讒譖之及，進退兩難也。或謂上無明君，進固窮也；下有惡俗，退亦窮也。非是。蓋此朋友是在位之朋友，非在野之朋友，安得專以退言之。谷，山谷也，窒礙之意。所謂跋前疐後，動輒得咎是已。《國語》厲王得衛巫，使監謗者，以告則殺之。國人莫敢言，道路以目。王喜，告召公，曰：「吾能弭謗矣。」召公曰：「是障之也。防民之口，甚于防川。川壅而潰，傷人必多，民亦如之。是故爲川者，決之使通；爲民者，宣之使言。」王弗聽，國人莫敢出言。是非顛倒，舉措失宜，則不知所從違取舍，一國之人若狂矣。

十一、十二章

十一章，《疏義》曰：上章智愚異見，而已難盡其忠。此章舉措失宜，而民皆肆其惡。亦怨其上之詞也。

東萊《麗澤集》云：民豈有貪亂之心，然既遭亂，徬徨四顧，無處可依，是以反貪其亂，而不愛其身，便將陷于荼毒。如今人困苦之極，則不愛其死也。

「中垢」字奇。後章「民之罔極」，皆隱暗汙穢之實。

「瞻言百里」，惟見之，故能言之。觀下文「非言不能」可見。重在言上。

曰：「匪言不能，胡斯畏忌」，可謂深言之矣。

貪字、寧字，俱字法能品。

《箋》曰：西風謂之大風。

十三、十四章

圮族，《書》註云：「傷人害物也。」抑欝誰語，故自誦其言。「誦言」句，句法妙品。

徐士彰曰：自十四章至末，皆托爲僚友相告之詞。然始則嗟嘆而責之，其詞正；中則數其罪而斥之，其詞厲；終則暴其情狀而究言之，其詞决。蓋斥其見用者，而用者之罪可見也。

許后山以朋友與小人作兩等人，未是。此朋友即是忍心不順之人，十四章所云，是詩人和平之旨。若作兩項，則朋友以譖，是爲何等人耶。

「聽言則對，誦言如醉」，此何等情狀，傷哉，忠臣之致也。

《箋》曰：貪惡之人，見道聽之言則應答之，見誦《詩》、《書》之言則冥卧如醉。居上位而行此，人或效之。

又曰：女所行如是，猶飛鳥行自恣東西南北，時亦爲弋射者所得。言放縱久，無所拘制，則將遇伺女之間者，得誅女也。

又曰：口距人謂之赫，出言悖怒，不受忠告。

十五、十六章

變詐則導民之惡，殘虐則重民之害，所以貪亂而不知止也。曰「如云不克」，又曰「職競用力」，形容小人之惡極矣。

《箋》曰：我諫止之以信，言女所行者不可，反背我而大詈。

「雖曰非予」，正是「涼曰不可」情狀。

雲　漢

《序》曰：《雲漢》，仍叔美宣王也。宣王承厲王之烈，内有撥亂之志，遇災而懼，側身修行，欲銷去之。天下喜于王化復行，百姓見憂，故作是詩也。

徐士彰曰：《雲漢》之詩，宣王憂旱而作，則所望于天者，惟雨而已。然反覆數百言，而未有一言及于雨者，則其周章惶懼，惕然靡寧，而惟恐言及之意，已見于言外矣。

吕東萊曰：宣王小雅始于《六月》，言其功也。大雅始于《雲漢》，言其心也。無是心，焉有是功哉？

此詩反覆嗟嘆，逼迫無聊，哀呼籲救，千迴百轉，情切而語悲。真所謂痌瘝在身，而其文窮工極變矣。

《解頤》曰：余讀《雲漢》，見宣王有事天之敬，有事神之誠，有恤民之仁。敬畏以事天，而天鑒之；虔恭以事神，而神享之；惻怛以恤民，而民懷之。蘊隆之氣消，豐穰之效著。内治既修，外攘斯舉，南征北伐，無不如意。中興之業，視文、武、成、康而無愧，皆自《雲漢》一念基之也。

三山李氏曰：《春秋傳》宋大水，公子御説對魯數語耳，而臧孫達曰：「是宜爲君，有恤民之心。」宣王之憂民如此，而不中興乎？

《説》以《雲漢》、《崧高》、《烝民》、《韓奕》、《江漢》、《常武》爲大正續，曰：「此卷六篇，皆宣王時詩，亦奏之會朝，以續周、召之大正矣。《毛詩》列之《民勞》、《板》、《蕩》、《抑》、《桑柔》之後，而謂之變大雅，非矣。」説曰：「《雲漢》，宣王憂旱，史籀美之。」

一　●㊀●㊀(自)㊀(自)㊀(必)㊀①　天人臻牲聽

二　●㊀●㊀●㊀○㊀○㊀②　蟲宮宗臨躬

三　●㊀●㊀●㊀㊀㊀㊀㊀　推雷遺帝遺〔畏〕摧

四　●○●○●○●○●○③　沮所顧助祖予

五　●㊀●㊀●㊀●㊀●㊀　川焚熏聞遯

六　●㊀●㊀●㊀●㊀○㊀　(玄)〔去〕故莫虞怒

七　●㊀●㊀㊀㊀●㊀○㊀　紀宰氏右止里

八　㊀㊀㊀㊀○㊀○㊀㊀㊀　天星贏止天寧④

首二章

首二句提箇旱字，下面各章「旱既太甚」張本。「王曰」二句，哀矜惻怛，不能自已，所以消

---

① 此章韻譜當作「●㊀●㊀●㊀●㊀●㊀」。

② 第二、六、七章韻譜中「○」均當作「●」。

③ 此章韻譜當作「●㊀●㊀●㊀●㊀㊀㊀」。

④ 此章韻譜當作「㊀㊀●㊀●㊀●㊀㊀㊀　天星贏成正天寧」。

灾弭禍之本也。

《周禮・大司徒》：以荒政聚萬民，十一曰索鬼神。

《周禮・大宗伯》：以蒼璧禮天，黄琮禮地。以青圭祀東方，赤璋禮南方，白琥禮西方，玄璜禮北方。

《典瑞職》：四圭有邸以祀天、（報）〔旅〕上帝。（四）〔兩〕圭有邸以祀地、（報）〔旅〕四望。祼于有瓚以（祀）〔肆〕先王。圭璧以祀日月星辰。璋邸〔射〕以祀山川。

瘞者，祭畢，凡幣帛祝册之類，皆燎而埋之。

「寧丁我躬」，有歸咎自責之意。不先不後，意者，亦有以致之也。不可徑作怨望語。

牲用不可盡，故曰「靡愛」。圭璧少而易竭，故言「既卒」。

蘊者，陽氣之蓄積也。隆者，陽氣之驕亢也。蟲蟲者，鬱積驕亢之氣，熏炙而病人者也。

體物妙品。

首章索廢祀，故曰舉。次章修常祀，故曰宗。

《疏》曰：天地、五帝當用特牲。其餘諸神，或用太牢，或用少牢，三牲皆用，故云「無所愛于三牲」也。

《箋》曰：時旱渴雨，故宣王夜仰視天河，望其候焉。

《傳》曰：蘊蘊而暑，隆隆而雷，蟲蟲而熱。

《箋》曰：隆隆而雷，非雨雷也。雷聲尚殷殷然。

三、四章

「靡瞻」句起下四句，「胡寧忍予」，亦是望救，非是怨辭也。

《月令》季冬乃畢山川之祀，及帝之大臣、天之神祇。所謂帝之大臣，即祭羣公先正之常禮。仲夏，大雩帝，用盛樂。乃命百縣雩祀百辟、卿士有益于民者，以祈穀實。此則因旱而祭，爲民祈虒禳灾也。季冬之祭祀所謂報也，仲夏之祭禮所謂由辟者也。

曰「則不可推」，曰「則不可阻」，迫蹙之意，摹畫如見。云「我無所」，應璩曰：「宇宙雖廣，無陰以憩。」

劉氏曰：「忍」之一字，可見望之以恩之意。

《箋》曰：天下困以飢饉，皆心勤意懼，兢兢然，業業然。

五、六章

「如焚」即《易》之「（如）焚（如）」，「如熏」即《易》之「熏心」。

孟春祈(于)〔穀〕于上帝，方社于此而舉。孟冬祈來年于天宗，方社亦于此而舉。故曰「孔夙」、「不莫」。天宗，日月星辰也。

郝鹿野曰：「遯」、「去」字活説，不必泥去位言，與「不能奮飛」意同。遯者欲自去，以遯賢者路也。我既去，或者召災之人不在，而天災可免矣。亦不可謂非望救之辭。若説我去則災不能及，未是。

「敬(共)〔恭〕」二句即是訴天，非是不虞于天，而望之于神也。

《月令》：孟冬大割，祠于公社。

《疏》孔氏曰：《神異經》云：「南方有人長二三尺，袒身而目在頂上，走行如風。名魃，所見之國大旱。一名旱母，遇者得之，投溷中即死，旱災消。」

「黽勉畏去」，蘇氏曰：始以旱故欲遯去，以遯賢者路。既又以爲棄位以避憂患，非人主之義，故黽勉以求濟斯難，畏不敢去也。

《傳》曰：滌滌，旱氣也。

《箋》曰「不我聞者」，忽然不聽我之所言也。天曾將使我心遜遯，慚愧于天下，以無德也。

七、八章

「友紀」友字字法〔□品〕。朝廷職事，上下相同，鉤繩相布，故曰友紀。友者，言相聯屬也。

崧　高

《序》曰：《崧高》，尹吉甫美宣王也。天下復平，能建國親諸侯，褒（美）〔賞〕申伯焉。

徐士彰曰：申伯之先封于申，李三山所謂「申，侯爵，以其爲方伯，故謂之申伯」是也。後入朝爲王卿士，至是則出而改封于謝，彭廬陵所謂「加地進律」是也。

申伯之才德，吉甫之文章，一時中興之盛，端可見已。

王應麟曰：營謝戍申，其篤于母家一也。一美焉，一刺焉。宣王親親，平王忘（忘）〔讎〕也。《漢·恩澤侯〔表〕》曰①：「帝舅緣《大雅》申伯之意」，後之寵外戚者，率以是藉口。自宣王褒申伯，而申侯終以召戎禍，猶可以爲萬世法乎？外戚秉政，未或不亡。漢亡于王莽、何進，

① 以上皆據《困學紀聞》卷三校補。

晉亡于賈謐，唐幾亡于楊國忠，石晉亡于馮玉。

新安胡氏曰：《崧高》與《黍苗》相表裏，《黍苗》不過述召伯營謝之功，《崧高》則尹吉甫送申伯，雖美申伯，多述王命。故《雅》有大、小不同也。

一　●㊀㊀㊀●㊀㊀○①　天神申翰蕃宣

二　○㊀㊀○㊀㊀㊁㊁　伯事謝式伯宅　邦功

三　○㊀●㊀○㊁○㊁②　邦庸　田人

四　㊀㊀㊀㊀㊁㊁㊁㊁　功營城成　藐伯蹻濯

五　㊀㊀㊀㊀㊀㊀㊀㊀　伯馬居土圭寶舅保

六　●㊀●㊀●㊀㊀㊀③　郿歸　疆粻行

七　㊀㊀㊀㊀㊁●●㊁　番謝嘽喜　翰憲

八　㊀㊀○㊀○○●㊀④　德直國碩伯

---

① 第一、二章韻譜中「○」均當作「㊀」。

② 此章韻譜中「○」均當作「●」。

③ 此章韻譜當作「●㊀●㊀●㊁㊁㊁」。

④ 此章韻譜當作「㊀㊀●㊀●㊀●㊀」。

首　章

「及甫」及字，有濟美之意。甫在前而曰及甫，即「我思古人，實獲我心」之意。唐人「蓮花似六郎」，與此句法相似。

山之神靈和氣，物産不足以當之也。發而爲人文，甫侯不足以盡之也。再而爲申伯。

《傳》曰：堯之時姜氏爲四伯，掌四嶽之祀，述諸侯之職。于周，則有甫、有申、有齊、有許也。

二、三章

定與登不平，命之定宅，宅成則封之，而使世守其功也。此二章，俱是疊疊言王分封之意。三章首四句與二章一例，俱是王意如此。説者謂二章言其意，三章乃實命之，未是。「世執其功」，功即屏、翰、蕃、宣之功。

徹土田者，王者之大法，故以命之大臣。遷私人者，王者之私恩，故以命之傅御。

《箋》曰：徹，治也。治者，正其井牧，定其賦税。

又曰：傅御者，貳王治事，謂冢宰也。

四、五章

「有俶其城，寢廟既成」，亦營建先宗廟之意。

「南土是保」，是欲其保障南土，謂王朝巨鎮，非徒守國而已。

《箋》曰：圭長尺二寸謂之介，非諸侯之圭故以爲寶。諸侯之瑞圭，自九寸而下。愚按：介圭或瑞圭之通稱。《考工記》：「信圭八寸，侯守之。」申伯圭當是此也。《韓奕》：「韓侯入覲。」則合瑞于王，其以命圭必矣。而亦曰「介圭」，故知鄭氏以爲殊錫，未必然也。

《箋》曰：近，辭也，聲如「彼記之子」之記。按此「近」字，即「其」字也。古文其字，从辵，从丌，俗誤改丌爲斤，遂作近耳。《箋》所謂「辭」者，語辭也。朱《傳》因之。而近時說者以爲申伯辭王而行也，豈不可笑。

六、七章

《疏義》云：方行，則有餞送之誠；在道，則有供億之預。送往之禮備矣。

「還南，謝于誠歸」，既辭王，又南還于鎬，然後適謝也。

《周禮·地官》遺人掌道路之委積。千里有廬，廬有飲食。五十里有市，市有候館。候有積，如牢米、薪芻之類是也。少曰委，多曰積。

曰信，曰誠，見王之不能舍伯，即伯亦不能去王，惟其勢不得已，故黽勉辭去。以信、誠二字，模寫出眷戀不舍之意，可謂鬼神于文者矣。俱字法神品。

申伯去爲南國之式，宜周人之不能舍。而曰「周邦咸喜」，此立言之法也，即南土之人喜可知已。句法妙品。

「王之元舅」二句，雖有親賢意，不平。

《傳》曰：嘽嘽，喜樂也。

《箋》曰：嘽嘽安舒，言得禮也。禮，入國不馳。

末章

孔碩、肆好，以申伯之德望故。使其人本不足美，而謬爲鋪張揚勵，雖善作者，亦安能使之碩且好乎？此便見申伯之德所致，非自誇其文也。

無德而强爲稱述，則言者有媿辭，安能孔碩。聞之者常復（榔榆）〔揶揄〕竊笑，安得動人。

「且」字見兼濟之妙。

揉者，摩弄之使和調也。字法能品。獨云揉弄于股掌之上，德業揉聞俱相因而致，最重德上。惟有此德，則有此治功。有此治功，則有此治譽耳。

「肆」字亦有意。蓋聲視其辭，詩碩則風遂好，有道音者矣。《後漢書》蔡伯喈嘗言：「吾爲碑銘多矣，皆有慙德，惟郭有道無愧色耳。」

烝民

《序》曰：《烝民》，尹吉甫美宣王也。任賢使能，周(德)〔室〕中興焉。

一　○㊀○㊀●㊀●㊀①　則德　下甫

二　㊀㊀㊀㊀㊀㊀㊀㊀　德則色翼式力若賦　本一韻，别本不解，改「賦」作「職」。

三　㊀㊀㊀㊀　㊀●㊀　(南)〔甫〕辟考保　外發②

四　○㊀㊀㊀○㊁○㊁③　將明　身人　内命否哲解隔

五　●㊀㊀㊀㊀㊀㊀㊀　茹吐甫茹吐寡禦

---

①　此章韻譜當作「●㊀●㊀●㊁●㊁」。

②　此章韻譜當作「㊀㊀㊀●㊁●㊁　甫辟考保　舌發」。

③　此章韻譜當作「㊂㊀㊂㊀㊂㊁㊂㊁」。

六　●〇一〇一〇一〇一〇一〇一〇一　毛舉圖舉助闕補

七　〇一〇一〇一〇一〇二〇二●〇二　祖業捷及　彭鏘方

八　〇一〇一〇一〇一〇二〇二●〇二　騤喈齊歸　誦風心

首　章

詩人之作，因事立言。後人引《詩》，斷章取義。歷觀古人所述，多是借《詩》之辭，發己之意。如《韓詩外傳》，雖爲《詩》傳，全與《詩》意無干。蓋皆假以立言，却不應以彼之言遂用爲詩人之旨也。即如此章，孟子因見本文有物則字、好字、懿德字，遂引之爲性善之證，此正是斷章取義之法。若論吉甫當日作詩之意，何嘗是説性善？後來不曉，説此四句，亦用性善之意，便屬謬誤可笑。即如此説，下面全無關應，豈不牽强。不知詩人此作，以美山甫之德爲主。懿德即是山甫之德，好懿德，即是好山甫之德。首四句泛言民生同出于天理，故有好德之情。以下則詳山甫之德爲可好，盡職、待人、事君，皆德之内事也。而結之以「德輶如毛」一章，説「愛莫助之」，其明與首章「好是懿德」相應。贊頌既畢，然後插入本事，故以末二章終焉。凡《雅》、《頌》之詩，皆出一時如椽之筆，春容《大雅》，結搆關捩種種具足，不比《國風》，里巷沿情之作。説者正當考其條理，玩其脉絡，尋其事情，以會其旨意。拘攣牽合，最害于義，不可不戒也。

「有物有則」之則，猶「其則不遠」之則，法也。規矩，方圓之至也；聖人，人倫之至也。有方圓，必有規矩；有人倫，必有聖人。有物必有則，如吉甫者物之則也。即聖人立人極之意。「高山仰止，景行行止」，《表記》引此，以言爲仁之意，亦斷章取義也，與孟子引「天生〔蒸〕（烝）民」無異。説此詩可用性善，則説「高山仰止」，亦可用爲仁耶？豈非迂滯可笑也。

詩人説「天生」四句，欲以明山甫異于凡民。故五章、六章再言「人亦有言」，言凡民皆然，而山甫獨不然也。若以性善立説，是言人人皆善，乃以發明山甫之同于凡民耳，豈詩人立言之意耶？

叔翘曰：則者，準則之謂，《皇矣》所謂「帝則」是也。與生俱生，不可踰越，故謂之則。彝，常也。《書》所謂「恒性」是也。以其人人所同更生改易，故謂之彝。彝而言秉者，真西山所謂「渾然一理，具于吾心，不可移奪，若秉執然」是也。

《箋》曰：天之生衆民，其性有物象，謂五行仁、義、禮、智、信也。其情有所法，謂喜、怒、哀、樂、愛、惡也。

詩皆稽實待虚之詞，「貧富」、「素絢」二章，商、賜深得説《詩》之意，故與之言《詩》。凡古人説《詩》悉如此例。却緣此故，用以解《詩》，又是痴人前説夢也。

二章、三章

德必以柔爲主，然懼至于慢，故言「維則」。前篇「柔惠且直」，亦是此意。

「則」字正發「嘉」字意。力者，有致力矜持，而約之規矩也。

講「天子」二句要體認，重德字上，莫講似事業。

非一德之潛孚默契，何以順天子之德心；非一德之推行運量，何以布天子之德意。

保，保其身體，而曰輔養君德者，何也？天子之身有德，則易以安。

山東吏布詔令，百姓皆扶老携幼，老羸癃疾者扶杖往聽，咸舉手加額，願少須臾無死，思見德化之成。「四方爰發」，想當如此。

黄葵峰云：柔者，德性原禀温和也。柔而嘉美，即所謂懿也，故適中乎天生之物則。

一云：次章末二句一串意，言惟有如是之德，故能順乎天子，而使之賦乎明命也。

《箋》曰：勤威儀者，恪居官次，不解于位也。

「明命使賦」，别本作「明命使職」。《註》云：「毛本作賦，非也。」以韻求之，或然也。

「王躬是保」，别本作「王躬是弼」。《註》云：「毛本作保，非也。」以韻求之，或然也。

「天子是若」二句，從山甫之德説到事業上，又起下章王命山甫之意，語脉亦是相接也。

四、五章

「肅肅」者，付托尊嚴，期于必效之意。

明于理，總統説察于事，就纖悉上説保身。亦謂之盡職者，蓋功蓋天下而上不疑，位極人臣而衆不嫉之意，見履滿之有道也。

「明哲保身」者，見得真，故行得當，行無過差，便是保身。與上保王躬「保」字一例，不獨謂全身遠害而已。古人心安理順，即遇患害，可謂非保身乎？保身者，不失身之謂也。

揚子《法言》曰：明哲煌煌，旁燭無疆。遜于不虞，以保天命。

六　章

五、六章言山甫之賢，各以人言起之。見常情如此，而山甫不然，蓋其美德之全異于凡民處，以終首章之意。

心誠愛之，而恨無以助之，正是愛之深處。此語形容好德之誠最爲親切，可謂模寫入神，不知濡毫染牘之際，何緣得此。句法神品。

叔翹曰：自仲山甫之德至此，叙其立身行己之槩。委曲詳密，更無滲漏，非有德者不能知，亦不能言也。抑以見古人僚友之間，其相知之深，而相愛之篤如此。其卒能同心以濟國事，而致中興之盛，有以夫！

《箋》曰：惜乎莫能助之者，多仲山之德，歸功焉耳。

七、八章

此二章大意，不過説山甫有靡及之懷，以城齊之役故也。然城齊甚易，自當指日西還，還則復當保王躬，補王闕耳。江湖魏闕，何勞遠念哉？故作歌以慰之。却將此意分作四段，音節紆徐，情辭委曲，氣脉既長，聲調更遠，真謂「穆如清風」矣。

唐詩：暫到蜀城應計日，須知明主待持衡。

徐士彰曰：山甫之才，謂宜置諸左右，使之朝夕納誨，則其於君德清明之助，不爲不多。城齊之役，當時豈無堪其任者，而何足以煩山甫。此詩首章叙其保天子，而末章又以遄歸慰心爲言，吁，吉甫之意深矣。

張叔翹曰：「每懷靡及」、「仲山甫永懷」，説者皆以城齊之事爲言。夫人臣事君，事無大小，皆不敢以忽心處之，固也。然謂山甫之所懷止于是，則大不然。蓋此詩首章，便説「保兹天子」，下文又云保王躬補王闕，則山甫一身所繫甚重，不可一日不在朝廷之上者。當時城齊之役，未詳其事。或者當用大臣董治之，亦未可曉。然山甫一旦去君遠行，其身在遠，不得朝夕納誨，能無有所不及乎？顧瞻君側，繫心不忘，能無永長之懷乎？故山甫之城齊，而有懷愛君之心也。吉甫之作誦以慰山甫，亦所以諷王也。夫漢臣尚有辭淮陽而願出入禁闥者，山甫豈無是心？而大臣遠役，間疏之漸，識微如吉甫者，安得不深致意哉。諯歸之語，其旨深矣。近時説者，謂此詩言降生之異，爲舉德盡職張本；言德職之隆，爲城齊易副張本。夫吉甫之反覆贊咏，乃僅爲一城齊事，而仲山甫之惓惓永懷，亦止於東方一役而已，是豈詩人立言之旨哉。甚矣，講詩之誤後學也！

輔氏曰：宣王之臣，有尹吉甫之學問文章，以宣揚道達，上下之情；有仲山甫之才德功業，以輔贊彌縫，宣勞内外。則其致中興也，宜矣。

《傳》曰：捷捷，言樂事也。

《箋》曰：懷私爲「每懷」。仲山甫(祀)〔犯〕軷而將行，車馬業業然動，衆征夫捷捷然至。仲山甫則戒之曰：「既受君命，當速行。每人懷其私而相稽留，將無所及于事。」

韓　奕

《序》曰：《韓奕》，尹吉甫美宣王也。能錫命諸侯。

黄氏《讀詩蠡測》曰：玩《小序》，至《崧高》，則曰：「宣王能建國，親諸侯」；至《韓奕》，則曰：「宣王能錫命諸侯。」蓋前此厲王之世，諸侯不朝。入覲錫命之典，視爲贄物，其詩曰：「俾予靖之，後予極焉」，蓋可見矣。宣王側身修行，振舉精明，一洗衰頽之跡，遵文武之道而復之。故封申伯，所以懷南方之諸侯也；命樊侯城齊，所以懷東方之諸侯也；錫命韓侯，所以懷北方之諸侯也。以至淮夷不服，則命召虎以平之；徐方不庭，則自將以征之。規模弘大，雖文武之世，不是過也。夫然後深嘆《小序》之説爲得其實，非虚爲講詩之説也。

《説》曰：韓侯來朝，受命將歸，顯父餞之，贈以是詩。

一　㊀㊀㊀㊀㊀㊀㊀㊀㊀●㊀①　山甸道命命考命解位易辟

二　㊀㊁㊀㊀㊁㊀㊁㊁㊀㊁㊀　奕覲圭侯舄幭厄隔　張王章衡陽隔

① 山、道、命、位之類，無論就古音、通假、對轉，絶無叶韻之理，姑保留原説。

三　㊀㊀●㊀㊀㊀㊀㊀㊀㊀㊀㊀　祖屠壺何魚何蒲何車且胥

四　㊀㊀㊀㊀㊀㊁㊁㊁㊁㊁●㊁　妻甥子〔孟〕〔止〕里　彭鏘光從雲門

五　㊀㊁㊀㊁㊀㊀㊀㊀㊀㊀㊀㊀　武攸〔工〕〔土〕訏〔甫〕〔噳〕羆虎居譽隔　到樂隔

六　㊀㊀㊀㊀㊁㊀㊁㊁㊁㊁㊁㊁①　完蠻　侯貊國伯壑藉皮羆

首章

自穆以來，荒服者不至。天子欲振中興之烈，則幹不庭以佐辟，能無望于韓侯乎？

徐士彰曰：受命者，臣事君之忠；親命者，君待臣之厚。「纘戎祖考」，欲其無虧於親也；「無廢朕命」，欲其無虧于君也。「夙夜匪懈」，勉之以勤也；「虔恭爾位」，戒之以敬也。「朕命不易」，示之以信也；「幹不庭方，以佐戎辟」，又欲其有以敵王之愾也。

劉須溪曰：將言韓侯，而先言禹甸，賦之紆餘深遠如此。親命與策命不同，重其繼體之初也。

《箋》曰：禹治梁山，除水災使成平田，定貢賦於天子。周有厲王之亂，天下失職。今有

① 此章韻譜當作「●㊀●㊀㊁㊁㊁㊁㊁㊁㊁㊁」。

倬然著明，復禹之功者，韓侯受命爲侯伯。

二、三章

首、二一時事，而受命、受賜是二事，故各推本而再言入朝，每章各發一義也。或以上是士服入見，此是侯服入見，大誤。

顯父之贈餞皆王命之，路車乘馬，蓋常制之外特有贈行之儀，亦殊典也。或云顯父自贈，誤也。人臣義無私交，亦無路車乘馬之名。

申伯元舅，王自餞之。韓侯亦同姓之親，故命顯父餞之。

車馬旂服，在予之者固爲常禮，在受之者則爲殊恩。曹氏曰：「《周官》典瑞五等，諸侯各執其圭璧，以朝覲宗遇會同於王。既覲則王班而復之，乃以車馬旂服賜之，如下所云也。」

《箋》曰：蒲，深蒲也。謂蒲蒻入水深。

《箋》曰：覲于宣王而奉享禮，貢國所出寶，善其尊宣王以常職來也。《書曰》：「黑水西河，其貢璆琳琅玕。」

《箋》曰：諸侯在京師未去者，于顯父餞之。時皆來相與燕，其籩豆且然，榮其多也。

《傳》曰：厄，烏(蝎)〔蠋〕也。

陸機《疏》曰：筍，竹萌也。皆四月生，惟巴竹筍八月、九月生。始出地數寸，鬻以苦酒、豉汁浸之，可以就酒及食。蒲始生，取其中心入地，蒻大如(七)〔匕〕，柄正白，生噉之甘脆。鬻而以苦酒浸之，如食筍法。

四、五章

婚禮有曲顧，男下女也。《傳》曰：顧之，曲顧道義也。

徐士彰曰：婚禮當在贈行之前，蓋蹶父周之卿士，其理必在京師①。若謂出宿于屠之後，始行親迎之禮，亦難通矣。其事在前，而章次及在後者，詩人以此詩本因韓侯受命歸國而作，故不得不並叙其始終，而以親迎置諸此也。不然末章之王命，亦豈親迎以後事耶？愚謂詩人作詩，並不曾許汝編年叙事，不知近時説者何緣牽强如此。

吕東萊曰：古者任遇方面之臣既盡其禮，復恤其私，使之内外光顯，體安志孚，然後能展布自竭，爲王室之屏翰。詩人述宣王能錫命諸侯，而因道其婚嫁之盛，其意在于此。而王室尊安，人情暇樂，亦莫不在其中矣。

---

① 據文意，「理」當作「里」。

《箋》曰：光，榮光也，氣有榮光也。

又曰：媵者，必娣姪從之。獨言娣，舉其貴者。

《箋》曰：「燕譽」，謂安之盡其婦道，有顯譽。

末章

因者，因俗爲政，覊縻馴習之意，所謂「疆以戎索」是也。

《左傳》：「（邦）〔邗〕、晉、應、韓，武之穆也。」韓之建國，當在成王時。

《箋》曰：大矣，彼韓國之城。乃古平安時，衆民之所築完。韓侯光祖有功德者，受先王之命封爲韓侯。居韓城，爲侯伯，其州界外接蠻服，因見使時節百蠻貢獻之往來。後君微弱，用失其業。今王以韓侯（光）〔先〕祖之事如是，而韓侯賢，故于入覲，使復其先祖之舊職，賜之蠻服追貊之戎狄，令撫柔。其受王畿北面之國，因以其先祖侯伯之事盡予之。皆美其爲人之子孫，能興復先祖之功，其後追也貊也，爲玁狁所逼，稍稍東遷。

《傳》曰：貔，猛獸也。追貊之國來貢，而諸侯總領之。

《疏》正義曰：《釋獸》云：「貔，白狐，其子豰。」（耶）郭璞曰：「一名執夷，虎豹之屬。」陸機云：「貔似虎，或曰似羆。一名執夷，一名白狐，遼東人謂之白熊。赤豹毛赤而（又）〔文〕

黑，謂之赤豹。毛白而文黑，謂之白豹。羆有黄羆，有赤羆，大于熊。其脂如熊，白而粗理，不如熊白〔美也〕。」

江漢

《序》曰：《江漢》，尹吉甫美宣王也。能興衰撥亂，命召公平淮夷。

《說》曰：《江漢》，召穆公帥師征淮南之夷，史（籒）〔籀〕美之，而作是詩。

一　㊀㊀㊀㊀㊁㊁㊁㊁　浮滔遊求　車旟舒鋪

二　㊀㊀㊀㊀㊀㊀㊀㊀　湯（光）〔洸〕方（棘）〔王〕平定争寧

三　㊀㊀●㊀㊀㊀㊀㊀　滸虎土（王）〔棘〕極理海

四　●㊀●㊀㊁㊁●㊁　宣翰　子似祉

五　㊀㊀㊁㊁㊁㊁①　瓚卣　人田命命首年

六　㊀㊀㊀㊀㊁㊁㊁㊁　首休考壽　子已德國

---

① 此章韻譜當作「㊀㊀㊁㊁㊁㊁㊁㊁」。

首二章

「匪安匪游」，只是儆戒不寧之心，非急于争利也。此篇以伐淮夷爲主，(彊)〔疆〕、理亦是伐淮夷内事，故首章言總叙其事。

徐士彰曰：見利則奪、見便則乘者，固夷狄之常情；而轉逆爲順、轉危爲安者，乃王者之盛心。故必使天下無争心，而後大臣之功成，王者之心亦安矣。

不曰伐而曰經營者，兵家之勝，必運籌設策，以屈其力、服其心故也。「經營四方」者，經營附近淮夷四方之叛國。當時江漢之間，小國尚多，淮夷倡亂，同惡者必非一國，故云。觀下經「于疆于理，至于南海」，豈獨淮夷而已。

内外相維，故王國視四方爲安危，四方平則王國定，外輯而内寧也；上下相屬，故王心視群心爲休戚，時靡争則王心寧，下安而上順也。此不易之説。或以「四方」句總起，「王心」句總收，恐非詩理。

《箋》曰：克勝則使傳遽告功于王。

三章

疢者，不恤民瘼。棘者，更張太驟。

侵地，是地之近淮夷者，昔爲所侵，故合闢之也。辟是開拓其侵地，而復之使平，有撫寧安集意。

極，柱頭也。是一定而不可加之意，與《周禮》設官分職以爲民極同，皆言一定之制也。《箋》曰：〔王〕于江漢之水上，命召公，使以王法征伐開辟四方，治我疆界，于天下非可以兵病害之也，非可以兵急操切之也。使來于王國，受政教之中正而已。齊桓公經陳、鄭之間，及伐（戒）〔戎〕，則遺此言者。

四章

康公曰辟國百里，旬也。布王政于諸侯，宣也。蓋康公宣布政教，亦在江、漢之間，故曰「是似」。

君命臣而稱其世勸，俾之紹隆祖業，真足鼓舞豪傑矣。「來旬來宣」，《通解》止承疆、理言，未當。

黄葵峰云：此章又命其布政以安輯江、漢之民，不復承（彊）〔疆〕、理之事。「來旬」，使徧循行于江、漢之間也。來宣，使布王政于江、漢之民也。

《傳》曰：肇，謀；敏，疾；戎，大；公，事也。

《箋》曰：今謀女之事，乃有敏德，我用是故將賜女福慶也。

五　章

或云，「釐爾」四句爲錫予，是策命之辭。「于周」二句爲寵異，是叙事之辭。按此六句，大都以策命之意檃括成文，正不必拘泥。

潘勗《九錫文》：君以温恭爲基，孝友爲德，明允篤誠，感乎朕思。是用錫君秬鬯一卣，圭瓚副焉。

受命岐周，有昭我周之有世臣，召祖之有賢胤也。此只是所錫之物，其辭具于策書者受于岐周耳，非并圭瓚等亦受于岐周也。如此寵異，真是不世之遇。展轉思維，捐軀莫報，亦曰「天子萬（生）〔年〕」而已。

圭瓚秬鬯之器物，不過增其秩數，寵之以禮而已。至于山川土田受之先人，雖人君不得私也。故告之先王而錫之。謝氏曰：「錫山川土田，必使召虎受錫于岐周，用文武封康公之禮以待之。此時此意：賞非宣王之賞，是禀命于乃祖文武也；功非召虎之功，是受教于乃祖康公也。召虎思文武之德，思康公之功，必能盡心竭力，以報宣王之德矣。三代令主不責臣子以事功，惟勉臣子以忠孝，本于人心、天理而感動之也。盤庚亦有此意。」

別本「釐爾圭瓚，秬鬯一卣」作「秬鬯一卣，釐爾圭瓚」，瓚叶才田切。「祖命」之命叶眂，餘不必叶。《註》曰：「先儒不知其錯，而以田、年强與人叶，非也。」或然。

末　章

上章稽首，是在岐周受命時事。此章稽首，是拜于康公之廟，正用圭瓚以祀其先之時。

對即「對越」之對。祖考臨之于上，孫子承之于下，故謂之對。

對揚者，宣揚策命于祖考之前，以榮君貺也。

對揚是張皇之義，「虎拜」三句，如後人升遷告廟之祀。

鄒嶧山曰：大抵事功有迹可見者，謂之成。作此廟器以勒策命，則一時茂績盛典可述可傳，故曰考其成。

「天子萬壽」是祝辭。既勒策命，又勒祝辭其後也。

忠臣受君，必望之有永，而規之以所不足，「明明」、「文德」之頌是也。

洽字要看得深，是淪肌浹髓之意。

君禮其臣，而以無忝其祖者待之；臣祝其君，而以久享其國者望之。此雖詩人敘述之詞，然亦可見一時君臣慇懃篤厚氣象。

振中興之運者，固當有英睿之資。而撫久困之民者，要必有渾厚之德。蓋「明明」者，天子資禀之英明。而「文德」者，又我周一代之素尚也。

有好大喜功之心，則溺于武而不知有文者，固其情也。而況當我武維揚之際，則狃于長而不能自已者，尤其情也。惟振蕩奮揚之餘，而有優柔浸潤之澤，豈不深可願哉。

「令聞不已」是虛，「矢其文德」是實。武節飈逝，一時之功也；協氣橫流，萬年之計也。至于文教浹洽，而治安之慶永世無斁。令聞不已，其在斯乎。

黃氏《通解》云：按朱子舊註云「『作召公考』當(闢)〔闕〕之，以俟知者」。今註殊費解。

嚴氏曰：宣王方以武功褒虎，而虎乃以文德勉宣王。蓋不矜己之功，而納君于德，意度遠矣。

叔翹曰：《洛水》當承平，而乃曰作六師；《江漢》方用武，而即曰矢文德。蓋周之君臣，素講于文武並用之道也。

《箋》曰：虎既拜而答王策命之時，稱揚王之德美，君臣之言宜相成也。王命召虎用召祖命，故虎對王亦爲召康公受王命之時對成王命之辭，謂如其所言也。如其所言者，「天子萬壽」以下是也。

常　武

《序》曰：《常武》，召穆公美宣王也。有常德以立武事，因以爲戒然。

朱子曰：詩中無常、武二字，特名其篇，蓋有二義：有常德以立武則可，以武爲常則不可，此所以有美而有戒也。

嚴氏曰：周興西北，岐豐去江漢最遠，故淮夷最難服，從化則後乎，倡亂則先動。周人經理淮夷用力最多，成王初年，淮夷同三監以叛，其後又同奄國以叛。伯禽就封，又同徐戎以叛。至厲王之時，四夷交侵，宣王一命吉甫，北方旋定；繼命方叔，伐蠻荆；其後又命召公，平淮南之夷；又命皇父，平淮北之夷。蓋南方之役，至再至三，淮夷未平，則一方倡亂，天下皆危，故至淮夷平然後四方平。此《江漢》、《常武》所以爲宣王之終事，而繫之宣王《大雅》之末也。

一 ●㊀㊀㊀㊀㊀㊀○① 士祖父師戎戒國

二 ㊀㊀●㊀㊀㊀㊀㊀ 〔士〕〔氏〕父旅浦士處緒

三 ㊀㊀㊀㊁㊁㊂㊂㊂ 業子作 遊騷 方霆驚

四 ㊀㊀○㊀○㊀㊀㊀② 武怒虎虜浦所

五 ㊀㊀㊀㊁㊂㊂㊂㊂③ 嘽翰漢 苞流 翼克國

六 ㊀㊀㊁㊁㊂㊂㊃㊃ 塞來 同功 平庭 回歸

首二章

「南仲太祖」者，稱其世功，欲其繼美也。「太師皇父」者，敘其位望，欲其盡職也。整者，七其行伍④，定其部分；修者，選其車馬，精其器械也。敬者不敢怠，戒者不敢忽，即南仲之「憂心悄悄」也。

---

① 此章韻譜中「○」當作「㊀」。

② 此章韻譜中「○」均當作「●」。

③ 此章韻譜當作「㊀㊀㊀㊁㊁㊂㊂㊂」。

④ 「七」當作「齊」。

召公征淮南之夷，故疆理至于南海。宣王自征淮北之夷，故但言「省此徐土」。蓋徐州之夷南侵，諸國爲之不安，故云然。

徐士彰曰：「左右陳行」，使行列整齊也。「戒我師旅」，使進退有方也。「省此徐土」，察其爲亂者而伐之也。留，如孔明平孟獲，而議者謂留兵以鎮之，蓋宿兵以壓其心也。處，如王全斌平蜀，而師遷延不還，即所謂師之所處荆棘生焉者也。三農，淮上之人也。

又曰：淮浦即是徐土，若以淮浦爲經歷之所，則徐在其南，而爲淮南之夷矣。觀下章「鋪敦淮濆」、「截彼淮浦」可見。

《箋》曰：軍禮，司馬掌其誓戒。

《周禮·太宰》：「一曰三農生九穀。」《註》曰：「三農，上原、下隰、平地也。」將驕則慢敵，師老則妨農，皆非時雨之師也。故一則曰「既敬既戒」，再則曰「不留不處」。

當積弱之後，奮起而立功，真是威靈氣燄，足以動人，故曰「赫赫明明」。赫赫，□□□其模擬。

整師是兵數，修戎是兵政。

王濟之曰：三農指王國之人。古者兵出于農，師老于外，則農廢于兵之内矣。

《箋》曰：緒，業也。王又使將軍豫告淮浦徐土之民云：不久處于是也，女三農之事，皆就其業。爲其驚怖，先以言安之。

（二）〔三〕、四章

朱氏曰：宣王之世，方叔南征，吉甫北伐，而淮夷則赫然自將，何也？蓋淮夷、徐戎，近居中國故耳。「赫赫業業」，言其威靈之顯盛也。「匪紹匪游」，言其師行之節制也。「如雷如霆」，言其聲勢之磅礴也。用兵之法攻心爲上，「徐方繹騷」、「徐方震驚」，雖未即順從，而已先服其心矣。

震，天之怒也。怒，人之怒也。虓，虎之怒也。

仍，就也。俗所謂手到拏來，不勞餘力之意。字法妙品。

赫赫，威靈光顯，與衰颯者異。業業，氣勢昌盛，與瑣尾者異。繹騷者，王靈所至，連絡震動，無敢安居也。字法妙品。

「徐方繹騷」數句，反覆形容，極言其驚畏之狀，非叠言以成章也。

「如震如怒」，或言如雷霆之震怒，未是。古「如」、「而」字通用，此亦當作「而震而怒」，與「如輊如軒」句一例。

「截彼」三句，句法能品。淮夷竊據之地，而遂曰「王師之所」；纔至其地，而遂曰截然不可犯，即「無矢我陵」四句意。

黄葵峰云：「匪紹匪游」，蓋威嚴之體自是如此。疾則失之輕遽，緩則失之散漫，便損威嚴矣。

「闞如(墟)〔虓〕虎」，《埤雅》曰：言將帥之勇發于忠義，非激而怒之也。

《箋》曰：紹，緩也。

「徐方」四句，《箋》曰：徐國之人，知王兵必克，馳走以相恐動。震，動。(徐國)如雷震之恐怖人然，徐國則驚動而將服罪。

「如震如怒」，《箋》曰：震(動)〔雷〕其聲，勃怒其色。

五、六章

「允塞」，《書》註云：「誠信而篤實也。」凡平日所爲興衰撥亂、安内攘外，經營于廟堂，敷布于海隅者，皆王敵也。

「如飛如翰」，孫子曰：「退而不可追者，遠而不可及也。」又曰：「後人發，先人至。」

「綿綿翼翼」，紀律明也。「不測不克」，智勇備也。

輔氏曰：不測，言其深也。許南台曰：「不測，不要就謀上説，只是分合無常，奇正互發。」愚謂本文具有二意。

「來」與「同」要本心服上説，此皆平日之信實孚之使然，故曰「天子之功」。若三公、司馬，或可以料敵制勝則有之矣，豈能服其心如此哉？

「四方」三句一節事，只疊疊説下，無非要歸功天子，不必相承。

鄒嶧山曰：宣王自將以伐淮夷，迹其成功，較之齊桓、晉悼，次陘而屈完盟、會蕭魚而鄭不叛者，公私大小雖或不同，然直中策耳。而詩人美其允塞之猷，若納之于舞干苗格、因壘崇降之律，《序》所謂「因以爲戒」者此也。

《傳》曰：疾如飛，鷙如翰。緜緜，靚也。

《箋》曰：嘽嘽，閒暇有餘力之貌。其行疾自發舉，如鳥之飛也。翰，其中豪俊也。

《箋》曰：猶，尚；允，信也。王重兵，兵雖臨之，尚守信自實，滿兵未陳，而徐國已來告服。所謂「善戰者不陳」。

瞻卬

《序》曰：《瞻卬》，凡伯刺幽王大壞也。

首章言蟊賊、罪罟，《詩柄》止言嬖褒姒、任奄人，蓋任用匪人，所以刑罰不當也。而嬖褒姒又其本也，故言哲婦之惡獨詳。

《説》曰：《瞻卬》，幽王嬖褒姒、任奄人，尹伯奇憂亂，而作此詩。

一　○㊀○㊀○○○㊀㊁㊁①　惠厲　瘵屆　收瘳

二　○㊀○㊁○㊀○㊁　有　收隔　奪　説隔　内田　人隔　罪　罪隔

二句一韻，隔韻用韻。又隔韻中變格。

三　㊀㊀○㊁●㊁㊂㊂㊃㊃②　城城　鴟階　天人　誨寺

四　㊀㊀㊀㊀㊀㊀㊀㊀　忒背　極慝　倍(織)〔識〕　事織

五　㊀㊀㊀㊀○㊀○㊀　刺富狄忌類瘁③

六　○㊀○㊀○㊀○㊀　優憂幾悲④

---

① 此章韻譜當作「●㊀●㊀●㊀●㊀㊁㊁」。

② 此章韻譜中「○」當作「●」。

③ 此章韻譜當作「㊀㊀㊀㊀㊁㊀㊁㊀」　刺富狄忌類瘁　祥亡隔」。

④ 此章韻譜當作「㊀㊁㊀㊁㊀㊁㊀㊁　罔亡罔亡隔　優憂幾悲隔」。

七　●㊀●㊀〇㊁●㊁●㊁　深今　後鞏後①

首二章

次章黷貨淫刑，皆指王言。上四句威討削黜之不當也，下四句出入生死之不當也。《左氏》「桓王取鄔、劉、蔿、〔邘〕〔邘〕之田于鄭，而與鄭人蘇忿生之田，君子是以知桓王之失鄭也。惠王取蔿國之圃、邊伯之宮，奪子禽祝跪與詹父田，而有子〔顏〕〔頹〕之難」，所謂「人有土田」、「女覆奪之」也。

《疏義》云：二章正責幽王刑罰之偏，以發上章「罪罟不收」之意。三、四章正責幽王聽任之偏，以發首章「蟊賊蟊疾」之意。

《傳》曰：昊天，斥之也。

〔二〕〔三〕、四章

正人君子之言，足以爲我教誨。婦寺之言，敏對以成奸，飾巧以亂實，爲譖爲愬而已，何教

① 此章韻譜當作「●㊀●㊀㊁㊂㊁㊂●㊂　深今　先天隔　後鞏後」。

誨之有。此詩人微婉之辭也。

《疏義》曰：「豈曰」二句，亦猶「巧言如簧，顔之厚矣」，此忮忒之常態也。

「婦無公事，休其蠶織」，《書》曰：「牝鷄無晨。牝鷄之晨，惟家之索。」鞫如「鞫獄」之鞫。

《傳》曰：懿，有所傷痛之聲。

《説》曰：四章，賦中有興也。

五、六章

《註》云：凡以王信用婦人之言故也。此于解經爲扼要之語，尋詩人之旨隱而不發，尤爲深妙。

敬威儀然後能近有德，「威儀不類」，故人云(曰)〔亡〕。

六章承上章之意而重言之，以警王也。

優者，紛至薦臻之意。幾者，幾彰禍迫之意。揚子稱：「幾幾乎，莫之能違也。」俗言險些兒，言近于亡也。

輔氏曰：夷狄，陰類也。自古女寵，必致夷狄之患。

《箋》曰：吊，至也。王之爲政不至于天矣，不能致徵祥于神矣。

《箋》曰：優，寬也。天下羅罔以取有罪，亦甚寬，謂但以災異譴告之。幾，近也。言災異譴告離人身近，愚者不能覺。

末章

「心之憂」二句，言憂之深。「不自」二句，怨辭。

「心之憂矣，寧自今矣」，蓋自褒姒初進之時，已憂之矣。史蘇識女戎之亂，晉方成知禍水之滅火，此其類也。

召旻

《序》曰：《召旻》，凡伯刺幽王大壞也。旻，閔也，閔天下無如召公之臣也。

陳定宇曰：此詩及前篇末，皆有惓惓望治之意。

陳止齋曰：《周南》係于周公，《召南》係于召公，豈非化之盛者，必有待于二公也。至于《風》之終于《邠》，《雅》之終于《召旻》，豈非化之衰者，必有思于二公也。

安成劉氏曰：此詩居變雅之終，而第七章又居此詩之終，慨然懷古，亦猶《下泉》之終

《風》與。

陳云：厲王無道，而宣王中興，有志故也。幽王無道，而平王不復，無志故也。此《黍離》降爲《國風》，而《雅》亡也。

《說》曰：《召旻》，幽王邇刑人，近頑童，謟巧用讒慝。諸侯携二，戎狄内侵，飢饉因之，國人流散。尹伯奇諫王，而作是詩。

一　○㊀㊀㊀㊀①　喪亡荒

二　●㊀㊀●㊀　訌共邦

三　㊀㊀㊀㊀㊀　訿玷業寧貶

四　●㊀㊀●㊀　茂苴止

五　㊀㊀㊀㊀㊀㊀㊀　富時疚茲(稗)〔粺〕替引

六　○㊀○㊀○㊀㊀　頻中弘躬

七　㊀○㊀㊀㊀㊀㊀②　命里里哉人舊

---

① 此章韻譜當作「●㊀●㊀㊀」。

② 此章韻譜中「○」當作「●」。

首三章

首章《箋》曰：天，斥王也。

「天降」句貫下四句，蟊賊本王所用，而歸之于天，無所歸咎之辭。

鄒嶧山曰：此罪罟與前章用刑不同，乃即指蟊賊昏椓之人而言。蓋小人得志，陷斯民于羅網之中，使無所措其手足，所謂罪罟者如此。朱《註》「所以致亂也」，正與「天降罪罟」相應，乃倒解經之法。

潰也，如瘫疽之内壞。

曰蟊賊，曰昏椓，曰潰潰、回遹，皆深惡之辭。

椓，刑也，喪也。謂閹寺之椓喪其軀體者。

《箋》曰：訌，争訟相陷(人)〔入〕之言也。王施刑罪以羅網天下，衆爲殘酷之人，雖外以害人，又自内争相讒惡。

《箋》曰：昏、椓皆閹人也。昏，其官名也。椓，椓毁陰者也。

「實靖夷我邦」，《箋》曰：皆謀夷滅王之國。

《傳》曰：皋皋，頑不知道也。訿訿，窳不供事也。

《箋》曰：兢兢，戒也。業業，危也。天下之人戒懼危怖，甚久矣其不安也。我王之位又甚隊矣。言見侵侮，政教不行。後犬戎伐之，而周與諸侯無異。

四、五章

亂世民情，生意憔悴，蕭索枯槁。如彼三句，形容已盡。

「維今之疚，不如茲」，言今之疚亦不意其如此之甚。如「不圖爲樂之至于斯也」之意。

「時」以時言，「茲」以地言。昔之富不若今時之病也，而今之病，又不若此處之甚也。「維今」句，即「四方有羡，我獨居憂。民莫不逸，我獨不敢休」之意。

殷仲文顧庭槐而嘆曰：「此樹婆娑，生意盡矣。」「如彼歲旱」三句，正所謂生意已盡也。

輔氏曰：愴怳，憂亂而無情緒之意。

《箋》曰：「潰茂」之潰當作「彙」。彙，茂貌。《春秋傳》曰：「國亂曰潰，邑亂曰叛。」

《傳》曰：往（昔）〔者〕富仁賢，今也富讒佞。（往昔富親賢），今則病賢也。

《箋》曰：茲，此也。此者，此古昔明王。

《傳》曰：彼宜食疏，今（及）〔反〕食精粺。

《箋》曰：職，主也。彼賢者祿薄食麤，而此昏椓之黨反食精粺。女小人耳，何不自廢退，使賢者得進，乃茲復主長此爲亂之事乎？責之也。米之率：糲（千）〔十〕，粺九，鑿八，侍御七。

《説》曰：四章比而賦也，五章賦中有比也。

六、七章

小人，亂之本也。不窮其本，而委之適然之數，將縱其罔極之奸，而成其滋漫之禍，其害不亦廣乎。

引是長説，弘是闊説。

闢國百里，以化言。

説箇召公，便見用賢。説「今也日蹙國百里」，便見不用賢。不必補出，但引而不發可也。末説「不尚有舊」，其意顯然。若先説出，末句較淡矣。

末句「不尚有舊」，第言有之不用，意亦自在言外。

凡古人之文，辭義逐一圓滿，原無虧欠，不待後人註脚，此自諸經皆然。然諸經意盡于辭，至于讀《詩》，全要領其不言之旨。如孟子説《詩》之法，切中肯綮，趙岐所謂「尤長于《詩》、《書》」，非妄言也。若一切粘皮帶骨，全非詩理。不了此義，未可與讀傳註也。

「池竭」四句，朱子自以爲比，是也。

朱子嘗曰：看《詩》不須着意去訓解，只平平地涵詠自好。因舉「池之竭矣」四句詠久之。

《箋》曰：自，由也。池水之溢，由外灌焉。今池竭，人不言由外無益者與？言由之也。

喻王猶池也，政之亂由外無賢臣益之；王猶泉也，政之亂又由内無賢妃益之。

《説》曰：六章比而賦也。

毛詩六帖講意三頌卷之四

〔周頌清廟之什〕

清　廟

《序》曰：《清廟》，祀文王也。周公既成洛邑，朝諸侯，率以祀文王焉。

《洛誥》周公曰：「王肇稱殷禮，祀於新邑，咸秩無文。」

呂氏曰：定都之初，肇舉盛禮，大享羣祀。雖祀典不載者，咸秩序而祭之，有告焉，有報焉，有祈焉。始建新都，昭格上下，告成事也。雨暘時若，大役以成，報神賜也。自今以始，永奠中土，祈鴻休也。後世不知祭祀之義、鬼神之德，觀周公首以祀新邑爲言，若闊于事情者。不知人主臨御之始，齊祓一心，對越天地，達此精明之德，放諸四海，無所不(隼)〔準〕。而助祭諸侯，下建庖翟之賤，亦皆有孚顒若，收其放而合其離。蓋格君心、萃天下之道，莫要於此，宜周公以爲首務也。

「不顯不承」之辭急而反，「無射」之辭緩而順。

朱公遷曰：布武而行則大而疾，言趨事之敏也。

凡人没而論定，故曰「七世之廟，可以觀德」。文王之感人也，在廟尚爾，即當時可知已。

對者，相對之謂。肅雝秉德，以心契心，如將見之也。

孔氏曰：頌之言容，歌成功之容狀也。

陳止齋曰：别以尊卑之禮，故《魯頌》以諸侯而後於周。間以親疎之義，故商以先代而後於魯。

蘇氏曰：《周頌》皆有所施于禮樂，蓋因禮而作《頌》，非如《風》、《雅》有徒作而不用者也。

朱子曰：周公相武王、成王，天下既平，作爲樂章，薦之郊廟，所謂《周頌》也。然其篇第之先後，則不可究矣。又，其間多闕文疑義焉。

孔氏曰：周公成洛邑，在居攝之七年。朝諸侯者，相成王以朝侯而已。率以祀文王者，《洛誥》所謂「王在新邑」，烝祭歲也。

杜預曰：清廟，肅然清净之稱。

吕東萊曰：成王，祭主也。周公及助祭之諸侯，皆「顯相」也。「濟濟多士」，廣言助祭之人，凡執事者皆在也。「相維辟公，天子穆穆」，言顯相之肅雝，則成王穆然奉祭之氣象，不言可見矣。

孔氏曰：《記》每云升歌《清廟》，然則祭宗廟之盛，歌文王之德，莫重於《清廟》，故爲《周頌》之首。

《箋》曰：清廟，祭有清明之德者之宫也。

《箋》曰：顯，光也，見也。諸侯有光明著見之德。

「不顯」二句，《箋》曰：是不光明文王之德與，言其光明之也；是不承順文王志意與，言其承順之也。

《疏》正義曰：案今《周頌》，郊社、祖廟、山川之祭自以歲時之常，非爲太平而報。而鄭云「功大如此，可不美報」者，人君是羣神之主，故曰有天下者祭百神，其祭不待于太平也。但太平之時人民和樂，謳歌吟詠而作頌者，皆人君德政之所致也。以人法神，以行政歸功于羣神，明太平有所由。是故因其人君，祭其羣神，則詩人頌其功德，故謂太平之祭爲報功也。《時邁》、《般》、《桓》之祭於時雖未太平，以其太平乃歌，亦爲報也。歌之舞之，謂祭神之後，詩人歌之，非謂當祭之時即歌舞也。故《清廟》經曰「肅雝顯相」，「濟濟多士」，「駿奔在廟」，皆是既祭之後述祭時之事，明非祭時即歌也。但既作之後常用之，故《書傳》説《清廟》云：「周公升歌文王之功烈德澤，尊在廟中，嘗見文王者，愀然如復見文王。」是作後每祭，嘗歌之也。頌之作也，主爲顯神明，多由祭祀而爲。故頌叙稱祀告澤及朝廟，于廟之事亦多矣。唯《敬之》、《小毖》不言廟祀，而承謀廟之下，亦當於廟進戒、廟中求助者。然頌雖告神爲主，但天下太平，歌頌君德，亦有非祭祀者。《臣工》、《有客》、《烈文》、《振鷺》及《閔予小子》、《小毖》之等，皆不論神明之事。是頌體不一，要是(知)〔和〕樂之歌而已，不必皆是顯神明也。今頌《昊天有成命》、《我將》、《思文》、《噫嘻》、《載芟》、《良耜》及《桓》，是郊社之歌也。其《清廟》、《維天之命》、《維清》、《天作》、《執競》、《雝》、《武》、《酌》、《賚》之等，爲祖廟之祭也。其《烈文》、《臣工》、《振鷺》、《豐年》、《潛》、《有瞽》、《載見》、《有客》、《閔予小子》、《訪落》、《絲衣》之等，雖有祖廟之事，其頌德又與上異也。《時邁》與《般》有望祭河岳之事，是山川之祭也，唯五祀之祭，《頌》無其歌耳。頌爲四始之主，歌其盛德者也。五祀爲制度常事，非其盛，故無之。羣神之中，亦有圜丘之天神、方澤之地祇，五方之帝、六宗之祀，今《頌》皆無有者，以其頌者感今德澤，上述祖父，郊以祖配，故其言及之。至於圜丘、方澤所配，非周之祖不可，歌之以美周德。五方之帝與六宗同於天神，所配之人不異于《思文》與《我將》，詩人不爲之頌，所以今皆無也。

《説》曰：《清廟》，周公成洛也，奉成王見諸侯，作明堂，宗祀文王於明堂，以配昊天上帝，率諸侯祀之，而作此樂歌。

《説》以《清廟》、《維天之命》、《維清》、《思文》、《天作》、《我將》、《雝》、《烈文》、《振鷺》、《武》、《賚》、《時邁》、《般》、《(勺)〔酌〕》、《桓》爲一卷，《閔予小子》、《訪落》、《敬之》、《〔小〕毖》、《載見》、《有客》、《有瞽》、《潛》、《絲衣》、《臣工》、《豐年》、《(戴)〔載〕芟》、《良耜》、《昊天有成命》、《噫嘻》、《執競》爲一卷，《商頌·那》、《烈祖》、《長發》、《玄鳥》、《殷武》爲一卷，《駉》以下四篇自爲《魯風》，不入頌，韻不叶。

維天之命

《序》曰：《維天之命》，大平告文王也。

瞿師道曰：「於穆不已」，猶言默運不窮也。不顯而純，猶言虚明不雜也。

徐士彰曰：不肖子孫，其祖宗在天，豈無啓佑之意；而自作不典，則無以爲承受之地。曰「我其(受)〔收〕之」，則祖宗之靈慰矣。

穆是即説不已者之深遠，顯是即説不雜者之顯著。如晝夜寒暑，循環無端，「於穆不已」乎！如金之在鎔，如日之中天，顯哉純乎！

德厚者福澤長，故遺休及於子孫。「不愆不忘，率由舊章」，「駿惠」之謂也。

薛仲常曰：大順篤厚中有變通廓大意，但總歸于一道，不失爲順且厚耳。

嚴氏曰：凡言聖人如天者，以此擬彼，天與聖人猶爲二也。此詩但以天命之不已，與文德之純對立而並言之。天之爲文王耶，文王之爲天耶，蓋有不容擬議者。

程子曰：言天之自然者，曰天道；言天之賦予萬物者，曰天命。

嚴氏曰：去聖人浸遠，典刑易墜，非用意篤厚不能守也。

又曰：頌者，成功告神，必言子孫勉力保守，以慰祖考之意。故此詩曰「曾孫篤之」，《天作》曰「子孫保之」。

張叔翹曰：「假以溢我」，朱子據《左氏傳》改作「何以恤我」，然就本文字義，亦自可通。蘇氏曰：「假，大也。」鄭氏曰：「溢，盈溢也。」朱氏曰：「盈溢被於物也。」按此溢字甚奇，「我其收之」與「我龍受之」語意同。詩人之意，蓋言文王之德甚大，其餘澤浸被于我，我既以身收受之，當順文王之德以行，無敢拂逆。曾孫又當加意篤厚，世世遵守，毋使前人之德世遠而浸薄也。如此則文意甚順，而於《小序》告太平之意亦不相悖。若改溢爲恤，何以曰收？且本文明說文王之德，而又添出文王之神、文王之道，亦不勝纏繞，殊未見明白痛快也。

《箋》曰：告大平者，居攝五年之末也。文王受命不卒而崩，今天下太平，故承其意而告之，明六年制禮作樂。

「維天」二句，《傳》曰：孟仲子曰：「大哉！天命之無極，而美周之禮也。」

《箋》曰：天之道於乎美哉！動而不止，行而不已。

《箋》曰：以嘉美之道饒衍與我，我其聚斂之，以制法度，以大順我文王之意，謂爲《周禮》六官之職也。《書》曰：「考朕昭子刑，乃單(乂)〔文〕祖德。」

㊀㊀㊁㊁●㊂●㊂　命已　顯純　收篤

維　清

《序》曰：《維清》，奏象舞也。

徐士彰曰：《記》以禮教所成爲承天之祜，以孝告慈告謂之大祥，與「維周之禎」意同。

《箋》曰：象舞，象用兵時刺伐之舞，武王制焉。

《箋》曰：天下之所以無敗亂之政而清明者，乃文王有征伐之法故也。

《說》曰：《維清》亦祭文王于明堂，而奏象舞之詩。

鄒泉曰：太平有象，故曰禎。

●●㊀㊀㊀　禋成禎

烈文

《序》曰：《烈文》，成王即政，諸侯助祭也。

徐士彰曰：錫福報功，所以使上下相維於悠久。盡道備德，又能使人心相慕於悠久。「封靡」二字相因而致，「皇之」祇稱頌之詞。「前王不忘」，即是廟祭時對越駿奔如將見之意。

按《儀禮》，賓三獻尸之後，主人酌酒獻賓，歌《烈文》。「烈」字正贊「文」字，如「其文炳也」之義。

張叔翹曰：繼序皇之，即季札所謂國未可量也。錫福報功俱以及子孫爲極，故自其極處言之。《疏義》乃謂「爾使我子孫保之，我不使爾繼序皇之乎」，則淺陋甚矣。

別本首句「公」與六句「功」爲一韻，「疆」、「邦」、「皇」一韻。「訓」叶虛均切，與「人」一韻。「刑」叶形强切，與「忘」一韻。

《箋》曰：無（疆）〔彊〕乎，惟得賢人也。得賢人則國家（疆）〔彊〕矣，故天下諸侯順其所爲也。

天作

《序》曰：《天作》，祀先王先公也。

徐士彰曰：「有夷之行」，不止言道路也。人物盛而都會開，文章極而天造畢矣。曰荒、曰康，字法佳。此創守之異。

「天作」作字，與「作邦」作字同。嚴氏曰：遷岐非得已，而周乃以岐興。詩人以爲是非人之所能爲，故言此岐山天實爲之也。治荒而謂荒，猶治亂而謂之亂也。

張叔翹曰：夫周家王業實始于岐，故《大雅》歌其帝省，《周頌》謂之天作，後人宜何如培植也。乃平王東遷，一旦舉而委之戎狄，所謂「子孫保之」者安在哉！太王以一岐山而基王迹，後世子孫以天下而不能保一岐山，吾於此重有感矣。

《說》曰：《天作》，周祭岐山，配以大王、文王之詩。

●○●○●○●　荒康行

末句獨韻收。

昊天有成命

《序》曰：《昊天有成命》，郊祀天地也。

徐士彰曰：此篇專重一心字。盡心，有既竭心思，而不徒在於上下陟降之迹意。靖之字，有休養安輯之意。蓋文、武開創，方與天下以更始，而未及與天下以休息。成王之靖，所以終文、武之功也。

武王未受命，故武王之没，不可無成王。歷觀三代，以至今日，繼世而後，必有變更，天心人事，其勢自爾，尋其所以，殆未易言。獨周家爲不然，此以知成王之功大矣。

肆字，訓故、今也。故字是，今字尚在可否間。「肆其靖之」，斷主成王時説，詳語意，及「肆不殄厥愠」等句可見。

張叔翹曰：此詩中「不敢康」三字最重。蓋繼世之主，多自以爲席寵承休，可以晏然無事，于是逸豫滅德，而無以爲承藉天命之基。故頌成王者，先之以「不敢康」，蓋以積德者承藉天命之基，而不敢康之心，又積德基命之本也。積德之極，至于宏深静密，皆不敢康之心爲之也。「殫厥心」者，即殫其不敢康之心也。(天)〔夫〕惟人主不自安，而後可以安天下，故曰「肆其靖之」，頌成王之德，亦以垂後世之戒也。

黄氏《通解》曰：「基命」二字，《詩》、《書》皆稱之。《詩》自人言，《書》自天言。曰「不敢康」，即「所其無逸」之謂也。曰「夙夜基命宥密」者，即「皇自敬德」之謂也。曰「緝熙殫厥心」者，即「篤前人成烈」之謂也。

《箋》曰：宥，寬；密，静也。行寬仁安静之政。

《説》曰：《昊天有成命》，康王禘成王于明堂之詩。

我將

《序》曰：《我將》，祀文王於明堂也。

曹氏曰：以天道事之，則藁秸以爲席，陶匏以爲器，繭栗之牲，掃地而祭，所以尊之也。以帝道事之，則牛羊以爲牲，簠簋以爲器，鼎俎之實，其薦用熟，所以親之也。

朱子曰：爲壇而祭，故謂之天。祭於屋下，而以神祇事之，故謂之帝。

丘瓊山曰：尊之，則事之惟以其誠；親之，則祀之必備其理。

張叔翹曰：本文「其」字、「既」字，自是詩人用字之法。注中「不敢必」，與「若有以見其必然」，皆說詩者之辭，不必拘拘於此，妄生纏繞。

又曰：儀、式、刑，皆法也。古人用字不厭重複，多如此。如自古、在昔、先民之例。《大全》注，嚴氏謂「法之不已」，劉氏謂「取法之甚」，輔氏又謂「疊言之，見凡所云爲動作，皆不敢忘文王」者，皆非也。

右享與降監有别。右享自神享之言，降監自神意之鑒誡言。降監又原右享之意也。

徐士彰曰：夙夜畏天之威，則有以仰體日監之微意，而不徒恃乎牛羊之將享。遠紹昭事之小心，而又有加於文典之儀刑，故能保天與文王所以降監之意。

《疏義》曰：天與文王，一也。但一穆一顯，則法天不如法文王之爲切；一尊一親，則畏文王不如畏天之爲甚。立言之不同者，此故也。

●㊀㊀●㊁㊁㊁●●●　牛右　方王享

末三句獨韻收。

時　邁

《序》曰：《時邁》，巡狩告祭柴望也。

武王伐紂，非得已也。天命在我，不得而辭也。今天命不在我也，釋而去之可也。觀此詩惓惓於天命，即聖人之心可知矣。

「震之」與「式序在位」不同。「震之」是未行慶讓黜陟之典，只是朝會舉，而天下諸侯善者未信其善，惡者未知其惡，皆有悚然恐懼之意。

徐士彰曰：天子者，序之于天。諸侯者，序之于天子。右序之命，既出之於天，則式序之規，當行之於天子。

又曰：後二節注中兩「信乎」字，正與首節「不敢必」相應。柴望者，燔柴以祀天，望秩以祀山川嶽瀆之屬，望而祭之，故曰望。各設於巡狩之方焉。

更始之初，人心尚染於舊，又易即於新。惟懿德可以消人心欲逞之志，惟懿德可以開人心不泯之理。

孔氏曰：武王巡狩，至于方岳，乃作告至之樂歌也。

永嘉陳氏曰：武王(覬)〔凱〕歌方終，而有方岳之行。觀此詩，是告方岳以革命之事，因其時而震服諸侯，故其詩與他廟樂不同。

安成劉氏曰：此雖武王初定天下而巡狩所作之歌，其後王之巡狩者，因而皆用之與。

《周禮·大行人》曰：「十有二歲，王巡狩殷國。」《注》曰：「殷，衆也。《書·周官》曰『六年五服一朝，又六年，王乃時巡。諸侯各朝于方岳』。」《注》引此，乃周公所制之禮，武王即位，豈待十二年始行之？且武王克商七年而崩，亦未嘗有十二年在位也。

《樂記》曰：武克定天下，其兵包以虎皮，示不復用。

黄實夫曰：《時邁》之作，見武王所以得天下，所以保天下者，皆無愧也。武王巡狩之事，《詩》有《時邁》，《書》有《武成》。《時邁》，告祭之樂章也。《武成》，識其政事以示天下來世也。庚戌柴望，大告武成，此告祭懷柔之實也。昭我周王，天休震動，此「莫不震疊」之實也。庶邦冢君暨百工受命於周，此「式序在位」之實也。偃武修文，歸馬放牛，此非戢櫜之意乎？建官位事，重民五教，惇信明義，崇德報功，此非懿德以保之乎？

《箋》曰：右，助。次序其事，多生賢知，使爲之臣也。

《箋》曰：我武王求有美德之士而任用之，故陳其功，於是夏而歌之。樂歌大者稱夏。

《説》曰：《時邁》，述武王巡狩而朝會祭告之樂歌。蓋《大武》之三成也。

執　競

《序》曰：《執競》，祀武王也。

武王反之之聖，故曰「執競」。「自彼」節，極言其德之顯也。「奄有四方」，重德無遠不及。德之明著，是禮樂刑政，宣布昭明，經綸潤飾，爲民所瞻也。樂之大者難於和，小者難於集，要見三后功德被于其内意。

徐士彰曰：武王功在宇内，而曰「執競」，反自其内之所運而言。成、康德基宥密，而曰「不顯」，反自其外之所著而言。此微顯闡幽之意，亦上帝之所君。見創業之君，開天闢地，其爲天心之所屬，有不待言，至于守文之主，類多憑藉舊業耳。今成、康以德凝命，是其爲君亦天作之，與武王之聰明作后不殊也。

君德以剛爲主，功大者類非巽懦者所能爲，故稱「執競」。

許石山曰：執競之説，人多認此爲聖學工夫，以法天之健言。是蓋徒知避嫌武王無取天下之心，不知武王纘緒之心未嘗一時忘，此便是執競，此便是無利天下之心，奚待後人爲之遮蓋如此也。況作聖學説，與下面「無競」意，亦説不來也。

《通解》云：《易》曰：「天行健，君子以自强不息」，武王以之。又曰：「大人繼明以照四方」，成、康以之。功德足以相稱，則祭祀足以相配。「降福」已是工祝致告之時，「威儀反反」，即是式禮莫愆之意。

朱公遷曰：祭三王無其例，然武王有世室，則必有專祭矣。豈昭王以後祭武王世室，而配以成王歟。借曰文世室無詩，則夫子正樂於殘缺之餘，但因所存者存之耳。

「無競」三句，《箋》曰：不彊乎其克商之功業，言其彊也；不顯乎其成安祖考之道，言其顯也。天以是故美之，予之福祿。

《箋》曰：反反，順習之貌。

《說》曰：《執競》，昭王禘康王于明堂之詩。

㊀●㊀㊀㊀㊀㊀㊀㊀㊁㊁●㊁　王康皇康方明喤將穰　簡反反

思　文

《序》曰：《思文》，后稷配天也。

濮氏曰：此郊祀獻后稷之樂歌。祭天宜有詩，而今亡矣，決不可以《昊天有成命》當之。

邵二泉曰：來牟與天地俱生，至稷而後識之，以爲粒食之輔，故曰「貽我來牟，帝命率育」。《洛書》曰天錫，來牟曰帝命，其事一也。叔翹曰：此二句，當重「率育」意。蓋舊穀既没，新穀未升之際，民非來牟，無以續食，便有生養不偏處。故此來牟乃帝命之美利，而自稷始貽之。則樹藝之教於是乎備，生養之利於是乎周，而偏天下之民，無復有阻飢之患矣。是以云云。如此，則上下承接有情。若如時説重帝命，而曰「稷特承天之命而播之耳」，則不見重稷之義矣。

張叔翹曰：后稷功業止于稼穡耳，而詩人之言，曰「陳常於時夏」，可謂善言祖德者也。又后稷配天，一事也。《生民》述事，故詞詳而文直；《思文》誦德，故語簡而旨深。雅、頌之體，其不同如此。

「立我」二句，《箋》曰：天下之人無不於女時得其中者，言反其性。

「貽我」四句，《箋》曰：武王渡孟津，白魚躍入于舟，出涘以燎。後五日，火流爲烏五至，以穀俱來，此謂「遺我來牟」。天命以是循存后稷養天下之功，而廣大其子孫之國。無此封竟于女今之經界，乃大有天下也。用是故陳其久常之功，於是夏而歌之。夏之屬有九。《書説》：（焉）〔烏〕以穀俱來，云「穀紀后稷之德」。

●㊀●㊀●㊀㊁㊁　天極育　界夏

〔周頌臣工之什〕

臣工

《序》曰：《臣工》，諸侯助祭遣於廟也。

臣工，如鄉遂之司稼、司農，都鄙之田畯、田正是也。

《周禮》，田有歲易，故有一歲、三歲之别。新田難治，故首問之。「畬爾成」，此時始定爲法以賜之，非謂周以農事開國，已有成法也。

黄氏《通解》曰：《風》有《七月》之作，則周公所以戒成王者，既識稼穡艱難之事；《頌》有《臣工》之訓，則成王所以戒羣臣者，又識耕耘收穫之法。然則《七月》者，《臣（共）〔工〕》之所自出也。

「嗟嗟」四句，《箋》曰：諸侯來朝，天下有不純臣之義。于其將歸，故于廟中正君臣之禮，勑其諸官卿大夫云：敬女在君之事，王乃平理女之成功，女有事當來謀之，來度之于王之朝，無自專。

《箋》曰：介，甲也。保介，車右勇力之士，被甲執兵也。《月令》：「孟春，天子親載耒耜，措之于參保介之御間。」諸侯朝周之春，故晚春遣之，勑其車右以時事。

《箋》曰：於美乎赤烏，以牟麥俱來，故我周家大受其光明，謂爲珍瑞，天下所休慶也。此瑞乃明見於天，至今用之。有樂歲，五穀豐熟。

《説》曰：《臣工》，祭先農之詩。

㊀㊀●㊁●●●㊁●●●●●㊂㊂　工公　茹畬隔　鎛艾

噫嘻

《序》曰：《噫嘻》，春夏祈穀於上帝也。

《疏義》曰：倡民力者莫如私，所爲出於天下之公，則視之爲不急，惟視爲一己之私事，則齊心并力，有不期然而然矣。

「十千維耦」，句法妙品。

《疏義》曰：農夫各有其田，而各以其力耕之。但爾爲農官，則田即爾之田，而耕即爾之事也。

黄氏《通解》曰：周公之作《周官》也，一書之間設官分職，其間爲農事者不一而足。或以巡稼穡，或以簡稼器，趣其耕耨，辨其種類，合耦以相助，移用以相救，行其秩序，懸其法式。又於三歲大比，以興其治田之甿，亦如大比之興賢能焉。或誅或賞，或興或廢，無非爲農而已。《疏義》曰：「《臣工》、《噫嘻》，非祭祀樂歌而入於《頌》，蓋頌體也。抑豈祈年祈穀之時，即其地以戒農官歟。況或以此爲『豳頌』，則其别於頌也尤宜。」愚按此説非是，何由知非樂歌也。

《箋》曰：噫嘻，有所多大之聲也。噫嘻〔乎〕能成周王之功，其德已著，至矣。謂「光被四表，格于上下」也。

《説》曰：《噫嘻》，康王孟春祈穀於東郊，以成王配享之詩。

●㊀●㊀●㊁●㊁　爾穀　里耦

振鷺

《序》曰：《振鷺》，二王之後來助祭也。

此詩之作，一則見周家之忠厚，一則見人心之慕先代，久而不忘。即此又可見，武王伐商非利天下，蕩蕩無私氣象。三代而下，此風不可再矣。

微子之去商歸周，堯舜揖讓公天下之心也。彼視天下非吾家物，而惡得專之，其受封于宋以存先王之祀，殆如虞賓之類，非必以武王爲仇也。此意在夷、齊之上，第難向三代以下人説耳。

按《史記·世家》，武王求禹後，得東樓公，封於杞。其殷後則初封武庚，後以叛而誅之，更封微子於宋。

尊之曰客，親之曰「我客」，愛敬兼至也。夙夜者，循環無窮之意。三山李氏曰：庶幾終譽，此所謂愛人以德也。成王告微子曰：「與國咸休，永世無窮」，又曰：「俾我有周無斁」，皆此意也。

濮氏曰：疑此微子來朝，始至而王燕勞之，工人所奏之樂歌也。《序》言二王之後，習於傳聞，亦不見來助祭之意。

黃氏《讀詩蠡測》云：按，正祭時未有獻助祭之臣之樂歌者，統于尊也。祭後歸諸侯賓客之俎，獨留同姓燕飲，亦未見二王之後在此，想別日燕飲，故歌此詩耳。

張叔翹曰：按《史記・宋世家》曰：「微子故仁賢，代武庚，殷之餘民甚愛戴之」，所謂「在彼無惡」也。觀《書・微子之命》及《振鷺》、《有客》二詩，其「無斁」可見矣。

●㊀●㊀㊁㊁㊁㊁　雝容　惡斁夜譽

豐　年

《序》曰：《豐年》，秋冬報也。

《祭法》：能禦大災則祀之，能捍大患則祀之。

徐士彰曰：「以洽百禮」，即祭祀内百禮，如灌將妥侑，求神獻尸之類。「降福孔皆」，舊作歸功於神。詳詩意不爾，還作祖妣降福爲是。

○●○○○○○ 稌秭醴妣禮皆

有瞽

《序》曰：《有瞽》，始作樂而合乎祖也。

設樂者眡瞭也，作樂者瞽師也。

樂以昭德象功，始成之時，不知果否無悖，故奏之而合乎祖，而觀其感格何如，以驗樂之合與否也。

黄葵峰曰：始作樂而合乎祖者，此周公制禮作樂既成，行其禮于宗廟之中，大合樂而奏之也。

《周禮》：「上瞽四十人，中瞽百人，下瞽百六十，眡瞭三百人相之。」「有瞽有瞽」，辭之複也，如「有客有客」句之例。朱氏謂「見其非一人也」，非是。

《疏義》曰：《楚辭》「觀者憺兮忘歸」，即「永觀厥成」之意。

蔡九峰曰：樂者象成者也，故曰成。

《疏義》曰：樂以導和，然先代之後有興亡之感，其和最爲難致。今「永觀」之，則心之和可知矣。黄氏謂「如此則失渾厚之意」，良然。

《傳》曰：（蕭）〔簫〕，如今賣餳者所吹也。

《疏》正義曰：《釋樂》云：「大簫謂之言，小者謂之筊。」李巡曰：「大簫聲大者言言也，小者聲揚而小，故言筊。筊，小也。」

郭璞曰：簫大者編二十三管，長尺四寸。小者十六管，長尺二寸。一名籟。

《風俗通》云：簫參差，象鳳翼，十管，長二尺。

《疏》曰：《釋（義）〔樂〕》曰：「大管謂之簥。」李巡曰：「聲高大故謂之簥。簥，高也。」郭璞曰：「管長尺圍寸，并漆之，有底。賈氏以爲如篪。」

「永觀厥成」，《箋》曰：長多其成功，謂深感于和樂，遂入善道，終無愆過。

㊀㊁㊀㊀㊀㊀㊀㊀㊁㊁㊁●㊁　瞽虡羽鼓圉奏舉隔　庭聲鳴聽成隔

先二句軼起二韻，下分應之。

潛

《序》曰：《潛》，季冬薦魚，春獻鮪也。

許石山曰：此詩言其所興之地，取其所産之物而薦之，以示不忘本之意。不然九州方物皆可以薦，奚必漆沮之魚哉。

此章講享祀介福，俱要切嘗魚。

《箋》曰：冬魚性定，春鮪始來，故此時薦之。

孔氏曰：「冬寒，魚不行，(孕)〔乃〕性定而肥充，則衆魚皆可薦。春唯薦〔鮪〕而(巳)已。《月令》曰：『是月也，命漁師始漁，天子親往，乃嘗魚，先薦寢廟。』《魯(論)〔語〕》里革云：『古者，大寒降，土蟄發，水虞於是乎講罛罶，取名魚而嘗之。』與《月令》同也。」輔氏曰：「今《月令》但有季冬至寢廟之文而已，季春薦鮪乃《序》説也。」

黄氏《讀詩蠡測》云：「潛，深處也。毛氏訓作(穇)〔槮〕，則是積柴以養魚矣。不知漆沮之中如何積柴以養之也。江海多魚，豈皆積柴以養之歟？」此説良是。

方慤曰：王者之於祖禰，以人道事之則有寢，以神道事之則有廟。祭，神道；薦，人道也。

㊀㊀㊁㊁㊂㊂　沮魚　鮪鯉　祀福

雝

《序》曰：《雝》，禘太祖也。

下二節止是歸美先王之德，不作奉祭之由。

徐士彰曰：此詩是武王既得天下，以祭文王。玩詩意，重在得諸侯上，故首二節言諸侯獨詳。蓋合萬國之讙心，以祀其先王者，天子之孝也。

《說》曰：《雝》，成王祀文武之詩。

孝孫主祀，無有一段淵然默然、潛乎默感之意，不足以通神明。故言「穆穆」，方與神明合德也。

《通解》曰：肅雝者，文王之德也。「穆穆」者，文王之容也。君備文王之容，臣備文王之德，以之奉文王之祭，文王豈有不享之者哉？

《箋》曰：文王之德安及皇天，謂降瑞應無變異也。

顧大韶曰：「於薦」二句，《疏》云：「於天子進大牡之牲，辟公助我陳其祭祀也」，經旨瞭然。今人説者，却似諸侯自薦大牡，不知《周禮》九貢，唯侯服貢祀物，亦謂入貢時納之耳，寧有當祭時始進之乎？天子自有牧人、充人等官，其牲何所不備，而乃取給于諸侯也。《商頌》「大糦是承」句同此。「綏予孝子」不應作疑詞，蓋此是徹祭之歌耳。

㊀㊁㊀㊁㊂㊃㊂㊃㊄㊅㊄㊅㊆㊇㊆㊇ 雝公隔 肅穆隔 牡考隔 祀子隔 人天隔 后後隔 壽考隔 祉母隔

載見

《序》曰：《載見》，諸侯始見乎武王廟也。

鄒子静曰：此篇諸侯之來，本爲來朝；而是詩之作，則爲助祭。如《車攻》詩，東都之行，本爲會同；而是詩之作，則重田獵。盛其車服者，重王事，顯君賜也。能左右之曰以。「以孝以享」者，合天下之孝享，以爲一人之孝享也。大抵宗廟祭祀，多以諸侯助祭爲重，觀此及《清廟》、《雝》詩可見。揚子雲有曰：「孝莫大於寧親，親莫大乎寧神，寧神莫大乎四表之懽心。其周公之謂乎！」

《疏》正義曰：《釋天》云：「有鈴曰旂。」李巡曰：「以鈴著旐端。」

㊀㊀㊀㊀㊀㊀㊀㊀●●㊁●㊁㊁①
王章陽央鶬光享　祜福嘏

「以介眉壽」□□。

有客

《序》曰：《有客》，微子來見祖廟也。

「綏之」綏字佳，得留賢之意。

車則大路，旂則太常，用天子禮也。朝廷以雅，宗廟以頌，用天子樂也。

讀此詩，不獨周家忠厚，其真情實意藹然如不容已，亦見微子在當時翹然峻潔，有巖巖壁立千仞氣象。

徐士彰曰：按《書·微子之命》，成王既誅，武庚乃封微子於宋，以奉湯祀。此蓋受封之後，乃來朝而見於周之祖廟。所謂「淫威」，即封典也。或云古者爵人必於祖廟，故云然。

---

① 此章韻譜當作「㊀㊀㊀㊀㊀㊀●㊀●●㊁●㊁㊁」。

微子尹茲東夏，本不可留。留之者，只是愛之無已。

張叔翹曰：用天子禮樂，則浸淫出於尋常等威之外，故曰淫威。易者，無所顧吝也。大者，寵冠一時也。

又曰：按《樂記》云：「武王克殷，下車封微子於宋。」又《史記·宋世家》曰：「周公承成王命，誅武庚，乃命微子代殷後，奉其先祀。作《微子之命》以申之，國於宋。」此詩「淫威」之語，蓋指成王申命言之也歟。

又曰：《振鷺》、《有客》二詩，詞意極相類，疑皆爲微子而作。《序》以「亦白其馬」之語，定爲微子。而《振鷺》不明言其事，故以爲二王之後。愚意宋既仍殷舊尚白，則車馬服御宜皆縞素。以振鷺詠之，或亦取潔白之意歟。

《箋》曰：「有客」重言之者，異之也。亦，亦武庚也。武庚爲二王後，乘殷之馬，乃叛而誅，不肖之甚也。今微子代之，亦乘殷之(武)〔馬〕，獨賢而見尊異，故言亦。

《箋》曰：言「敦琢」者，以賢美之，故(王)〔玉〕言之。

㊀㊀㊀㊀●●●㊀㊁㊁㊁　客馬且旅馬　追綏威夷

「有客宿宿」，四句□□。

武

《序》曰：《武》，奏《大武》也。

「遏劉」□作止殷之殺。止戈爲武，故必止殺，而後謂之大武。武王原以武得天下，此詩直述其事，見聖人公天下之心，不爲文飾如此。

武王勝商殺紂，文王三分有其二以服事殷，而曰「允文文王，克開厥後」，何也？文王事殷，守其常也。武王伐紂，通其變也。紂惡已稔，天下歸心，武王于此，勢不得以已也。不得已而爲之，乃所善承其不變之節也。二聖于此，易地皆然，故曰聖達節。而周公作詩，一則曰「三后在天，王配於京」，再則曰「文王既勤止，我應受之」，可謂能觀其通矣。夫子又爲之廣其説，曰「善繼善述」，曰「踐其位，行其禮，奏其樂」。而子思子引之以明中庸之道，中者隨時處中之謂。彼周公之于君兄，孔氏之于先王，皆能極力(斡)〔斡〕旋，善明其心迹者也。

徐士彰曰：此爲《大武》之首章，蓋歌以節舞，非奏也。

《樂記》：孔子與賓牟賈言及《武》，曰：「夫樂者，象成者也。總干而山立，武王之事也。發揚蹈厲，太公之志也。武亂皆坐，周召之志也。且夫《武》，始而北出，再成而滅商，三成而南，四成而南國是(爲)〔疆〕，五成而分周公左、召公右，六成復綴以崇天子。」

「耆定爾功」，《箋》曰：年老乃定女之此功，言不汲汲誅紂，須假五年。

《説》曰：《武》，《大武》一成之歌。

〔周頌閔予小子之什〕

閔予小子

《序》曰：《閔予小子》，嗣王朝于廟也。

凡繼承不類者，統承大業，便謂可以蕩佚自恣。觀此詩章首三言，何等悲愴怨慕，即此便見守成之難，即此便是守成之本。

凡子孫忘其祖、父，未有不墜先業者。讀此詩想見成王當日，痛瞻依之不及，而哀慕不忘，悽然酸楚之意。故曰「所以就文武之業，崇大化之本也」。文、武、成、康相授，惟此而已。

《箋》曰：庭，直也。念此君祖文王上以直道事天，下以直道治民，信無私枉。

●㊀㊀㊀㊀●㊁●㊁㊂㊂　造疚考孝　庭敬　王忘

訪落

《序》曰：《訪落》，嗣王謀於廟也。

張叔翹曰：以落爲始，如以亂爲治，以臭爲香，以特爲匹之例，古人語多如此。艾之爲言盡也，其道遠，故不能造其盡也。以聖人對沖人言，故曰悠。

李氏曰：人君者，天下之本始，即位臨政者，又人君之本也。故伊尹告太甲以「新服厥命，惟新厥德」；召公亦曰：「王乃初服」，「若生子，罔不在厥初生，自貽哲命」。此《訪落》所由作也。

「紹庭」二句，《箋》曰：厥家，謂羣臣也。繼文王「陟降庭止」之道，上下羣臣之職以次序者。

敬之

《序》曰：《敬之》，羣臣進戒嗣王也。

「陟降厥士」便「日(鑒)〔監〕在茲」，一氣説，不作兩層。凡言陟降，以《中庸》「上下察①」，是無時不然意。

《大學》切磋琢磨之後，方能恂栗，可見要敬必須有箇入門。入門之法，全在聰上。蓋人心不昧而光明，則自然能敬也。下而光明，即是聰字，就、將工夫，又是求至于聰的方法。光明者，如塵去而鏡清，滓去而水清也。「示我顯德行」，亦是要成就一箇聰字。

古之聖賢直是寸陰必惜，所以「日就月將」。

「顯德行」對微辭眇論説。

黄氏《通解》曰：《荀子》曰：「天子即位，上卿進曰：『能除患則爲福』；中卿進曰：『先事慮事，先患慮患』；下卿進曰：『敬戒無怠。』」羣臣進戒始以敬，三卿授策終以敬，此心學之原也。

伊尹訓太甲曰：「祗厥身。」召公告康王曰：「今王敬之哉。」皆以此爲告君第一義。

嚴氏曰：佛謂之弼者，言正救其失，不順從之也。《學記》云：「其求之也佛，佛不順也」，猶孟子所謂「法家拂士」也。

① 以，疑當作「似」。

邵氏寶曰：緝熙，明也。光明，明德也。緝熙之至，光明復矣。心體之光明，敬也，心體未至于光明，不可以語敬。德行之顯明，敬也，德行未至于顯明，不可以語敬。學求諸己，則自心體言；學資諸人，則自德行言。各有攸當也。

《箋》曰：學於有光明之光明者，賢中之賢也。

「佛時」二句，《箋》曰：是(知)〔時〕自知未能成文、武之功，周公始有居攝之志。

㊀㊀㊀●㊀㊀㊀㊀㊁㊁●㊁　之思哉士茲子止　將明行

小毖

《序》曰：**《小毖》，嗣王求助也。**

「莫予」四句，有作一氣説：莫要去荓蜂而自求辛螫，今始信桃蟲能爲大鳥。看來還作二截，方婉曲有致：言莫使予荓蜂也，予自使之而自求辛螫也，始則信彼桃蟲也，而不意其能爲大鳥也。謝朓詩：「肇允雖同規，拚飛各異態。」

「集」字，徐士彰曰：有萃聚之意，不止一事然也。

《通解》曰：要知管、蔡乃成王不幸之過，不能免之失。茲言懲之者，蓋欲因是而致謹於後耳。

《箋》曰：三監既誅，周公歸政。成王受之，而求賢臣以自輔助也，曰：我其創艾于往時矣，畏慎後復有禍(雖)〔難〕，羣臣小人無敢我摩曳，謂爲譎詐誑欺不可信也。女如是，徒自求辛苦毒螫之害耳，謂將有刑誅。

《傳》曰：桃蟲，鷦也。

〔《箋》曰：〕鷦之所以爲鳥，題肩也。

《疏》正義曰：《釋鳥》(之)〔云〕：「桃蟲，鷦。其雌名鴱。」郭璞曰：「鷦(鴨)〔䳤〕，亡消反，桃雀也。俗名爲巧婦。鷦䳤，小鳥而生鵰鶚者也。」陸璣《疏》云：「今鷦鷯是也。其(離)〔鷚〕化而爲鵰。」

㊀㊁㊀㊁㊀㊂●㊂　懲蜂蟲隔　患螫隔　鳥蓼

載芟

《序》曰：《載芟》，春藉田而祈社稷也。

觀「侯主」節，可見盛世之民昏作勤動，一家之中直是無一人暇逸。思媚、有依，和氣浹洽，則趨事益敏，亦見太平景象。《莊子》：「滅裂而耘之，則亦滅裂而報余。」詳密正與滅裂相反。「千耦其耘」、「緜緜其麃」，據朱子，總訓作「去苗間草也」，則「播厥」三節爲申明次節之意，總是既苗而耘。據鄭氏《箋》，則以「千耦其耘」爲既耕而耘，「緜緜其麃」爲既苗而耘。前之耘，爲反土而除草木之根株；後之麃，爲除去苗根之草。第如今人治田，則朱子爲是。然耘而後播，于今亦間有之，疑此是古法，漢人注疏必非漫然者也。

「飶其香」，香如飶也。「椒其馨」，馨如椒也。

張叔翹曰：「邦家之光」，非賓客增重邦家之謂，蓋以大有之年，設燕享之禮，自是豐年嘉會，此便是邦家光顯處。若凶荒殺禮，氣象薾然，何光之有。

孔氏曰：《周書·謚法》：「保民耆艾曰胡。」酒醴可以養和平、扶高年，故曰「胡考之寧」。

《序》箋曰：籍田，甸師氏所掌。王載耒耜，所耕之田，天子千畝，諸侯百畝。籍之言借也，借民力治之。

《箋》曰：隰，謂新發田也。畛謂舊田，有徑路者。

《箋》曰：「俶載」當作「熾菑」。既耘除草木根株，乃更以利耜熾菑之而後種。

《（箋）〔傳〕》曰：濟濟，難也。

〔《箋》曰：〕難者，穗（種）〔衆〕難進。

《箋》曰：饗燕祭祀，心非云且而有且，謂將有嘉慶禎祥先來見也。心非云今而有此今，謂嘉慶之事不聞而至也。言修德行禮，莫不獲報，乃古（昔）〔古〕而如此。

㊀㊀㊁㊁㊂㊂㊂㊂㊂㊂㊃㊃㊃㊃㊄㊄㊅㊅㊅㊅㊅㊅㊆㊆㊆㊆㊆㊆㊆㊇　柞澤　耘畛

伯旅以饁婦士耜畝穀活達傑　苗麃　濟積秭醴妣禮　香光馨寧今隔　且茲隔①

良　耜

《序》曰：《良耜》，秋報社稷也。

徐士彰曰：「荼蓼」節，言薅荼，則凡百穀之宜高而寒者得其養；薅蓼，則凡百穀之宜下而暑者全其生。觀荼蓼爲水陸之草可見。

「百室（寧）〔盈〕止」，要見得豐成氣象，有含哺鼓腹意。周人尚赤，牡要騂。此是方社，各用其方色，故用犉牡。

《記》曰：「君無故不殺牛。」可見周家重農。此詩是王者之祭，故列于《頌》，不止民間報賽

① 韻譜有誤。

而已。

「載筐及筥」節，宛然農家氣象，朴茂之風，溢于言表。農夫勤動，「其笠」二句形容殆盡。

「荼蓼朽止，黍稷茂止」，《月令》：季夏，是月也，土潤溽暑，大雨時行，燒薙行水，(相)〔利〕以殺草，如以熱湯，可以糞田疇，可以美土(强)〔疆〕。

畟畟，郭璞曰：「嚴利也。」嚴之云者，極其利而言也。如嚴冬、嚴威之謂。《疏義》：乃「嚴整而銛利」，非也。

張叔翹曰：此詩所言祭祀，《小序》以爲秋報社稷。朱子初本以爲宗廟樂歌，此注但言「續先祖以奉祭」，不明言其何祭也。而《載芟》篇題之下，則云「此詩與《豐年》相似，下篇倣此」，蓋改本也。從此，則亦秋冬報賽之樂歌矣。諸説紛紛，迄無定見。然經文曰「殺時犉牡」，蓋四方之牲各從其方之色。曰「犉牡」，或是舉一以例其餘，如《小雅·大田》以其騂黑之例。則改本之説，亦自可通矣。蘇子由曰：聖人之爲詩，道其耕耨播種之勤，而述其終歲倉廩豐實婦子喜樂之際，以感動其意。夫《詩》之可以興者，所以感發人之善志也。先言勤勞，後言逸樂，使勤者可以自忘其勞，而怠者亦知以自奮也。

《箋》曰：百室者，出必共洫間而耕，入必共族中而居，又有祭酺合醵之歡。

《傳》曰：社稷之牛角尺。

《箋》曰：嗣前歲者，後求有豐年也。續往事(也)〔者〕，復以養人也。續古之人，求有良司穡也。

絲　衣

《序》曰：《絲衣》，繹賓尸也。高子曰：「靈星之尸也。」

徐士彰曰：門側之堂謂之塾。蓋門之内外夾，其東西皆有塾。一門凡四塾，外兩塾南向，内兩塾北向。謂之堂則宜有基，詩所指則内塾之基也。視壺濯於堂上東序，視籩豆鉶於東房，視几席及敦於西厢，降而告祭器之滌濯、几席之備具。鼎在門外，北面北上。牲在鼎西南，北首東上。往視牲，及位，告其充肥，遂舉羃告鼎之潔。

又曰：古者祭祀，每一受胙，主與賓尸，皆有獻酬之禮。既畢然後亞獻至，獻畢後受胙。如此禮意甚好，有接續之意思。唐時尚然，至宋以來，併受胙於諸獻既畢，主與賓意思皆隔了。古者一祭之中，所以多事。此及《烈文》飲酒，正所謂獻酬之禮也。

祭有酬爵，主與尸賓，交相酬酢，足見古人事死如生之意。則森嚴之地而情意流通，故曰「子孫其湛，其湛曰樂」，故曰「禮之用，和爲貴」。不似後人拘迫，惟恐其事之不竟也。

基亦有四，主人所立，乃西內塾之基，與西階相直處。孔《疏》曰：「自堂〔祖〕〔徂〕基」，但言所往之處，不言所爲之事。羊、牛，但言所視之物，不言所往之處。互相足也。「鼐鼎及鼒」，不言自徂，蒙上自徂之文也。

《疏義》曰：《頌》無飲酒之詩，而《儀禮》□□□□前夕宗人視濯視牲，厥明乃祭賓，三獻尸之後，主人遂獻賓及宗人。宗人即前視濯視牲者。此諸侯、士之祭也，豈天子宗廟之祭，則以《烈文》獻顯相，以《絲衣》獻視濯視牲者與？

《傳》曰：鼎圜弇上謂之鼒。

《箋》曰：柔，安也。飲美酒者皆思自安，不讙譁不敖慢也。此得壽考之休徵。

《說》曰：《絲衣》，士執事于王祭，而飲以旅酬之樂歌。

㊀㊀㊀㊀㊀㊀㊀㊀　紑俅基牛鼒觩柔敖休

酌

《序》曰：《酌》，告成《大武》也。言能酌先祖之道，以養天下也。

遵，謂守而不動。養，謂畜而未發。

徐士彰曰：此詩以《酌》名篇。酌，勺也，勺即籥也。《内則》「十三舞勺」，以此詩爲節籥舞也。或者以爲酌其時，則聖人有意甚矣，非所以語武王之心也。

又曰：觀太公《六韜》，便見武王「於鑠」之師。後來只用革車三百、虎賁三千，蓋訓練之精也。遵養非觀變，守臣節也。用介非幸災，順天命也。

師者，師其意，不師其迹，時中之理，與時偕行者也。故曰：千聖一心，萬古一道。

「是用大介」，《秦誓》曰：予弗奉天，厥罪惟均。

《箋》曰：純，大；熙，興；介，助也。周道大興，而天下歸往矣，故有致死之士助之。來助我者我寵而受用之，蹻蹻之士皆争來造王，王則用之。有嗣，傳相致。

又曰：王之事所以舉兵克勝者，實惟女之事，信得用師之道。

《説》曰：《勺》亦頌武王之詩，蓋《大武》之五成。

㊀㊀㊀㊀㊀㊀㊀㊀　師晦熙介之造嗣師

桓

《序》曰：《桓》，講武類禡也。桓，武志也。

徐士彰曰：「保有厥士」，要看保字。後世創業之君，與其臣披艱掃穢，出百死，得一生，而鳥盡弓藏，往往而是。龍蛇之章，豈勝嘆息。則刻鍥之風熾，而保全之意微矣。

《左傳》：「武有七德，七曰豐財。」武王之「屢豐年」是已。「皇以」句是贊詞，不宜粘上說，如此故問之也。

鄒嶧山曰：詩言武王除暴安民，用賢圖治，而必本之匪懈之命、於昭之天，以見聖人所爲莫非天也，彼其代商，豈係乎人哉！

張叔翹曰：「於昭于天」，如至治馨香，感於神明意。只以《泰誓》「穢德彰聞」之語反之，便見矣。「皇以間之」，與《書·多方》「有邦間之」語意正同。

《箋》曰：天命爲善不懈倦者，以爲天子。

《說》曰：《桓》，此《大武》六成之歌。

賚

《序》曰：《賚》，大封於廟也。賚，予也，言所以錫予善人也。

爵罔及惡德，故曰「時周之命」。

張叔翹曰：　此詩當以安天下之意爲主。文王之勤，言竭盡心力，以安天下之民也。「敷時繹思，我徂維求定」，此正武王大封之意，所以慰文王安天下之心也。「於繹思」，欲諸臣受封者，追思文王安天下之心，以共保天命也。諸説以肇造區夏爲勤勞，既非事殷之心；而所謂繹思者，只是欲諸臣知今日大封，皆是武王之恩澤，則又淺陋之甚矣。

又曰：　前篇非武王講武類禡之作，但後世講武類禡者，取此講武之義而歌之。此詩非武王大封於廟之作，但後世大封於廟者，取此詩封之義而歌之。故朱子曰：「《序》以爲大封於廟之詩，説同上篇」也。

《箋》曰：　敷猶徧也。敷是文王之勞心，能陳繹而行之。

「時周之命」，《箋》曰：　勞心者，是周之所以受天命，而王之所由也。

《説》曰：　《賚》，述武王大封于廟之詩，爲《大武》之二成。

〔一〕〔一〕〔一〕〔三〕〔二〕〔一〕　止之思思隔　定命

般

《序》曰：　《般》，巡守而祀四嶽、河海也。

孔氏曰：「詩無般字，鄭《箋》訓樂，言爲天下所美樂，未知是否。」蘇氏曰：「般，遊也。」

曹氏曰：「取般旋之義。巡守而徧於四方，所謂般旋也。」

《疏義》曰：「時周之命」者，政令方新，典章文物不相沿襲，臣民宜知所更化矣。再提而言之，令人惕然有警省之意。

黄氏曰：得天下必告于名山大川，禮也。舜受天下於堯，猶必望於山川，徧於羣神，受命之始不得不然也，而況武王革命之主乎。故此詩首末皆言是周之受命也。

黄氏《通解》曰：《王制》：「天子巡狩，柴而望祀山川，覲諸侯。」《周禮・大宗伯》：「以吉禮祀邦國之鬼神，亦以賓禮親邦國。」《書・舜典》所載，《詩・時邁》所頌，皆先王之良法美意，承天命而答人心也。後世若作鄜畤、祠陳寶、封泰山、禪梁父、治枌榆社、立靈星祠，如司馬遷《封禪書》之所稱者，嗚呼，先王之意微矣！

《傳》曰：(墮)〔嶞〕山，〔山〕之(墮)〔嶞〕(墮)〔嶞〕小者也。翕，合也。

《箋》曰：猶，圖也。望秩于山川，小山及高嶽，皆信案山川之圖而次序祭之。河言合者，河自大陸之北，敷爲九，祭者合爲一。

《說》曰：《般》，此述巡守之詩，爲《大武》之四成。

〔魯頌〕

駉

《序》曰：《駉》，頌僖公也。僖公能遵伯禽之法，儉以足用，寬以愛民，務農重穀，牧於駉野，魯人尊之。於是季孫行父請命於周，而史克作是頌。

「思無邪」是本子，凡思出於正，便無厭斁，便不淺近。舊說如此，看來亦未必然。爲此説者，亦因夫子「一言以蔽」之義，遂欲歸重此句。殆所謂「伯樂一顧，價增什倍」，豈非矮人看場，可笑之甚也。不知夫子所云，亦斷章取義之法。大凡古人引《詩》，都是借《詩》爲用，不宜以彼之説，便謂詩人之旨。譬如清泉于此，或爲羹，或爲酒，任汝用去。若欲求水，却要尋取清泉，不容殘汁剩醨便作水看成也。

新安胡氏曰：商、周二《頌》皆以告神，而《魯頌》用以頌禱，後世文人獻頌，特□魯爾。

臨川王氏曰：《周頌》之詞約，約所以爲嚴，盛德故也。《魯頌》之詞侈，侈所以爲夸，德不足故也。

華谷嚴氏曰：《魯頌》，頌之變也。周之王也，積累深久，由風而雅，雅而頌。及其衰也，至懿風始變，至厲雅始變，至乎雅遂亡。頌聲之息，前乎風、雅之變矣，越桓、莊、僖、惠，至襄而魯乃有頌。雅、頌，天子之詩也，頌非所施於魯，況頌其郊乎？考其時則非，揆其禮則誅，汰哉克也，不如林放矣。聖筆不删，其以著魯之僭，而傷周之衰與？是故雅變而亡，頌亡而變，雅之亡甚於變，頌之變甚於亡也。《駉》實風耳，存其頌名，而謂之「變頌」可也。

按《小序》有「季孫行父請命于周，而史克作是頌」之説，故嚴氏譏克之昧禮，不如林放也。然以《春秋傳》考之，二人未必逮事僖公，《小序》之言，未足爲據，恐亦講師之贅説爾。

黄氏《通解》曰：《易・坤》之所取象，《周禮》馬質之所掌。伯益知鳥獸之情而畜馬息，故帝舜氏之以嬴，而俾世其任；非子牧馬汧、渭而有功，故周孝王邑之於秦，而不奪其業。馬之所係，固非輕矣。

《箋》曰：必牧於坰野者，避民居與良田也。《周禮》曰：「以官田、牛田、賞田、牧田任遠郊之地。」

《傳》曰：諸侯六閑，馬四種，有良馬，有戎馬，有田馬，有駑馬。

《疏》曰：黄白雜色，駓。郭璞曰：「今之桃華馬也。」

又曰：青驪驎，驒。郭璞曰：「色有淺深，班駮隱粼，今之連錢驄也。」

又曰：陰白雜毛，駰。孫炎曰：「陰，淺黑也。」郭璞曰：「今之泥（驄）〔聰〕，陰是色名。」

又曰：彤白雜毛，騢。〔郭璞曰：〕「彤，赤也。即(白)〔今〕赭白馬是也。」

又曰：一目白瞯，二目白魚。

《說》以《駉》、《泮(宫)〔水〕》、《有駜》、《閟宫》係《鴟鴞》、《東山》、《狼跋》、《伐柯》、《九罭》、《破斧》、《定之方中》之後，俱稱《魯風》，次《召南》。

《說》曰：《駉》，史克美僖公考牧之詩。

有駜

《序》曰：《有駜》，頌僖公君臣之有道也。

末章「于胥樂兮」，言能如此，則今日在公之燕，不徒一時之樂，而且永享雍熙之盛，微臣亦永蒙其休矣，不亦樂乎。首二節宜以嚴而泰、和而節立說。若從崔後渠作洽其情、久其情，則「醉言歸」與《小雅》「不醉無歸」同看。但言舞、言歸語氣既同，不應言歸又作一例，還以前說爲是。

魯人之燕，曰明明，曰言歸，所謂酒以成禮，不繼以淫也。

張叔翹曰：「夙夜在公，在公飲酒」，毛《傳》「臣有餘敬，君有餘惠」之説甚善。若云夙夜皆在公所飲酒，不幾於荒湛乎？而下文「醉言歸」又何以相照應也。

「有駜」二句，《箋》曰：馬肥强，則能升高進遠。臣强力，則能安國。

「夙夜」二句，《箋》曰：言時臣憂念君事，早起夜寐，在于公之所。在于公之所，但明義明德也。

《傳》曰：鷺，白鳥也。以興潔白之士。

《箋》曰：絜白之士羣集於君之朝，君以禮樂與之飲酒，以鼓節之。

「鷺於飛」，《箋》曰：飛喻羣臣飲酒欲退也。

一　●㊀㊀㊀●㊁●㊁●　黄公明　下舞　末句獨韻收。

二　●㊀●㊀●㊁●㊁●　牡酒　飛歸

三　●㊀●㊀㊁㊁●㊁●　駽燕　始有子

泮　水

《序》曰：《泮水》，頌僖公能修泮宫也。

徐士彰曰：四章之化民，與三章之服衆不同。服者，只是行此道以服之，却與「服人以善」事同。化者，只是我自修之，而民之得於觀感者自化，却與「道之以德」事同。五章之明德，與四章之明德亦不同。所謂「敬明其德」者，就己之德而言，即大學之所謂「明明德」也。所謂「克明其德」者，是修德以服之，即《論語》所謂「修文德以來之」也。一就體言之，一就用言。七章之卒獲，與八章之憬悟亦不同。獲者，我以智力屈之。憬者，彼自覺悟而來也。

許魯齋曰：此頌伯禽之詩。蓋伯禽時，始有征淮夷之役，僖公無之，《小序》之誤也。又，修泮宮亦非僖公時事，有則《春秋》書之矣。

《説》曰：《泮(宮)〔水〕》，僖公作泮宮而落其成，太史克頌禱之調。

首　章

「戾止」，要得曠見意。

儀衛之盛，不足爲美。以之視學，若增而華矣。

「無小無大，從公於邁」，如漢明帝臨辟雍，冠帶縉紳之人圜橋門而觀聽者，以億萬計，此其類也。

《傳》曰：(筏筏)〔茷茷〕，言有法度也。

次章

「其馬」二句不平。

平易近人，立教之本。故曰「直而温」，曰「敬敷五教在寬」，曰「寬柔以教」。「匪怒伊教」，《文選》：「民之不臧，公實貽恥。誘接恂恂，降以顔色」，其音昭昭，還作菈學時講藝論道之音。故遂繼之曰「載色載笑，匪怒伊教」。或言臨幸泮宫，實累世之曠儀，人人傳播其聲音，昭然大明也。

三章

《通解》云：詩人頌禱其君，欲其服淮夷，而必先言服本國者，蓋必内治然後可外攘也。

《傳》曰：茆，鳧葵也。

《疏》正義曰：于寶云①：「今之鳧䕨草，堪爲菹，江東有之。」何承天云：「此菜出東海，堪爲菹醬也。」鄭小同云：「江東人名之蓴菜，生陂澤(同)〔中〕。」

① 「于」疑當作「干」，《毛詩正義》原文如此。

《草木疏》同。又曰:「或名水戾,一云今之浮菜,即猪蓴也。」

《箋》曰:「在泮飲酒」者,徵先生君子與之行飲酒之禮,而因以謀事也。已飲美酒,而長賜其難使老。難使老者,最壽考也。長賜之者,如《王制》所云「八十,月告存。九十,月有秩」者與。

又曰:時淮夷叛逆,既謀之于泮宮,則從彼遠道往伐之,治此羣爲惡之人。

四 章

徐士彰曰:要重二「敬」字、二「允」字上。允文,言不徒爲粉飾之具而已也。允武,言不徒爲耀兵之觀而已也。昭格者,與之相契。故周公嘗監二代而正四國,魯公嘗守家訓而作《費誓》,皆有文、武之烈者也。

黄葵峯曰:烈祖,文王也。

「靡有」二句,《箋》曰:國人無不法效之者,皆庶幾力行,自求福禄。

五 章

此章重作泮,蓋此詩爲在泮而作。「克明其德」,乃是平日服遠之本,故首言之。「攸服」不宜作感化，礙下四句，下四句正是服淮夷處。重獻功，不重得人，「矯矯」、「淑問」意輕。首四句大意言我侯克明其德，則服遠者有其本矣。今焉既作泮宫，而受成有地，獻功有所，其必淮夷爲之攸服焉。

受成釋奠，《禮記·王制》注曰：「受成，决其謀也。釋菜、奠幣，禮先師也。」

六　章

凡人心知有己，則見害必避，見利必趨。知有君國，則勇于立功，謙于居功。

狄，《釋文》曰：「遠也。」王氏以爲「攘遏」，朱氏以爲「狄除」，于義皆通。蓋攘而除之，使遠去也。

三山李氏曰：「人心可謂廣矣，惟爲血氣所使，一有毫髮之利，則忿而争，其心于是乎隘矣。惟其心廣，故其征伐有遏遠淮夷之功。『烝烝皇皇，不吴不揚』，未嘗争訟，惟在泮獻功而已。」按此説「克廣德心」，專主不争功言，《疏》義亦同。

《箋》曰：烝烝，猶進進也。皇皇，當作暀暀，猶往往也。言多士之於伐淮夷，皆勸之，有進進往往之心。

七　章

「卒獲」卒字，對前此侵擾言。

《傳》曰：觩，弛貌。

《箋》曰：角弓觩然，言持弦急也。束矢搜然，言勁疾也。

《周禮・弓人》：角也者，以爲疾也。

瞿師道曰：此章當與《四牡》「修廣」章例看。

輔氏曰：以詩意觀之，必是時魯國爲淮夷所擾，而未有以勝之也。

《箋》曰：「博」當作「傅」。甚傅緻者，言安利也。

「孔淑」句，《箋》曰：其士卒甚順軍法而善，無有爲逆者，謂堙井刊木之類。

《箋》曰：猶，謀也。謀謂度己之德，慮彼之罪，以出兵也。

末　章①

① 末章有題無文，原文如此。

閟宫

《序》曰：《閟宫》，頌僖公能復周公之宇也。

新安胡氏曰：《閟宫》是倣依《殷武》，特《殷武》簡而嚴，《閟宫》張而誇耳。

《説》曰：《閟宫》，魯僖公新作后稷、文王之廟于太廟世室及孝、惠、桓、莊四親廟之上。而史克作詩以頌之，非孔子所録也。

一　●㊀●㊀㊀●㊀㊁㊁㊁㊁㊁㊁㊂㊂㊂㊂　枚回依遲　稷福穋麥國穡　黍秬土緒

二　●㊀㊀㊀㊁㊁㊁㊁㊁㊁㊁㊁㊁㊁㊁㊁㊁　王陽商　武緒届野虞女旅功父子魯宇輔

三　㊀㊀●㊀●㊁㊁㊁㊂㊂●㊂㊂㊂㊂㊂㊂　公東庸　子祀耳　解忒稷犧宜多祖女

四　㊀㊀㊀㊀㊀㊀㊀㊀㊀㊀㊀㊀㊀㊀㊀㊀㊀　嘗衡剛將羹房洋慶昌臧方常崩騰朋陵

五　㊀㊀㊀●㊀㊀㊀㊀㊀㊁㊁㊁㊁㊁㊁㊁㊁　乘縢弓綅增膺懲承　熾富背試大（芟）

〔艾〕歲害

六　㊀㊀㊁㊁㊁㊁㊁㊁　巖詹　蒙東邦同從功

七　㊀㊀●㊀●●㊀㊀　繹宅貊諾若

末四句，連二句無韻，連二句用韻。

八　㊀㊀㊀㊀㊀㊀㊀㊀㊀㊀　瑕魯許宇喜母士有祉齒

九　●㊀㊀㊀㊀㊀㊀㊀㊀㊀　柏度尺舄碩奕作碩若

首　章

朱公遷曰：種植百穀，以功胙土，是天降百穀，爲后稷之福也。一説百福只就稼穡講，若從此要説得大，如在天下，則爲天下之福；在萬世，則爲萬世之福也。

「有稷」三句，比「黍稷」三句不同。上二句内雖含有教民意，然尚未廣。此是稷爲農官，典司稼穡，故民皆有之。「奄有下土」正承四「有」字來。

《傳》曰：閟，閉也。先妣姜嫄之廟在周，常閉而無事。孟仲子曰：「是禖宫也。」

《箋》曰：后稷生而名棄，長大堯登用之，使居稷官，民賴其功。後雖作司馬，天下猶以后稷稱焉。

次　章

「實始翦商」，言其勢也。

周至文、武，王業不得不成，雖太王本無是心，而當此時即太王亦有是事。故「致天之届」，乃所以纘緒也。

「致天之届」，致，極也，與届同義。言紂惡苟有絲毫未驗，天命有絲毫未絶，則武王無絲毫變節之意。惟到天命窮極，則牧野之師不得不興矣。即此二字，形容武王應天順人之意已盡。句法神品。

王曰叔父，爾當留相王室，故封爾元子。

饒雙峯曰：「實始翦商」，非謂太王有翦商之志也。言翦商雖在武王之時，而太王實基王迹，乃翦商之所從始耳。

曾南豐曰：太王蓋諸侯之能興邦者，本不必云肇基王迹也。武王既有天下，推其浸盛之由，故曰肇基王迹。所謂「實始翦商」者，殆因肇王迹之語而言之過耳。

文武之纘緒，即《書》所稱「文考文王，克成厥勳，予小子其成厥志」之謂也。

三章

山川使主其祭，土田使有其賦，附庸使廣其封邑。

「匪懈」，是以時致祭而不怠。「秋而載嘗，夏而（福）〔楅〕衡」，即匪懈之一也。「不忒」，禮與禮無過差。「白牡騂剛」，不忒之一也。

「龍旂」二句，斷主郊祭説。按《禮記·明堂位》：「魯君孟春乘大路，載弧韣，旂有十二旒，日月之章，祀帝於郊，配以后稷，天子之禮也。」又按《周禮·司常職》曰：「日月爲常，交龍爲旂。」旂有十二旒，非龍旂而何。説者謂建日月之章，則不建龍旂，故疑龍旂爲廟祭所建。此大謬也。即無《周禮》可據，《明堂位》「季夏六月，以禘禮祀周公於太廟」，曷爲不言所建耶？《郊特牲》：「乘素車，貴其質也。旂十有二旒，龍章而設日月，以象天也。」此尤龍旂祀帝之明證也。且歷觀兩漢以來，詞賦表箋，其言宗廟之祭，從無道及車旂儀衛之盛者。每至郊祀則纚纚不休，詳其文體，亦本諸此詩耳。

梁徐陵《勸進表》：揚龍旂以饗帝。

《箋》曰：此皇祖謂伯禽也。

四　章

舊以「俾爾」四句對「三壽」二句。詳文勢，則各四句爲截。「不虧」二句屬下，止與岡陵相似。

方盛爲熾，無所不盛爲昌，有年爲壽，維祺爲臧。不虧，常盈也。不崩，常固也，土地無侵削也」，不震，常静也。不騰，常平也，干戈無驚擾也。

「作朋」，有同心一德意，所謂義在資敬，情同布衣。

言秋嘗則四時皆舉之，七句内俱要見用天子禮樂。籩豆之陳，周公之事十六，羣公之事十二，偶陰之義也。大房之設，魚鱔之載以三，羊膚之益以五，奇陽之義也。

《禮記·明堂位》：季夏六月，以禘禮祀周公於太廟。牲用白牡，尊用犧、象、山罍，鬱尊用黄目，灌用玉瓚大圭，薦用玉豆雕纂，爵用玉琖仍雕，加以璧散璧角，俎用梡嶡。升歌《清廟》，下管《象》，朱干玉戚，冕而舞《大武》；皮弁素積，裼而舞《大夏》。《昧》，東夷之樂也。《任》，南蠻之樂也。納南蠻之樂於太廟，言廣魯於天下也。

張衡《東京賦》曰：降至尊以訓恭，送迎拜乎三壽。

薛綜曰：三壽，三老也。

《傳》曰：諸侯夏禘則不礿，秋祫則不嘗，惟天子兼之。

《明堂位》曰：夏礿秋嘗，冬烝春社，秋省而遂大蜡，天子之祭也。

《傳》曰：犧尊，有沙飾也。

《箋》曰：大房，玉飾俎也。

《疏》正義曰：犧尊飾以翡翠，象尊以象鳳皇。或曰以象骨飾尊。阮諶《禮圖》云：「尊腹之上畫爲牛象之形。」「太和中，魯郡於地中得齊大夫子尾送女器，有犧尊，以犧牛爲尊。然則象尊，尊爲象形也。」王肅此言以二尊形如牛、象，而背上負尊。皆讀犧爲羲。

五　章

十萬，是總言國賦。三萬，是出師實數。

富，是年富之富，謂來日尚多也。昌，明盛之意。大，恢弘之意。「昌而大」者，單厚之積，極于無涯也。耆，老；艾，養也。「耆而艾」者，胡考之休，日益顧養也。

魯秉禮之國，武功不足，故以服遠爲頌。齊桓北伐山戎，莊與其謀；南伐荆楚，僖列於會。伯禽始封於魯，淮夷、徐戎並興，故并及數國。

《禮記·明堂位》：「封周公於曲阜，地方七百里，革車千乘。」説者謂魯之國賦未及千乘，以爲誇辭，謬也。

仁山金氏曰：　王文憲言此詩當有錯簡，當以《孟子》爲正。第一節説姜嫄、后稷，第二節説太王、文、武，第三節當説周公之功，而今詩但言封周公之子。疑下文「公車千乘」、「戎狄是膺，荆舒是懲，則莫我敢承」，當是第三節言周公四征不庭、伐淮踐奄之功。周無徐州，故淮夷爲荆州之界，而舒今在淮西也。第四節始及「王曰叔父」，至「乃命魯公」，第五節方説「周公之孫，莊公之子」，方頌僖公。第六節説饗祀降神，而「俾爾」之祝以類相從，已從祝頌之詞如此。則孟子之時，詩未錯簡，而孟子所引正周公事也。

□氏亦曰：此章「則莫我敢承」以上，考其文，爲周公、魯公設。簡編錯亂，當與「土田附庸」爲連文，蓋詩人言成王命周公建元子於魯，錫之以山川、土田、附庸，有千乘之賦，有三萬之衆，使之膺戎狄、懲荊舒也。不然孟子引此，何以云周公膺之乎？

張叔翹曰：二説皆以孟子爲據，未爲無見。但古人引經多不拘，不可因孟子之語，定爲周公事也。黄氏著《讀詩蠡測》，據金氏之説，遂易置其次序，此亦率爾，有乖傳疑之旨矣。

《疏》曰：縢謂約之以繩，非訓縢爲繩。

六、七　章

《箋》曰：來同，謂同盟也。率從，相率從於中國也。

八　章

「眉壽」七句，逐句散説，首二句垂重下句。若平説，則「眉壽」礙「黄髮」句，「保魯」礙「邦國是有」句矣。

「居」字，正見恢復意，字法妙品。

《傳》曰：常、許，魯南鄙、西鄙。

末　章

「奚斯所作」，本魯君主之來。萬民若者，以先公功德在民。故《禮·明堂位》：「山節藻棁，復廟重簷，刮楹達鄉，反坫出尊，崇坫康圭，疏屏，天子之廟飾也。」

〔商頌〕

那

《序》曰：《那》，祀成湯也。微子至於戴公，其間禮樂廢壞，有正考甫者，得《商頌》十二篇於周之大師，以《那》爲首。

看《商頌》，要得其精深處。

「思成」二字妙。可見古人之祭，非是具文，真是祖孫一氣，如將見之也。綏字亦佳，思而不成則不能安，成則安矣。磬最和平者，玉聲清越，以長聲有定準，諸聲則可以人力高下，故依磬聲則爲和平。

言音樂，又言傳恭者，聲音之内，皆一敬之流通也。樂以迎來，祭之首務；鼓以立動，樂之紀綱。

「亦不夷懌」，亦字内含得《周頌》「先祖是聽」矣，商文簡古乃爾。

樂則自稱其盛，恭敬則推于先民，不敢專也。

商人尚聲，凡聲皆屬陽，所以求神于陽也。

毛《傳》曰：鞉鼓，樂之所成也。

孔《疏》曰：《禮記》：「鼓無當於五聲，五聲不得不和。」是樂之所成在於鼓也。鞉則鼓之小者，故連言之。《王制》曰：「天子賜諸侯樂，則以鞉將之。賜伯、子、男樂，則以柷將之。」《註》云：「柷、鞉皆所以節樂。」是樂成亦由鞉也。

長樂陳氏曰：聖人作革以爲鞉鼓，播鼗而鼓從之，中聲以發焉。按此則「奏鼓」鼓字，兼鼗、鼓言也。

《通解》曰：《樂記》曰：「然後聖人作爲鞉、鼓、椌、楬、壎、箎，此六者德音之音也。然後鐘磬竽瑟以和之，干戚旄狄以舞之，此所以祭于先王之廟也。」按此亦可證此詩首言鞉鼓之意，而鞉與鼓爲二物也。

彼此相濟曰和，高下適均曰平。

《疏義》曰：升歌下管，其音難諧。而八音中磬聲屬角，尤爲難諧。今者作樂降神，而堂下之樂與堂上之磬聲相諧和如此，赫然湯孫，爾之樂可謂盛矣。極其稱贊之也。

叔翹曰：「綏我思成」，朱子既詳引鄭《箋》，而又謂其「有脱誤，今正之」。蓋鄭注本云「安我心所思而成之」也。夫心之所思，思祖考也。始尚茫然，既而若有見聞則成之矣，心於是乎安矣。《箋》語渾融，亦自明白無疑，愚殆疑朱子之贅，而不當謂鄭注爲脱誤也。

安成劉氏曰：既言「管聲」，又言「磬聲」，又言「穆穆厥聲」，盛稱聲樂，見商人之尚聲。連叶三聲字，又見商人之質也。曰「嘒嘒管聲」，而三節注中稱「管籥」，籥字從萬舞來。

黄氏《通解》曰：此詩迎牲以鞉鼓，當祭以鞉鼓、以管、以磬，祭成以庸鼓、萬舞，豈一事自爲一成乎？然味其詞，乃若互見而有餘音者。此《商頌》所以簡古，而曾子歌之也。

《序》箋曰：禮樂廢壞者，君怠慢於爲政，不修祭祀、朝聘、養賢、待賓之事，有司忘其禮之儀制，樂師失其聲之曲折，由是散亡也。

《傳》曰：鞉鼓，樂之所成也。夏后氏祝鼓，殷人置鼓，周人縣鼓。

《箋》曰：置讀曰植。植鞉鼓者，爲楹貫而樹之。美湯受命伐桀，定天下而作《濩樂》，故嘆之，多其改夏之制，乃始植我殷家之樂鞉與鼓也。鞉雖不植，貫而摇之，亦植之類。

《傳》曰：磬，聲之清者也，以象萬物之成。

《箋》曰：玉磬尊，故言之。

《傳》曰：奕奕然閑也。

「顧予」二句，《箋》曰：嘉客念我殷家有時祭之事而來者，乃太甲之扶助也。序助者之來意也。

●㊀●㊀●㊁㊁㊁㊁㊁㊁㊁㊂㊂㊂㊂㊂㊂㊂㊂㊃㊃　鼓祖　成淵聲平聲孫聲　斁奕客懌昔作夕恪　嘗將

烈　祖

《序》曰：《烈祖》，祀中宗也。

《補傳》云：言烈祖而云「嗟嗟」，以簡朴故也。若《周頌》則言「於穆」、「於皇」，近于文矣。

輔氏曰：凡子孫得以奉祭祀于先祖者，皆先祖之福，有以錫被於子孫也。

《箋》曰：爾，中宗也。言成湯之業能興之也。重言「嗟嗟」，美歎之深。

《傳》曰：鬷，總也。

《箋》曰：和羹者，五味調，腥熟得節，食之於人，性安和。喻諸侯有和順之德也。《箋》曰：諸侯來助祭者，車服得其正。以此來朝，升堂獻其國之所有，于我受政教，至祭祀又溥助我，言得萬國之歡心也。天於是下平安之福，使年豐。

㈠㈠㈡㈠㈠㈡㈡㈡㈡㈡●㈡㈡㈡㈡㈡㈡㈡㈡㈡　祖祜所酤隔　（彊）〔疆〕成羹平言争（彊）〔疆〕衡鶬亨將康穰饗（彊）〔疆〕嘗將隔

玄鳥

《序》曰：《玄鳥》，祀（商）〔高〕宗也。

鄒嶧山曰：此詩非專祭武丁，亦非兼祭武丁。觀二節「武丁孫子」，而《傳》有「故今」字、「今襲湯號」句，是以武丁爲主祭之時王，如《那》篇「於赫湯孫」之例。而諸侯奉大糦以助祭，亦如《烈祖》篇諸侯乘車以假享之例，其非祭武丁明矣。

商家祖契而宗湯，武丁亦爲百世不遷之宗，故此詩疑作于武丁之時，而後世因以爲宗廟之樂也。

徐士彰曰：一説「先后」通指契、湯而下祖考而言，今欲專指湯者，蓋見上二句專爲湯之事。不知此詩只是一章，朱子時即其韻相叶而意微斷處，節而分之，非如《泮水》等篇，一章各爲一義也。試以此節合首節讀之，便見「先后」專指湯不得。況此祭祀宗廟之樂，契爲商人之所由生，湯爲天下之所由始，故首節特言之，而於湯之事，又以次節首二句足之。即帶下言「先后」亦自不妨，其餘祖考不應無一詞及之，故于此總以「先后」言之。末節「殷受命咸宜」亦通以宗廟之神而言，「百禄是荷」，時王荷之也，此二句與「商之先后，受命不殆，在武丁孫子」義同。此説甚有理。

武王，湯也。凡德厚者流光，德薄者流卑，故曰：「君子之澤，五世而斬。」夫澤斬而子孫不蒙其休者，則其精神力量至此而盡也。商之先后受命不殆，至武丁孫子，而其德澤尚足以反之，則是武丁中興猶運之掌，尚是武王之力。故曰：「武丁孫子，武王靡不勝。」

舊説有德以受命，故曰宜。一云此只是有土有人，無一欠缺之意，與《天保》之「罄無不宜」一例。

《疏義》曰：此詩首尾皆以天命爲重。

正域四方，黄葵峯《讀詩蠡測》云：天以成湯之武德，足以戡定禍亂，乃命□伐桀以正四方之封域。維時夏桀昏虐，諸侯不服，相爲侵亂，湯始正之，□商之王業所由始也。此説與朱《注》小異。

武無不勝，所謂君德以剛爲主，《易》之自强，《書》之勇智，《詩》之執競，皆此物也。況中衰之後，非武不振，故殷言撻武，周稱赫業。

張叔翘曰：「天命玄鳥，降而生商」者，「春分玄鳥降。有娀氏女簡狄者，配高辛帝，率之祈于郊禖，而生契也。」毛氏之言如此，而孔《疏》亦曰：「玄鳥以春分至，氣候之常，非天命之使生契。但天之生契，將令王有天下，故本其爲天所命，以玄鳥至而生焉。記其祈福之時，美其得天之命，玄鳥降而生商也。玄鳥之〔來〕，非從天至，而謂之降者，重之若自天來然。」按此二説似得其實。朱《傳》引吞卵之説，此《史記》之謬，而鄭氏因之也。生商即生契也，契乃商人之所由生，故曰生商。亦如《生民》以生稷爲生周人也。「宅殷」者，契盡司徒之職，故有殷土之封也。鄭《箋》、孔《疏》及曹氏之説皆指湯言，蓋以《史記》契封商，湯居亳，至盤庚始改亳爲殷也。此説畢竟非是。

蘇氏曰：《史記》載簡狄行浴，見燕墮卵，取而吞之，因生契，爲商始祖。神奇妖濫，不亦甚乎。使聖人而有異於衆庶也，天地必將儲陰陽之和，積元氣之英以生之，焉用此微禽之卵哉！燕墮卵于前，取而吞之，簡狄其喪心乎？史遷之意，必以《詩》有「天命玄鳥，降而生商」而言之，此遷求《詩》之過也。毛公之傳《詩》也，以乙降爲祀郊禖之候，及鄭之《箋》而後有吞踐之事。遷之説出於疑《詩》，而鄭之説又出於信遷也。甚矣，遷之以不祥誣聖人也！

《序》箋曰：祀當爲祫。祫，合也。高宗崩，而始合祭於契之廟，歌是詩焉。古者君喪，三年既畢，禘於其廟，而後祫祭於太祖。明年春，禘於羣廟。自此之後，五年而再殷祭，一禘一祫，《春秋》謂之大事。

《箋》曰：方命其君，謂徧告諸侯也。

《箋》曰：商之先君，受天命而行之不解殆〔者〕，在高宗之孫子。言高宗興湯之功，法度明也。

《箋》曰：十乘者，二王後八州之大國。

《說》曰：《玄鳥》，此亦禘祀之詩。

●㈠㈠㈠㈠㈡㈡㈡㈡㈡㈡㈢㈢㈢㈣㈣㈣㈤㈤㈤㈤㈤　商芒湯方　后有后殆子子　勝乘

承　里止海　假祈河宜何

長發

《序》曰：《長發》，大禘也。

此詩之體，與《緜》大段相似，蓋周公擬此而作也。

一　㊀㊀㊀㊀㊀㊀㊀　商祥芒方疆長將商

二　㊀㊀㊀㊀㊀㊀㊀　撥達達越發烈截

三　㊀㊀㊀㊀㊀㊀㊀　違齊遲躋遲祇圍

四　㊀㊀㊀㊀㊀㊀㊀　球旒休絿柔優遒

五　㊀㊀㊀㊀㊀㊀㊀　共(龐)〔庬〕寵勇動竦總①

六　㊀㊀㊀㊀㊀㊀㊀㊀　旆鉞烈曷蘖達截伐桀

七　㊀㊀㊁㊁㊂㊂　葉業　子士　衡王

首章②

次章

唐虞五臣，人而實天也。故頌稷，則曰「思文」；頌契，則曰「玄王」，皆以天言之。當顓蒙之世，開以倫理，使之若而不悖，非武健剛果，烏能勝其任乎？故曰「桓撥」。

① 「寵」當作「龍」，蓋因鄭《箋》「龍當作寵」，故徐氏徑易之。

② 首章有題無文。

《箋》曰：承黑帝而立子，故謂契爲玄王。遂（有）〔猶〕徧也。玄王廣大其政治，始堯封之商，爲小國，舜之末年乃益其土地爲大國，皆能達其教令。

《箋》曰：相土居夏后之世，承契之業，入爲王官之伯，出長諸侯。

三章

「不違」字妙。「齊」字尤妙，與「致天之届」届字同義。「遲遲」字妙，善形容不息之意。俱字法妙品。

《箋》曰：「帝命不違」者，天之所以命契之事世世行之，其德（侵）〔浸〕大，至于湯而當天心。

《箋》曰：降，下；假，暇也。湯之下士尊賢甚疾，其聖敬之德日進，然而以其德聰明寬暇，天下之人遲遲然，言急于己而緩于人，天命是故愛敬之也。

四、五章

震動，有張皇繹騷意，似屬太過；戁恐，有惴懼畏葸意，似屬不及。當時□□行師，實是代天行事，雖以臣伐君，宇宙未有，人情所駭，彼直蕩然，無牽無礙，不疑不沮，如著衣喫飯相似，有何周章，有何退縮？故曰「君子之中庸也」。常人有一毫私意，便不禁震懼，神氣改常，舉止失故矣。

《疏》曰：《考工記·(五)〔玉〕人》云：「大圭長三尺，杼上終葵首，天子服之。鎮圭尺有二寸，天子守之。」所服所守惟此二玉。

《箋》曰：競，逐也。不逐，不與人爭前後。

《箋》曰：「不震不動」，不可驚憚也。

六　章

西伯戡黎，祖伊恐，奔告於王，止告以天命去商，未嘗一言及西伯也。聖人之行師如此，即此想見湯伐韋、顧、昆吾之意。

徐士彰曰：「末二句時說言以漸而除之者，冀桀之改圖，而桀之惡終不悛，故有南巢之放。此亦書生之見耳。當時湯既伐韋、顧，則兵端已啓，有逼主之漸矣。縱使桀能改圖，湯不復興問罪之師，將置其身于何地哉？本文分明言『苞有三蘖』，則是剪其枝葉，而後鋤其本根之說，亦未爲不可。但此有緩攻徐戰之意，非若後世行師尚譎之謂也。」愚按：此論未盡，古今形勢亦自不同。

又曰：上三章所言「聖敬日躋」、「不竟不絿，不剛不柔」、「不震不動，不戁不竦」與夫「式于九圍」者，皆於此章見之。

《箋》曰：苞，豐也。天豐大先三正之後，世謂居以大國，行天子之禮樂，然而無有能以德自遂達于天者，故天下歸鄉湯，九州齊一截然。

末章

阿衡者，兼大保、宅揆之職。

《吕覽》曰：「祖伊尹，世世享商」，此可爲配享之證。

《箋》曰：中葉謂相土也。震猶威也。相土始有征伐之威，以爲子孫討惡之業，湯遵而興之。《春秋傳》曰：「畏君之震，師徒橈敗。」阿，倚；衡，平也。伊尹，湯所依倚而取平，故以爲官名。

殷武

《序》曰：《殷武》，祀高宗也。

《說》曰：《殷武》，祀高宗之樂。蓋帝乙三世，武丁窺盡當祧①，以其中興功高，存而不毀。特新其廟，稱爲高宗而祀之，故作此歌。

一　㊀㊀㊀㊀㊀㊀　武楚阻旅所緒

二　●㊀㊀㊀㊀㊀㊀㊀　鄉湯羌享王常

三　㊀㊀㊀㊀㊀　辟績辟適解②

四　㊀㊁㊀㊁㊂㊂　監濫隔　嚴遑隔　國福

五　㊀㊀㊁㊁㊁㊁　翼極聲靈寧生

六　㊀㊀㊀㊀㊀㊀㊀　山丸遷虔梴閑安

首　章

撻、奮二字，俱有卓然果斷，人不及謀意。此時積衰之後，稍着一分因仍姑待之意，便陵夷而不振矣。

①「窺」似當作「親」。

②「讁」原作「適」，徐氏蓋讀適爲讁，故徑易之。

《漢書》嚴助疏曰：「臣聞長老言秦之時，嘗使尉屠睢擊越，又使監禄鑿渠通道，越人逃入深山林叢，不可得攻。留軍屯守空地，曠日持久，士卒勞倦，越乃出擊之，秦兵大敗。」荆楚以南，高山深谷，叢林密箐，夷人據險負阻，鳥舉鱗聚，不可方物，至今猶然。高宗伐楚，獨能「(褒)〔裒〕荆之旅」，可謂神于用兵矣。

不曰功而曰緒者，見此舉非得已也。上承祖宗，下垂後裔，不似後世□□黷武而用兵四夷者。荆楚左控江陵，右控黔中，南負蒼梧，北依涇塞，險阻之國也。

《(傳)〔箋〕》曰：「有鍾鼓曰伐。」聲罪致討曰伐。

次章

《禹貢》：荆州，厥貢羽毛齒革，惟金三品，杶幹栝栢，礪砥砮丹，惟箘簵楛，三邦底貢厥名，包匭菁茅，厥篚玄纁璣組。九江納錫大圭。

《周禮·秋官·行人》云：「九州外謂之藩國。」三十年爲一世，其父死子繼，及嗣王即位，乃世見。

《國語》：賓服者享，荒服者王，時享終王。有不享則修文，有不王則修德。序成而不至則修刑，于是有征討之備，有文告之詞。征不享，告不王。

三　章

凡遠近之人，聲勢相應。內不足而遠攻，則近者伏而伺隙；內有餘而遠□，則近者畏而稍萌。荆楚平而諸侯朝，勢使之也。「勿予禍讁」二句，云不敢言功也，聊以免罪云耳。廩廩之意，形于辭色。句法妙品。

《箋》曰：時楚不修諸侯之職，此所用告曉楚之義也。

四　章

人心如天不息，常自提醒，便無過差。少有怠遑，便頹廢蕩佚。檢點不到處，便成僭濫矣。所以説「不敢怠遑」，「不敢」字正應「嚴」字。

瞿師道曰：「不僭」句以事言，下句以心言，蓋即其事而言，其心□敬慎如此。

五　章

故商邑也，中興之後，百度修，庶政舉，便自改觀耳。

末　章

《箋》曰：高宗之前王有廢政教不修寢廟者，高宗復成湯之道，故新路寢焉。